中华现代学术名著丛书

晚照楼论文集

马茂元 著

商務印書館
创于1897 The Commercial Press

2015年·北京

图书在版编目(CIP)数据

晚照楼论文集/马茂元著. —北京:商务印书馆,2015
(中华现代学术名著丛书)
ISBN 978-7-100-11733-3

Ⅰ.①晚… Ⅱ.①马… Ⅲ.①中国文学—古典文学研究 Ⅳ.①I206.2

中国版本图书馆 CIP 数据核字(2015)第 263089 号

本书据上海古籍出版社 1981 年版排印

中华现代学术名著丛书
晚照楼论文集
马茂元 著

商务印书馆出版
(北京王府井大街36号 邮政编码 100710)
商务印书馆发行
北京冠中印刷厂印刷
ISBN 978-7-100-11733-3

2015 年 12 月第 1 版　　开本 880×1240 1/32
2015 年 12 月北京第 1 次印刷　　印张 9¾ 插页 1
定价: 30.00 元

马 茂 元

(1918—1989)

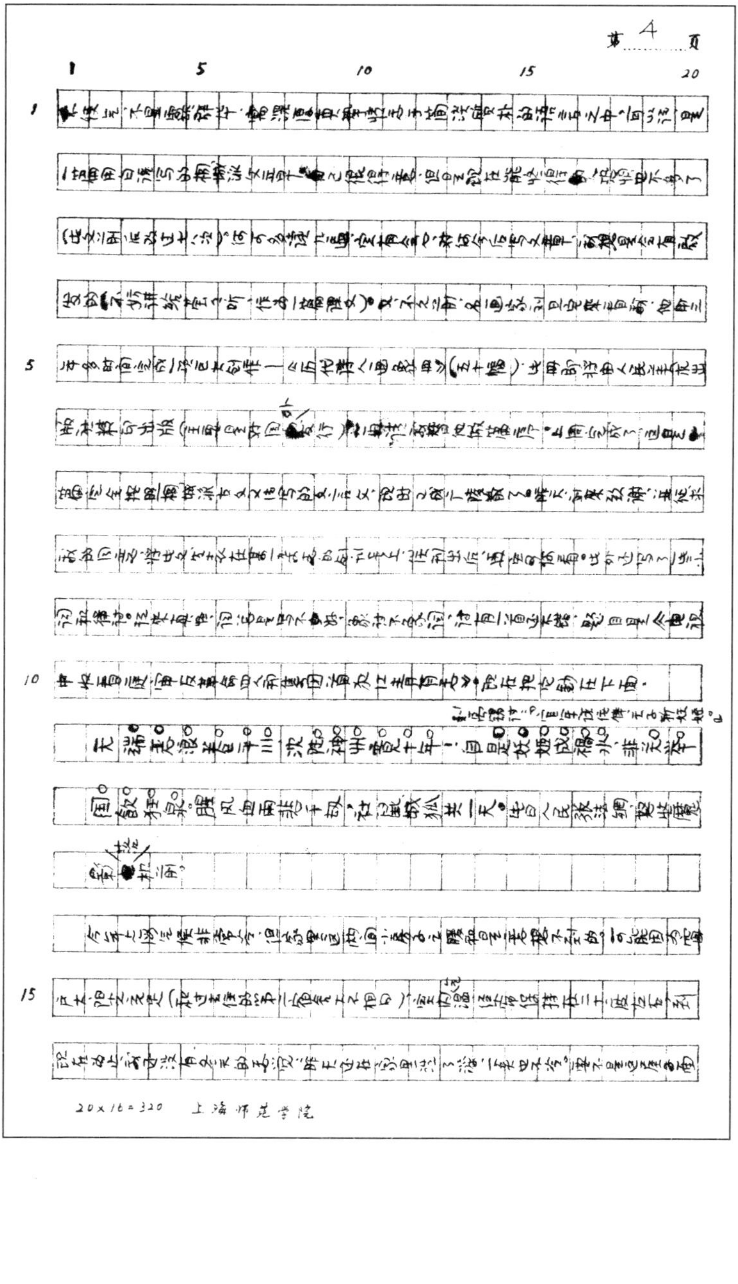

作者手迹

出版说明

百年前，张之洞尝劝学曰："世运之明晦，人才之盛衰，其表在政，其里在学。"是时，国势颓危，列强环伺，传统频遭质疑，西学新知亟亟而入。一时间，中西学并立，文史哲分家，经济、政治、社会等新学科勃兴，令国人乱花迷眼。然而，淆乱之中，自有元气淋漓之象。中华现代学术之转型正是完成于这一混沌时期，于切磋琢磨、交锋碰撞中不断前行，涌现了一大批学术名家与经典之作。而学术与思想之新变，亦带动了社会各领域的全面转型，为中华复兴奠定了坚实基础。

时至今日，中华现代学术已走过百余年，其间百家林立、论辩蜂起，沉浮消长瞬息万变，情势之复杂自不待言。温故而知新，述往事而思来者。"中华现代学术名著丛书"之编纂，其意正在于此，冀辨章学术，考镜源流，收纳各学科学派名家名作，以展现中华传统文化之新变，探求中华现代学术之根基。

"中华现代学术名著丛书"收录上自晚清下至20世纪80年代末中国大陆及港澳台地区、海外华人学者的原创学术名著(包括外文著作)，以人文社会科学为主体兼及其他，涵盖文学、历史、哲学、政治、经济、法律和社会学等众多学科。

出版“中华现代学术名著丛书”，为本馆一大夙愿。自 1897 年始创起，本馆以“昌明教育，开启民智”为己任，有幸首刊了中华现代学术史上诸多开山之著、扛鼎之作；于中华现代学术之建立与变迁而言，既为参与者，也是见证者。作为对前人出版成绩与文化理念的承续，本馆倾力谋划，经学界通人擘画，并得国家出版基金支持，终以此丛书呈现于读者面前。唯望无论多少年，皆能傲立于书架，并希冀其能与“汉译世界学术名著丛书”共相辉映。如此宏愿，难免汲深绠短之忧，诚盼专家学者和广大读者共襄助之。

商务印书馆编辑部

2010 年 12 月

凡　例

一、“中华现代学术名著丛书”收录晚清以迄20世纪80年代末，为中华学人所著，成就斐然、泽被学林之学术著作。入选著作以名著为主，酌量选录名篇合集。

二、入选著作内容、编次一仍其旧，唯各书卷首冠以作者照片、手迹等。卷末附作者学术年表和题解文章，诚邀专家学者撰写而成，意在介绍作者学术成就，著作成书背景、学术价值及版本流变等情况。

三、入选著作率以原刊或作者修订、校阅本为底本，参校他本，正其讹误。前人引书，时有省略更改，倘不失原意，则不以原书文字改动引文；如确需校改，则出脚注说明版本依据，以“编者注”或“校者注”形式说明。

四、作者自有其文字风格，各时代均有其语言习惯，故不按现行用法、写法及表现手法改动原文；原书专名（人名、地名、术语）及译名与今不统一者，亦不作改动。如确系作者笔误、排印舛误、数据计算与外文拼写错误等，则予径改。

五、原书为直（横）排繁体者，除个别特殊情况，均改作横排简体。其中原书无标点或仅有简单断句者，一律改为新式标点，专名号从略。

六、除特殊情况外，原书篇后注移作脚注，双行夹注改为单行夹注。文献著录则从其原貌，稍加统一。

七、原书因年代久远而字迹模糊或纸页残缺者，据所缺字数用“□”表示；字数难以确定者，则用“（下缺）”表示。

目　　录

论《九歌》 …………………………………………………………… 1
关于《离骚》时代问题的商榷 …………………………………………… 21
从汉代关于屈原的论争到刘勰的《辨骚》 ……………………………… 39
论《古诗十九首》 ……………………………………………………… 48
说《通变》 ……………………………………………………………… 72
唐诗札丛 ……………………………………………………………… 77
读两《唐书·文艺(苑)传》札记 ……………………………………… 102
论骆宾王及其在“四杰”中的地位
——为重印《骆临海集笺注》作 …………………………………… 135
论《戏为六绝句》 ……………………………………………………… 149
思飘云物动　律中鬼神惊
——论杜甫和唐代的七言律诗 …………………………………… 163
谈杜甫七言绝句的特色 ……………………………………………… 182
李商隐和他的政治诗 ………………………………………………… 192
玉谿生诗中的用典 …………………………………………………… 210
从严羽的《沧浪诗话》到高棅的《唐诗品汇》 …………………………… 218
略谈明七子的文学思想与李、何的论争 ………………………………… 226
王世贞的《艺苑卮言》 ………………………………………………… 239

《薑斋诗话》中论自然景物的描写 …………………………… 246
桐城派方、刘、姚三家文论评述 ……………………………… 258

后记 ………………………………………………………………… 291

马茂元先生学术年表 ……………………………… 王从仁 294
马茂元与《晚照楼论文集》…………………………… 王从仁 298

论《九歌》

《九歌》是屈原依据楚国南部流传已久的一套民间祭神乐歌加工改写而创作出来的抒情短诗。它在文学史上，和屈原另一代表作《离骚》有着同样崇高的评价和巨大的影响，这是谁都承认的。可是两千年来，解说纷纭，真义转晦。兹就鄙见所及，略论如次：

一

"九歌"的名称，来源甚古，《离骚》、《天问》和《山海经》都曾提到它。《离骚》说，"奏《九歌》而舞《韶》"。《韶》，相传是帝舜的舞曲，《九歌》和《韶》并举，足见是远古的乐章。又，《离骚》的"启《九辩》与《九歌》"，《天问》的"启棘宾商，《九辩》《九歌》"，与《山海经》所云，"夏后开（即启）上三嫔（宾）于天，得《九辩》与《九歌》以下"，完全相合。据解说，是启从天上偷来的。把天上的乐章偷下人间，本来是神话而非事实；但这一神话之所以产生，必然有其客观现实意义。我的看法，可能是由于下述两个原因：第一，《九歌》虽然起源于远古，但到了夏启的时候才流传开来。启晚年沉溺于音乐的嗜好，《离骚》说他"夏康娱以自纵"，今本《竹书纪年》说："帝启十年，舞《九韶》于天穆之野。"（舞《九韶》时以《九歌》伴奏，所以《离骚》说"奏《九歌》而舞《韶》"。)可见这种音乐舞蹈的场面,是大规模地、公开地举行的。这样,过去为一部分人欣赏的乐章舞曲,到了夏启时代才被一般人听到,看到。由于歌曲本身的美妙,于是一种惊奇和赞美的心情就产生了"此曲只应天上有"的想法,因而把它说成是从天上偷来。第二,古代的娱乐生活和宗教生活是结合而为一体的。夏启公开举行大规模的歌舞也必然和隆重的祀典同时进行。《墨子·非乐》篇转述武观的话,说启"渝食于野,万舞翼翼,章闻于天,天用弗式"。一再提到"天",可见与祭祀有关。《九歌》用于祭祀,而人间最高统治者所祭的神,主要的也必然是天上最高统治者的上帝,这就更增强了用于这种祀典的乐章的神秘性,因而一般人民把它说成从天上偷来,是非常自然的。

楚国民间流行的《九歌》是否为古《九歌》原调,无从征信;但它之所以袭用旧名,和上述两点应该有着密切的关联:首先,它也是祭祀的乐歌,而且所祀的神祇当中,也是以天上的尊神,在楚国人看来相当于上帝的"东皇太一"为主。就其性质和用途来说,与古《九歌》是有着直接的传统意义的。其次,《吕氏春秋·侈乐》篇说:"楚之衰也,作为巫音。"《九歌》既然是楚国民间流行的祭歌,当然用"巫音"来唱,这样就更显示出一种独特的地方情调。虽然现在不仅"巫音",就连"楚声"也失传;可是《九歌》在韵律上婉转抑扬之美,是每一个读者都能体味到的。从这一意义来说,《九歌》之所以袭用旧名,与楚国人民对于自己地区所长期流行的乐歌的一种赞美与喜爱的情感的表现,是分不开的。

像《九歌》这一类型的祭神乐歌之流行于楚国,并非偶然,实质上它标志着南方的文化传统,是楚国人民宗教形式的一种巫风的具体表现。所谓巫风,是远古人神不分的意念的残余,指以女巫主持的祭祀降神的风气。《说文》:"巫,祝也。女能事无形(神)以舞降神者也。”那就是说，巫的职业是以歌舞娱神、降神，为人祈福的。巫风起源于远古，到了殷商时代，更大大兴盛起来。周人重农业，崇尚笃实，开国之后，周公制礼作乐，一切祭祀典礼，都有了明白的规定。他并不否认神的存在，可是人神之间的界线却划分得清楚明白。因而在周所直接统治的北方，巫风渐渐衰歇；但长江流域，甚至黄河南部地区则仍然盛行着这种带有神秘色彩的宗教生活。《汉书·地理志》说：“（陈）太姬妇人尊贵，好祭祀，用史巫，故其俗尚巫鬼。”《诗·陈风·宛丘》：“坎其击鼓，宛丘之下。无冬无夏，值（持）其鹭羽（巫女跳舞时执在手中或戴在头上的饰物）。”又《东门之枌》：“东门之枌，宛丘之栩，子仲之子，婆娑（舞态）其下。”所写的虽然是恋爱生活，但却反映了当地流行的巫风。《汉书·地理志》又说：“（楚人）信巫鬼，重淫祀。”可见在南方是一直保存着殷商时代的巫风。不过这种风气的流行，在楚国也不是平衡的，接近中原的北部，随着经济的发展和文化的交流逐渐稀薄，而在沅、湘流域，由于地方闭塞，它所保存的古代巫风也就特别浓厚。巫以歌舞娱神，歌必然有辞，像《九歌》这样一套完整的歌辞就是在上述的社会生活基础上产生的。不难想象，当时楚国民间还有不少类似《九歌》这类的歌辞，可是这种流传在人民口头的文学，它的存在是依从于现实的宗教仪式，不一定有文字记录。我们今天所看到的《九歌》是由于屈原的加工改写才流传下来，否则很可能随着巫风的消失而失传了。

二

关于《九歌》的原来面目和屈原加工改写的创作过程，最早记载,见于王逸《楚辞章句》。他说:“《九歌》者,屈原之所作也。昔楚国南郢之邑,沅湘之间,其俗信鬼而好祠,其祠必作歌乐鼓舞以乐诸神。屈原放逐,窜伏其域,怀忧苦毒,愁思沸郁。出见俗人祭祀之礼,歌舞之乐,其词鄙陋,因为作《九歌》之曲。上陈事神之敬,下见己之冤结,托之以风谏。故其文意不同,章句杂错,而广异义焉。”后来朱熹在《楚辞集注》里也有相类似的一段说明,他说:“(上略)蛮荆陋俗,词既鄙俚,而其阴阳人鬼之间,又或不能无亵慢淫荒之杂。原既放逐,见而感之,故颇为更定其词,去其泰甚。而又因彼事神之心,以寄吾忠君爱国眷恋不忘之意。是以其言虽若不能无嫌于燕昵,而君子反有取焉。”把《九歌》原文结合王、朱两家的说法加以探索,不难就下列几个方面的问题得出初步结论:

第一,楚国民间原来流行的《九歌》的歌辞不是出自一般人民之手,很可能由职业的巫女编造出来的。歌辞既然是用以娱神,娱神首先要取验于娱人;因而它的内容必然和人民的现实生活密切相联系着。所谓“其词鄙陋”,“其阴阳人鬼之间,又或不能无亵慢荒淫之杂”,那就是说,原来的歌辞是以性爱为其主要内容的。为什么祭神会涉及性爱问题呢?这是一个非常复杂的而又是极其真实的社会生活的意识形态。前面说过,楚国的地域僻在蛮夷,特别是它的南方仍然存留着浓厚的远古时期原始生活的意味。在原始生活里,宗教与性爱颇不易分,古时祭祀神祇时,正是男女发展爱情的机会,《诗·生民》载姜嫄出祀郊禖,当时就怀孕而生后稷(所谓“履帝武敏”当然是后来故神其说的一种托词),就是显著的例证。而神话传说中,神与神之间的关系,多少总杂有一些恋爱因素;同时,人与神的界线不严格,人神间的恋爱也数见不鲜。采入《诗·召南》最早的南方民歌《汉广》,就是以郑交甫追求汉水女神

（江妃二女）的美妙神话为背景的（见刘向《列仙传》载《鲁诗》遗说）。江、汉之间尚且如此，处在更僻远的沅、湘流域则不问可知。而况当地所祭神祇，多半是不见祀典的“淫祀”，附丽于这种“淫祀”的神祇的身上，必然有更多的带有地方色彩的离奇怪诞、“亵慢荒淫”的神话。而这一地区的青年男女性爱生活也是极为公开而自由：因而《九歌》的原来面目以性爱为主要内容，其中涉及神与神、人与神的爱恋之情，从而扩大了人与人之间爱情的范畴，则是极其自然的。

第二，这样的歌词，在当地人民看来固然毫无亵渎神明之处，可是屈原究竟生长于楚国北方，出身贵族，同时又受到儒家思想的影响，所谓“更定其词，去其泰甚”，那就是说，在语言文字上他进行了艺术加工；汰去了他所认为过于“亵慢荒淫”的成分，把它表现得“雅驯”一些。但仍然是运用原来的题材，并没有变更其基本内容和特有情调。所以现存《九歌》的绝大部分，还是糅杂着许多悲欢离合的爱恋之情；而这，在当时都有着适应于其所祭祀的具体对象的非常贴切的神话故事作为背景。由于我国古代神话保存得不够完整，我们现在读《九歌》，不是处处都能找到着落，但大致还是有线索可寻的（详后）。

第三，《九歌》虽然用于祭祀，但在屈原加工改写过程中是渗透着他的主观情感的。关于这一点，王氏所说本来不错，但他却认为“上陈事神之敬，下见己之冤结”，则未免拘泥。朱熹则更进一步说成“因彼事神之心，以寄吾忠君爱国眷恋不忘之意”，因而按照这一主观臆测，强相比附。胶柱鼓瑟，结果就弄得文义支离，窒碍难通了。其实《九歌》究竟是祭歌，有它实际的用途，它所描写的内容，会受到它原来题材的限制，不可能与作者身世有直接关联，和《离骚》、《九章》是不同体制的。《九歌》格调的绮丽清新，玲珑透彻，集中地提炼了民间抒情短歌的优美精神；但另一方面，也不能否认，在《九歌》的轻歌微吟中，却透露了一种似乎很微漠的而又是不可掩抑的深长的感伤情绪。它所抽绎出来的坚贞高洁，缠绵哀怨之思，正是屈原长期放逐中的现实心情的自然流露。正如王夫之所说："举无叛弃本旨，阑及己冤。但其情贞者其言恻，其志菀者其音悲；则不期白其怀来。而依慕君父，怨悱合离之意致，自溢出而莫圉。"(《楚辞通释》)这话是深得作者之用心的。我们试把"嫋嫋秋风""萧萧落木"的季节情感，和"群芳芜秽"的现实悲哀，把"时不可兮骤得""老冉冉兮既极"的心情，和"岁月不淹，春秋代序"的感慨，把《九歌》里描写失恋的苦痛，和《离骚》、《九章》各篇追求理想的怅惘彷徨，把《九歌》里对卫国英雄的热烈歌颂，和《离骚》、《九章》各篇对人民疾苦的深切关怀联系起来，以及相类似的环境形象的刻画，加以对照，则不难从精神实质上得到更进一层的体会；较之全部都把它说成比体，处处都认为意有所托，反而感到意味深长了。优美的文学作品，它所构成的形象必然包含着极其复杂的内在因素。王氏所谓"文义不同，章次杂乱"，正是对这一问题简单的、机械的理解所得出必然的结论。

《九歌》是屈原晚年放逐在沅、湘流域的作品，以作品本身印证王逸旧说，完全可信。王夫之因为《湘君》篇有"邅吾道兮洞庭"一句，断为怀王时代被谗见疏后作于汉北；郭沫若则认为是年轻得意时的作品(见《屈原赋今译·后记》)；先祖父通伯先生据《汉书·郊祀志》载谷永之言，说"楚怀王隆祭祀，事鬼神，欲以获福助，却秦军"，因而断《九歌》是屈原承怀王命而作(见《抱润轩文集》卷二《读九歌》及《屈赋微》本篇注)。细审文义，皆有未合。因为战国后期，巫风在汉北地区似乎不大可能还是这样的浓厚，也没有任何有关记载可以作为旁证。假如《九歌》之作，是承怀王之命，为了向神明祈福来退却秦军，则祭祀的目的，必然成为歌辞所明确表现的主题；而且所祭的神祇，也必然和这一目的相适应，可是事实上却不是如此。至于《九歌》里并没有表现任何少年得意的心情，而只是隐隐约约地笼罩着一层从生活深处发散出来的忧愁幽思，感伤迟暮的气息，则读者不难通过反复讽味，从作品本身得到正确理解的。

三

千百年来巩固起来的人民对于自己地区所独有的深厚感情，交织着屈原在长期迁谪中眷怀故国的缠绵哀怨，构成了《九歌》思想上和艺术上高度统一的完整内容；而这一总的精神则是通过祭祀中各种不同的对象，采取各种不同的形式，错综曲折地把它表现出来的。

《九歌》十一篇，所祭的神祇共是十位。在这十篇歌辞里，正面描写祭祀的只有《东皇太一》、《东君》（据闻一多《楚辞校补》考订，篇次应该在《云中君》前）、《云中君》、《大司命》和《少司命》五篇。

东皇太一，据王逸说："太一，星名，天之尊神。祠在楚东，以配东帝，故云东皇。"《汉书·郊祀志》也有相类似的记载。但照我看来，东皇太一就是楚人称上帝的别名。"皇"是最尊贵的神的通称，这里以指上帝，因为上帝是天神中最尊贵的神。"太一"，言神道的广博无边。正如《庄子·天地》篇所说的"主之以太一"。楚人以"太一"称上帝，正如后来道家称天尊为"元始"一样，都是对某一问题所表现的抽象概念。天神本来无所不在,这里称之为“东皇”,则因为它的祠宇所在,是就楚而言楚的。至于楚人为什么要为上帝立祠于楚东,我想,可能是因为天从东方破晓的缘故。《九歌》中的神祇多用当地所习惯称谓的别名,除了《河伯》一篇而外,都是这样。

因为所祀的是最尊贵的天神,所以《东皇太一》在《九歌》里列为第一篇。天,是宇宙万物的主宰,人们的苦难和幸福都在它的运化之中;对它,谁都是有着崇高的敬意的。可是在另一方面,作为祭祀对象的天神来说,它却是至大无外的大自然的化身;和风、云、雷、电其他的一切自然神不同,在人们的头脑里是缺乏着明确而具体的认识的。本篇关于神的形象,没有作任何的描写,对于神的功德,也没有作正面歌颂;而只是极力描写祭祀场面,从环境气氛的渲染里,表达出敬神之心,娱神之意。这一切都围绕着一个中心问题,那就是祭神以祈福。神明能否赐福,在祭神者看来,首先决定于人的敬意是否能够娱神。篇首以“穆将愉兮上皇”统摄全文,篇末以“君欣欣兮乐康”作结。一呼一应,贯串着祭神时人们的精神活动,从而突出了主题。

在一切自然现象中,人民时刻感受到而一天不能离开的那就是普照大地的阳光。因而人们对日神的崇拜和歌颂是最为热烈而具体的。《东君》是祭日神的歌辞,正明朗而集中地表现了这种意识。关于它的内容,可以从下述几个方面去理解:第一,《九歌》中除了《东皇太一》而外,关于祭祀场面的描写最热闹的就要算这篇,足见楚国民间祭日神的典礼是多么隆重!第二,尽管祀典是如此的隆重,场面是如此的热闹,但日神并未降临。开头和结尾写日神在太空中运行,中间插进一段祭祀歌舞场面的描绘,表现日神在俯瞰中愉悦之意。难道他不愿意歆享人们的祭祀吗?他明明说,“羌声色兮娱人，观者憺兮忘归”；连旁观的人都如此，则他自己的心情更不问可知，他之所以不能停留，是为了“撰辔高驰”，不息地运行在地面上，放射光和热，使人们持续不断地生存着。第三，“东君”所塑造的日神的形象，就是太阳本身的形象。它从吐出光明到渐渐升起，从丽影当空到金乌西坠，始终在勤劳不息地运行着，给人以光明的、伟大的、具有永久意义的美感。凡此一切，都是紧紧地围绕着一个主题，对太阳的礼赞。

《云中君》是祀云神的歌辞。云和雨有着分不开的概念；在神话中，云神和雨师也是连结纠缠在一起的。本篇王逸注：“云神，丰隆也。或曰屏翳。”“丰隆”、“屏翳”，一神而异名。“丰隆”是云在天空堆集的一般形象，“屏翳”则是天雨前带有特征性的云的形象。因为天雨时，云在太空一定堆集得更厚，更阴暗，以致遮蔽了日光，所以郭璞《山海经·海外东经》注：“雨师，谓屏翳也。”在劳动生产过程中一刻不能离开的，除了阳光，那就是雨水。云行雨施，祀云也就是祀雨。人们对云神的深厚情感，是包含着极其现实的生活意义的。《云中君》一开始写神的降临，接着歌颂神的德泽；而这“与日月齐光”的德泽，是遍及于九州四海的。“览冀州兮有余”，正说明神灵的普照。可是从另一方面来说，由于祭者对神的依恋又产生了一种矛盾心情。先祖父曰：“云日之神，九州所共有，非楚所能私。故神既降而去，犹思之太息，恐神觋之不答，而祷祀之无灵也。”（见《屈赋微》本篇注文）这种细微曲折细致的心理刻画，正表现了人们由于热爱自己的生活所产生的对于大自然的深厚情感。

《大司命》和《少司命》所祀的是寿命之神。大司命总管人类的生死，所以称之为大；少司命则专司儿童的命运，所以称之为少。旧说，这两位神祇是天上两颗星宿，不妥。衡诸初民崇拜自然的意识,人的寿命问题和天上的星是不可能联系在一起的。

《大司命》所表现的正是人们对生命问题的一种看法。人生无常,死亡随时在威胁着。天下之大,同样是人而寿夭不齐,这似乎是一个不可理解的问题;司命之神就是在这样一个不可理解的意念中产生的。但人们是热爱生活的,为了永命延年,就不得不带着虔诚而迫切的心情向神祈福。司命之神列入楚国民间祭祀,正是这种普遍的社会意识的反映。可是祈祷永年,仅仅是人们的主观愿望;祈祷的效果,究竟是征验无凭。《大司命》所塑造的神的艺术形象,正是冷酷、严肃和神秘的化身,它深刻地说明人们在寿命问题上一种矛盾的、无可奈何的心理状态。最后以"人命有当"、"若今无亏"作结,足见人们对待生活态度仍然是乐观而现实的。

关于《少司命》的内容,应该从两个方面去理解:开头六句和结尾四句遥相呼应,包举全篇,是对少司命正面的礼赞。说她时时为了人们的子嗣问题而"愁苦"。她严守住她的岗位,"抚彗星","竦长剑",来保护儿童,从而取得人民的崇敬。这正反映了人民对新生一代的热爱与关怀,用意非常明确。中间几节描写人神爱恋之情,从诗歌的主题来看,是骈枝;就诗歌的结构言,是插曲。这两方面的内容,不可混为一谈;但也不能把它们割裂开来,因为构成少司命这一美丽女神温柔而又勇敢、洒脱而又缠绵的光辉形象,正是这两方面内容的结合。

《九歌》中祭祀的神祇,它们在人民心目中所形成的概念不是某种自然现象就是某种社会人事问题的反映。其中往往有着一些有关的神话传说作为它们的具体内容,这就使得祭神的歌辞不仅仅停留在单纯的称颂和祈祷上面;《九歌》之所以不同于一般的祭歌,正在于此。《大司命》篇虽然说来说去都是有关人的寿命问题,但“折疏麻”、“结桂枝”的语气，多少含有一些人神恋爱的因素。《少司命》中间几节，更显然是一首缠绵宛转绝妙的情歌。作者这样处理题材，不难想象，也是有着当时在民间广泛流传的而且是与主题有关的神话故事作为背景的。但限于现存的历史文献资料，无从作出十分具体的确切不移的说明；可是它的精神实质仍然可以体会。

大司命是一位严肃的男神，少司命是一位温柔的少女。在丰富而动人的描写里，虽然涉及爱情问题，但始终没有离开司命神这一基本特征。郭沫若强调本篇的恋歌部分，忽略了前后两节的正面礼赞，因而把少司命说成司恋爱的处女神。但司恋爱的女神怎么能称之为少司命，而且与总管人类寿命的大司命对举并列呢？这是值得商榷的。至于把《大司命》通篇都译成大司命追求云中君的语气，也觉不妥（均见《屈原赋今译》译文和注文）。这类出于悬想的新奇的看法之所以产生，只是由于作品本身所依据作为背景的神话故事已经失传，而说者又不肯阙疑的缘故。

以上五位神祇，和人民的现实生活有着比较直接的关联，但这绝不足概括人们精神世界的全部面貌。《九歌》里更为复杂而广阔的思想内容，更为丰富多彩而具有特征性的地方情调和艺术风格，则表现在《湘君》《湘夫人》等篇里。

湘君和湘夫人是楚国境内所专有的最大的河流湘水之神。这一神祇，最初也和天上的云日之神一样，只不过是初民崇拜自然的一种意识形态的表现。后来由于人事上的联系，以及有关的古代传说渐渐充实了它的内容，这样，神不但和人一样有了配偶，而且渗透了神与神之间悲欢离合的故事因素。湘神是湘水的化身，到《九歌》产生时代，古代的帝舜和他的妃子娥皇、女英又分化而成为湘水男神和女神；这样人民意念中所产生的神就更具体地附丽于历史传说中的人物，神的形象更为丰富，它所表现的人民现实生活情感也就更为广阔而亲切了。综合《礼记·檀弓》、《史记·秦本纪》、刘向《列女传》、张华《博物志》一些有关资料的记载，当时舜的南征，没有和二妃同行，后来二妃追踪到了洞庭湖滨，听到舜死于苍梧的消息，于是南望痛哭，自投湘水而死。当地人民把她们埋葬起来，立祠祭祀，当作湘水的女神。李白诗："帝子泣兮绿云间，随风波兮去无还。痛哭兮，远望见苍梧之深山。"（《远别离》）韩愈文："二妃行迷，泪踪染林。山哀浦思，鸟兽叫音。"（《祭河南张员外》）这一生离死别的故事，具有永久动人的悲剧意义；而洞庭湖中烟水微茫，竹林幽翳的自然景象，又适应于这一故事的悲剧气氛；同时，舜死葬于苍梧，又是湘水的发源地。于是在人民普遍纪念、普遍流传的基础上，构成这一故事情节的两方面主要人物，就使得原来的抽象的神的概念逐渐凝成两个具体的形象，体现了故事的完整内容。这样，不但二妃成为湘水的女神，而且帝舜也成为湘水的男神了。

《湘君》和《湘夫人》虽然各自成篇，但合起来则是一个整体，所表现的是一个共同的主题。文章结构大体相同，都是写相思的苦痛，而在语气上则是针锋相对的。综合其内容，有下列两个方面：

第一，二妃的故事虽然只是远古时期的传说。但就仅仅从故事的简单的轮廓来看，这种死生契阔，会合无缘的悲哀，正如李白《远别离》所说的"苍梧山崩湘水绝，竹上之泪乃可灭"，是绵绵而无尽期的。这就突出地构成了这两篇的共同主题，以及适应于表现这样主题的独特形式。两篇的描写，始终以候人不来为线索，尽管在彷徨怅惘中表现出深长的怨望，但坚贞不渝的爱情，则彼此是一致的。这样就从两个方面完整地体现了这一悲剧故事的精神实质。关于湘君和湘夫人的形象，两篇都没有作正面描写，而是通过对方心理活动的刻画和环境气氛的渲染，给予人们以完满而鲜明。的真实感觉。温庭筠词“照花前后镜，花面交相映”《菩萨蛮》用来说明这两篇的表现手法，我认为是最妥当不过的。

第二，民间神话传说，是《九歌》取材无尽的泉源；而人民的思想情感，则是《九歌》创作唯一的生命。像这篇所叙述的二妃的故事，在人民所经历的悲欢离合的现实生活中是有着普遍意义的。这就使得人民历史的和现实的思想情感糅合在一起，从而更丰富了故事的内容，扩大和加深了它的表现力和感染力。了解这点，我们就会进一步理解屈原在加工改写时处理题材的态度：他没有离开故事的本身，但同时没有把他的描写黏滞和局限于故事背景上面；而是高度地概括了人民真诚淳朴的情操，按照这一原则来塑造作品的形象。篇中所写的是生离死别的心情，不可避免地笼罩着一层忧伤郁抑的悲剧气氛，可是就在这忧伤郁抑的气氛里却渗透着一种爱恋与追求的狂热，充沛地显示出一种生命的活力。从这可以看出在苦难的黑暗现实世界里，人民是怎样向往于美好和光明，怎样对待自己的未来和理想；而作者当时的思想情感和人民不期然而然的共鸣之处，在原有基础上提高了民间的文学形式，也就不烦词费了。

在《九歌》所祭祀的神祇中，也有黄河之神河伯。

我国北方的农业生产主要是依靠黄河系统的河流的灌溉；但同时古代历来的水患，也都是黄河的泛滥成灾。初民不能克服自然，只得托之宗教祈祷。河神的为祟，就是在这样现实的生活意义上产生；也就是在这样的意识中，黄河的祀典一天天地隆重而普遍起来的。“楚人信巫而交好祠”，春秋时代，民间即已望祭河神。到了战国,楚国国境已有一部分北抵河岸,当然对黄河的祭祀更加盛行起来。可是联系到实际生活来看,黄河究竟在楚国的边缘,特别是长江以南沅、湘流域的楚国人民,黄河对他们更不发生任何直接影响。他们之祀黄河,正是当地流行的"淫祀"之风的具体表现,并无实际意义和目的,既不可能有任何称颂,也无所用其祈祷,于是作为祭神歌辞的具体内容,却集中于河伯的恋爱生活。

《河伯》一篇,全部是爱情生活的描写,这并非偶然,也是有着长期流传的神话故事作为背景的。《天问》云:"帝降夷羿,革孽夏民。胡射夫河伯而妻彼雒(洛)嫔?""雒嫔",即神话中的洛水女神宓妃,照《天问》所说,原系河伯的妻室,她是一位美丽而放荡的女神。王逸注云:"羿又梦与雒水神宓妃交接也。"《离骚》说她"夕归次于穷石兮,朝濯发乎洧盘。保厥美以骄傲兮,日康娱以淫游"。穷石是后羿所居之地,这里当然就是指她和后羿相恋的故事;而后羿之所以"射夫河伯",则是为了"妻彼雒(洛)嫔"。河伯被羿射了以后,还有这样一场余波。王逸注引传(古书的通称)曰:"河伯化为白龙,游于水旁,羿见射之,眇其左目。河伯上诉天帝曰:'为我杀羿!'天帝曰:'尔何故见射?'河伯曰:'我时化为白龙出游。'天帝曰:'使汝深守神灵,羿何从得犯汝?今为虫兽,当为人所射,固其宜也。羿何罪欤?'"把上述这些片段记录综合起来,互相印证,不难找出其因果关系。足见河伯一开始在神话里出现,就是一位恋爱纠葛中的人物;不但如此,所有关于河伯的神话和祭祀,都是围绕着这个问题,沿着这条线索向前发展的。《史记·滑稽列传》载河伯娶妇事,当魏文侯时代,是战国初期,可是当地人民说,这种风气,"所从来久矣"。又,《史记·六国年表》也说秦灵公八年"初以君主妻河",足见这种风气不但由来已久,而且相当普遍。祭神是为了取悦于神;取悦于神的方式很多,而必用妇女作为祭品,那就是说,要想取悦于黄河之神,就必须从爱情生活上去满足他,足见历来普遍流传的关于河伯的恋爱故事是如何的丰富!这些丰富的民间传说,正好成为南楚地区用于“淫祀”的祭歌的内容。屈原“更定其词,去其泰甚”,在文艺加工的过程中檃括成为本篇;它所描绘的一切,都是有着本事作为背景的。

例如,关于河伯的形象,说他“驾两龙兮骖螭”,从表面看来,似乎只是水神的一般描写;可是假如把它和《山海经·海内北经》所说的,“冰(冯)夷人面,乘两龙”互相印证,就会觉得这里的描写更富于特征性了。又如,《少司命》篇“与女沐兮咸池,晞女发兮阳之阿。望美人兮未来,临风怳兮浩歌”四句,我以为是本篇脱简之文,应该插入“冲风起兮水横波”的后面,篇章结构以及语言和音节,无一不合。假如这种看法是不错的话,则“咸池”两句所叙述的正是《离骚》里的“朝濯发乎洧盘”,也必然是指宓妃的。宓妃和河伯的关系既如上述,则本篇的“女”和“美人”是指谁的问题,也就不难迎刃而解了。郭沫若认为本篇是歌咏河神追求洛神的故事,完全正确。它正反映了南楚地区青年男女自由恋爱生活中活泼愉快的一面。不过寻绎全文,也并不能使每句都找到根源,这是因为限于现有资料的缘故。《九歌》中像这一类的情况还很多,但并不妨碍我们的理解和欣赏。

《山鬼》一篇也是以神话为题材的有关爱情的描写。顾天成《九歌解》主张山鬼即巫山神女,其书今佚。近人孙作云有《九歌山鬼考》一文,我没有看到。不知道他们在论证中引用些什么资料。但这样的看法,我完全同意。

山鬼犹言山神,是一种通称。和湘君、湘夫人、河伯不同,非有所专属。楚国境内的名山极多,而篇中所描写的则是一位缠绵多情的女神,作品本身所表现的具体内容,又说明了它决非泛指。究竟应该怎样去理解呢?我想,可以从“采三秀兮於山间”一句里探索出一个总的消息。

《九歌》里的“兮”字经常具有“於”字的作用(参看闻一多《怎样读九歌》,见《全集》卷一)。如果这句的“於”照本字解,则和“兮”字重复。郭沫若认为“於山”即“巫山”,“於”“巫”是同声假借字,这话是不错的。既然如此,则《山鬼》篇所描写的女神之为楚国民间神话传说中的巫山神女,更不容置疑了。

我认为现存有关巫山神女的资料,和《山鬼》篇所叙写的都可以互相印证。《文选》江淹《杂体诗》李善注引《宋玉集》曰:“楚襄王与宋玉游于云梦之野,望朝云之馆。有气焉,须臾之间,变化无穷。王问:‘此是何气也?’玉对曰:‘昔先王游于高唐,怠而昼寝,梦见一妇人。自云:“我帝之季女,名曰瑶姬。未行而亡,封于巫山之台。闻王来游,愿荐枕席。”王因幸之。去,乃言:“妾在巫山之阳,高邱之阻。旦为朝云,暮为行雨;朝朝暮暮,阳台之下。”旦而视之,果如其言。为之立馆,名曰朝云。’”《文选》所载宋玉《高唐赋》,情节大致相同,文字较简略。《高唐赋》虽是托名宋玉,但最迟也是汉朝人的作品(曹植《洛神赋》有“感宋玉对楚王神女之事”的话可证)。篇中所叙,固属文人寓言,可是它的基本情节必然有着流传已久的民间传说作为依据,而不可能是凭空臆造出来的。瑶姬是一位未嫁而亡的少女,《高唐赋》里迷离恍惚的荒唐幽梦,正表现了她孤独无依中寂寞的情怀和追求的狂热,这和《山鬼》所刻画的女神在彷徨怅惘中的失恋忧思,心情上是一致的。《高唐赋》里“巫山之阳,高邱之阻”的葬地,“旦为朝云,暮为行雨”的自然化身,和

《山鬼》的“表独立兮山之上，云容容兮而在下，杳冥冥兮羌昼晦，东风飘兮神灵雨”的环境描写，意境上也是相吻合的。又《文选》江淹《别赋》李善注：“宋玉《高唐赋》曰：‘我帝之季女，名曰瑶姬。未行而亡，封于巫山之台。精魂为草，实曰灵芝。’按，此处和前引《宋玉集》文字又有出入《山海经》曰：‘姑瑶之山，帝女死焉。名曰女尸，化为䔄草。其叶胥成，其花黄，其实如兔丝，服者媚于人。’郭璞曰：‘瑶与䔄并音遥。然瑶与䔄同。’”据此，则䔄草之所以得名，由于是瑶姬的精魂所化。在《山海经》里把它叫做䔄草，《高唐赋》里却又说成灵芝，足见这两者实是一样的东西。本篇里的“三秀”又是灵芝的别名（见戴震《屈原赋注》）。那末“采三秀兮於山间”，正所以表现女神缠绵生死终古不化的心情，绝不是一般的叙述了。当然《高唐赋》和《山鬼》的主题思想不同，但就题材来源说，则出于楚国民间普遍流传的同一神话故事，应该是毫无疑义的。

不难想象，当屈原时代，楚国民间关于巫山神女的传说一定比现在我们所知道的更为丰富，更为美丽动人，这就成为他在创作本篇时所直接吸收的营养。可是和其他各篇一样，他并没有把他的描写黏滞在故事本身的某些现象上。一开始，他就用极其精炼的语言正面描绘这位女神的意态和姿容。她不但具备女性一切的美；而且是写得这样的空灵缥缈，仪态万方，使人感到是自然之美的化身；同时是山中的女神，绝不是自然界中的另一种神祇，更不同于人世间某一类型的女性。通过她的失恋，表现出一种始终不渝、缠绵悱恻的情思，对心理活动的刻画是细致而深微的。“子慕予兮善窈窕”，“折芳馨兮遗所思”，闪耀着青春喜悦的光辉；“岁既晏兮孰华予”，蕴藏着“美人迟暮”的无限哀怨；而“君思我兮不得闲”，“君思我兮然疑作”，“思公子兮徒离忧”，则标志着心理变化的三个过程。尽管在神魂迷惘的绝望境地中,支配她生命的力量,仍然是爱情。千回百折,愈折愈深;凄凉与孤独,只能成为爱情对她的考验而已。因而本篇所塑造的女神的艺术形象,它不但不局限于所直接描绘的材料,集中地表现了而且提高了人民的情感;从另一角度来看,作者青年时期在政治上的活跃,中年失意的忧伤,放逐以后眷恋故国的情怀,也都很自然的渗透交融于其中;这是不难求之于精神实质相通之处,而会心于文字迹象之外的。

《国殇》是《九歌》的第十篇,事实上也就是最后的一篇。《九歌》是一套自成体系的祭歌,从《东皇太一》到《山鬼》所祭的都是自然界的神祇。为什么最后要祭到人鬼的国殇呢?同时,战争无论胜败,双方面都有死伤,为什么在本篇里,描写战争的场面要从敌胜我败着笔呢?这都具有极其现实的客观历史意义。楚国自从怀王的后期开始,就曾经和秦国发生几次战争,都是秦胜而楚败。《史记·楚世家》:“(怀王)十七年春,与秦战丹阳。秦大败我军,斩甲士八万,虏我大将屈匄、裨将军逢侯丑等七十余人,遂取汉中之郡。楚怀王大怒,乃悉国兵,复袭秦,战于蓝田,大败楚军。韩、魏闻楚之困,乃南袭楚至于邓,楚闻,乃引兵归。”“二十八年,秦乃与齐、韩、魏共攻楚,杀楚将唐眛,取我重丘而去。二十九年,秦复攻楚,大败楚,楚军死者二万(《六国年表》作三万),杀我将军景缺。”“三十年,秦复伐楚,取八城。”“(顷襄王)元年……秦发兵出武关攻楚,大败楚军,斩首五万,取析十五城而去。”从上述一连串的记载中,我们可以看出在强秦不断的侵袭下,楚国人民为了保卫国家,所付出的牺牲代价是如何惨重!所以当怀王入关不返,死在秦国之后,强烈的复仇情绪,在民间就出现了“楚虽三户,亡秦必楚”的坚决口号。因而在祭神时不但最后列入阵亡将士,而且用极其沉痛的心情历史地描绘战争实况，以示不忘，而资激发，这是完全可以理解的。

《国殇》不但歌颂在卫国战争中英雄们的崇高品质，坚强斗志；而最后以“魂魄毅兮为鬼雄”作结，对国耻的洗雪寄予无穷希望，体现了广大人民的敌忾心情。从这，我们可以看出屈原爱国情感与人民血肉相连之处。由于所表现的内容不同，因而它的表现手法正如戴震所说的是“直赋其事”（见《屈原赋注》），和其他各篇有所殊异。这种热烈的礼赞和慷慨的歌声所形成的刚健朴质的风格，在《九歌》中是独标一帜的。

《礼魂》无专祀之神，是送神曲的歌辞，只有短短五句，从内容到形式都表现出它的特色。一开头说“成礼”，就和前面各篇联系起来，完成了祭祀的过程，足见它是通用于以上各篇，依存于以上各篇而存在的。接着叙述祭祀场面，重申人们祭祀时虔诚的娱神之意。祭祀是有目的，一般地说来，是为了祈求现实生活更好地一代一代地延续下去。“春兰兮秋菊，长无绝兮终古。”以祀典长存作结，是人们事神之心，也就是神对人的功德。这样，从人神之间的关系突出了祭祀的总的意义。《诗·大雅·生民》：“后稷肇祀，庶无罪悔，以迄于今。”《周颂·良耜》：“以似以续，续古之人。”也都是用这个意思结束全篇，表现出一种淳朴而真诚的乐观情感。

四

综上所述，我认为有下列两方面的问题值得注意：

第一，《九歌》虽然用于祭祀，但实质上它是南楚人民的生活之歌，正如《诗经》当中的《国风》一样。尽管只有十一篇，它所反映的生活面是同样广泛而深刻的。可是就作品的艺术风格来说，它前和《诗经》，后和汉乐府都有所殊异。在《九歌》里，从没有正面地、不加修饰地描写现实的人和人的生活条件，而是从其中提炼出一些最动人的经验和感觉，通过最美丽的神话故事作为题材背景，驰骋着空阔无边的想象，显示出一种最富于生活气息的地方色彩和情调；在人们的心底，唤醒对现实和现实一切压迫的反抗，从而强固了人们的生活意志，提高了人们的生活情感。它所表现出来的积极的浪漫主义精神，是极为鲜明的。这种积极的浪漫主义精神，虽然在《诗经》极个别的诗篇里可以看出一点萌芽，但到了《楚辞》时代，才有这样成熟的作品出现。它对后世的影响是巨大的。如果说，我国古典诗歌发展史上有现实主义与浪漫主义两个基本潮流，则《九歌》是形成浪漫主义的光辉起点，而此后著名诗人如晋代的郭璞，唐代的李白、李商隐，基本上都是属于这个潮流之内的。研究文学史，作为具体分析作家和作品的创作倾向及其艺术风格，浪漫主义与现实主义应该把它们区分开来，而不可混为一谈。

《九歌》的形式和题材，虽然来自民间，但作为文学上的艺术成品来说，则不得不归功于伟大的诗人屈原。从这里可以看出一个伟大作家在文学史上的作用；但另一方面，任何一个作家之所以取得伟大成就，他不可能不是从民间文学吸取丰富营养的。屈原的创作道路，就是这条道路；在他整个的创作过程中，始终是向民间文艺学习，从而提高了民间文艺的过程。《九歌》的创作，正是说明这一问题的范例。屈原的代表作《离骚》，从民间文学变化出来，创造出一种空前绝后的长篇抒情诗的形式。它的体制，和《九歌》不同，但在语言风格和文学意境上，则仍然是一致的。

关于《离骚》时代问题的商榷

一

《离骚》是我国诗歌史上一座辉煌的灯塔，它照亮了二千年来诗歌发展的道路，它是屈原伟大的代表作品。可是这一伟大作品的产生年代，众说纷纭，莫衷一是。由于写作时期的判断不同，势必影响到对内容的理解各异，这是值得提出商讨的一个重要问题。

诚如郭沫若先生所说，《离骚》的时代问题很难以确定。但这并不等于说就无从着手，郭先生对此也曾提出前后不同的意见。我认为在这一问题上，有下列几点应该注意：

首先，屈原这首自叙生平的长篇抒情诗《离骚》，是产生于斗争实践之中的。行间字里，不难看出他个人遭遇的因由，不难听到时代脉搏的跳动。因而作品的本身，就会透露出它自己问世的年代。

可是这一伟大作品，是屈原极度悲愤心情和惨痛的客观现实相结合的一个完满的整体。通篇的精神实质，关键脉络，虽然息息相通，但由于情感波动的剧烈，表现形式及语气上，一篇之内，变化极多。我们必须细心体察，以意逆志，从其中窥寻秘奥，找出关于写作时期的内证；而这些内证也必然不是零碎的、孤立的，而是系统的、互相关联的有机体。假如抓住原文的一句一节，断章取义，结果必然会把问题胶着在某一点上而看不到全面，以致形成固执的片面主观见解；而此主观见解，经援引附会，也往往似能自圆其说，于是见仁见智，就各有不同了。

其次，关于《离骚》写作时期的记载，我们也占有一些资料，提供解决这一问题的有利条件。但这些材料，往往因传闻异辞，并不是都能够互相证明，而且有些地方是互相抵触的。我们必须加以科学地整理和鉴别，适当地估计每一材料可靠性的程度，明确地区分主次，在许多材料中找出一个核心。否则必然会将问题引入荆棘丛中，障碍重重，找不到出路。

现存古书中关于屈原生平及其创作的记载，无疑地首推司马迁的《屈原列传》。谁也不能否认，《史记》是一部网罗放失、综合旧闻、经过精密整理、记载一般忠实的历史巨著；而且司马迁距屈原时代较近，关于屈原的生平，我们既没有发现比这篇更可靠的资料，那么我们就应该在尊重这篇传记的基础上，进一步地去深入体会原文，互相印证；并适当参考有关资料，观其会通。这样就不至在头绪纷繁中目迷五色了。

可是《史记》诸篇，往往因人立义，叙次的重点，各有不同，措辞极为灵活，体例的变化亦多，我们必须领会其微旨所在，而不能从文字现象上去机械地理解问题；否则容易发生许多的误解。

基于上面的认识，本文概括诸家不同的见解（综述大意，不一一列举原文），提出个人认为值得怀疑的地方，试图对这一问题进行初步的分析。

二

绝大多数的人，断《离骚》为屈原早年作品。这一结论，主要是根据《史记·屈原列传》。

> 屈原者名平，楚之同姓也，为楚怀王左徒。……王甚任之。上官大夫与之同列，争宠而心害其能。怀王使屈原造为宪令，屈平属草藁、未定，上官大夫见而欲夺之，屈平不与，因谗之曰："王使屈平为令，众莫不知。每一令出，平伐其功曰，以为非我莫能为也。"王怒而疏屈平。
>
> 屈平疾王听之不聪也，谗谄之蔽明也，邪曲之害公也，方正之不容也，故忧愁幽思而作《离骚》。……《国风》好色而不淫，《小雅》怨诽而不乱，若《离骚》者，可谓兼之矣。
>
> 屈平既绌。其后秦欲伐齐，齐与楚从亲，惠王患之。乃令张仪详去秦，厚币委质事楚曰："秦甚憎齐，齐与楚从亲，楚诚能绝齐；秦愿献商於之地六百里。"楚怀王贪而信张仪，遂绝齐。

他们认为"王怒而疏屈平"之后，紧接着就说屈原之作《离骚》，下文接叙楚怀王许秦绝齐事。"王怒而疏屈平"，司马迁虽未明言年月，但就文章的叙次来看，是在许秦绝齐的前一年，而《离骚》亦即作于是年。

按：许秦绝齐是楚怀王的十六年（见《史记·楚世家》），即公元前 313 年。前一年是 314 年，那么《离骚》就是屈原二十六岁的作品了。（关于屈原出生年月，诸家说法不同。最近浦江清先生有

《屈原生年日月的推算问题》一文,根据历法推断为公元前339年正月十四日或十五日,即阳历二月二十三日,见《历史研究》第一期。今依浦说。下同。)

这一论断,表面上似乎确凿有据,但司马迁的原意,是否就是如此呢?我认为还是值得提出来商讨的。

"王怒而疏屈平",发生在楚怀王许秦绝齐之前,是没有问题的,但不一定是前一年;《离骚》之作在"王怒而疏屈平"之后,也是没有问题的,但并不等于就在许秦绝齐以前。

为了说明这个问题,必须先从《屈原列传》的全面分析着手。

在《屈原列传》里,司马迁是以他的卓越史识先确定了屈原的历史地位,再来写这一篇传记的,所以他在篇末这样说:

> 屈原既死之后,楚有宋玉、唐勒、景差之徒者,皆好辞,而以赋见称。然皆祖屈原之从容辞令,终莫敢直谏。其后楚日以削,数十年,竟为秦所灭。

这样就将屈原与一般"从容辞令"的文士们划分了一个极其明显的界线。基于这一论点,于是他就在这篇传记里将屈原一生划成三个阶段。每一阶段都是以屈原文学上的创作为叙写核心,而当时楚国国内外情况的发展变化,以及屈原个人的遭遇则始终紧紧地围绕着这个核心,来说明屈原作品的政治意义。

第一个阶段,屈原为怀王左徒,是他一生在政治上最为活跃的时期。宫廷里,他是参与机要的大员,因而他的文学天才也就在这一方面发展。所以司马迁一再说他"明于治乱,娴于辞令","怀王使屈平造为宪令",而没有提到他的私人创作。当然,这并不等于说，在这个时期他没有写过私人文章，例如《九章》中的《橘颂》，可能就是这个时期的作品，但显然不是叙述的重点所在。

第二个阶段，是“王怒而疏屈平”之后。这是楚国情况变化最剧烈的一个时期，是屈原在政治上和亲秦派斗争最尖锐的一个时期，也是屈原在文学上获得最伟大成就的一个时期。张仪的两次入楚，怀王的许秦绝齐，秦楚丹阳和蓝田之战，诸侯的共同伐楚，怀王的被骗入秦，司马迁叙次特详。这些有关楚国国运兴衰的大事，屈原始终是参与其间的。在坚持连齐抗秦的斗争中，他一次又一次地遭受打击，一步又一步地走向失意，而《离骚》这一伟大作品，就是在这样复杂而又惨痛的现实中产生。《离骚》的出现，无疑是这一时期叙述的重点。

第三个阶段，是“顷襄王怒而逐之（屈原）”之后。在这个时期里，楚国国运日趋没落；屈原已被逐在外，完全丧失了参与政治的权利，而成为行吟泽畔的去国孤臣了。因而司马迁对当时楚国的一切情况都略而不书，只着重形容屈原悲哀的心情，举出反映这种心情的最后一篇作品《怀沙》，来说明屈原“自投汨罗以死”的悲惨结局。

这三个阶段，叙述的重点是明明白白的。我们了解这一基本精神，则对篇中个别问题叙次的方式和方法，用意所在，就不难迎刃而解。

在第二个阶段一开始，司马迁紧接着“王怒而疏屈平”之后说屈原“忧愁幽思而作《离骚》”。意思只是说，《离骚》是他政治上失意以后的作品，这里所指的时期是广泛的。即前面所说的第二个阶段，而并没有确定是哪一年。假如《离骚》写作年月司马迁知道很具体的话，他当然要清楚明白地交代出来；正因为他知道的不够具体，不能确定是哪一年，那么将这一问题叙述在这一阶段的开始，是再恰当不过的了。《离骚》的出现，不仅是屈原个人在文学创作上的伟大成就，从文学发展的历史来看，也是一个重大事件。故太史公引刘安"《国风》好色而不淫，《小雅》怨诽而不乱，若《离骚》者，可谓兼之矣"的话，说明《离骚》不但继承而且发展了《诗经》的优秀传统，扩大了文学的领域。这样，首先突出这一个核心问题，正是司马迁的"史笔"。可是这一伟大作品的产生不是偶然的，因而下面他就接着叙述作品的时代背景，作者在当时所处的复杂的斗争环境。只有在这样复杂的斗争环境里，屈原的爱国热情才会在残酷的考验下得到高度的发展；反映在文学创作上，才有可能出现这样伟大的诗篇。因此，我们可以得出这样一个结论：许秦绝齐及以下一连串的事实，是"王怒而疏屈平"之后的情况分析，是《离骚》的写作时代背景，绝不是《离骚》出现以后的事实记述。这是首先应该弄清楚的一个问题。

司马迁为了避免使读者发生误会，特地在"其后秦欲伐齐"的前面加上"屈平既绌"一句，使与上文"王怒而疏屈平"取得直接联系。假如不是这样，而是顺序写来的，则这一句岂不成为多余的吗？

司马迁的用意，虽极深微，但只要我们能够细心体察，就会感到他的文章脉络是这样的明晰，下笔是这样的有分寸，这样的丝丝入扣！

《离骚》是一篇体魄雄伟、气息深厚、冠绝古今的鸿篇巨制。作品的本身在文学上的成就，就证明了作者在生活上、精神上都有充分的酝酿。要说一个二十多岁的青年，就能写出这样的诗篇，未免有点不近情理吧？

屈原的被谗，《史记》载明仅仅为了夺稿一事。上官大夫在怀王面前毁谤屈原的罪状，也只是夸功，问题并不太严重；“王怒而疏屈平”，也仅仅是“疏”之而已，两者之间的情况是吻合的。有人据洪兴祖谓“疏”一作“逐”，《文选》李善注引“疏”作“流”，谓“疏”乃“逐”字或“流”字之误。这种说法，不但与事件的本身情理不符，而且也和下文联系不起来，显然是不能够成立的。因而屈原这次的被谗，结合下文“屈原既绌”，“屈原既疏，不复在位，使于齐，顾反”来看，不过是由一个言听计从的机要人员，变成一般的贵族；离开了左徒的重要职位，但并未脱离楚国的政治舞台。这仅仅是他在政治上失意的开始。假如断《离骚》为这一年所作，则作品的内容，和作者当时的心情是不相符合的。

《离骚》的忧愤深广，不必举例说明，只要读过《离骚》，都会感到这一点。假如一个刚在政治上遭受一点打击的人就会有这样的表现，这样的“忧愁幽思”，甚至想到死，(“吾将从彭咸之所居”句，钱杲之释为“犹言从古人于地下”，最得原意。)这岂不是真如班固所说“露才扬己，怨怼沉江”？特别“老冉冉其将至兮”一句，无论怎样多愁善感的二十多岁的青年也不可能有这样的想法，尤为明显。

不但如此，和当时的客观情况，也有很大的矛盾。

> 初既与余成言兮，后悔遁而有他。余既不难夫离别兮，伤灵修之数化！

值得我们注意的是“数化”一句。屈原被谗去职以前，一直为怀王所信任；同时，这之前，楚国的局势也是一直稳定的。“王怒而疏屈平”，才是怀王对屈原态度变化的开始；而十六年的许秦绝齐，才是怀王在国策上变化的开始；以后一连串的变化，愈变而屈原愈见疏远,楚国的国运也愈变而愈益削弱了。假如《离骚》作于被谗去职的那一年,则“数化”一句的背景是什么呢?

我认为这和上文“荃不察余之中情兮,反信谗而齌怒”句为层次:“信谗齌怒”是指“夺稿见疏”;“灵修数化”则更进一步概述见疏以后个人遭遇和楚国情况长期而复杂的演变过程;“数化”的后果是怎样呢?更应该和再前面“岂余身之惮殃兮,恐皇舆之败绩”联系起来。“灵修数化”为什么可伤呢?屈原追述当时的心情,他所考虑的绝不是个人的得失,而是整个楚国国运的兴衰。按:怀王十七年楚秦丹阳之战以前,楚国不但未曾打过败仗,而且破魏攻齐,在国际上一直处于胜利者的地位(十一年合六国攻秦,至函谷关退兵,但亦未溃败);十七年以后,损兵折将,才史不绝书。这里虽然是说“恐皇舆之败绩”,但寻绎语气,结合下文,我们可以肯定当追忆这一问题时,是在“皇舆”已经败绩之后。正因为无情的现实已经不幸地证实了他的预见,所以他才说得这样的沉痛而悲哀。从这,也说明了《离骚》绝非屈原被谗去职初期的作品。

有人认为《涉江》有“余幼好此奇服兮,年既老而不衰。带长铗之陆离兮,冠切云之崔嵬”的话,与《离骚》“高余冠之岌岌兮,长余佩之陆离”句相吻合。因而据《涉江》中的“幼”字证《离骚》为屈原少作。

我想,这两处是可以互相参证的,但决不能刻舟求剑,据以推断《离骚》的作年。《涉江》所说的不过是屈原自述其不肯同流合污的个性,从幼便是如此,到老也还是这样而已。即“余独好修以为常”之意。《离骚》里出现的这两句,只能说明屈原伟大人格的统一性,与它的作年无关。因为从幼到老,包括了一生整个的过程。这样的话,少年或老年的时候固然可以说,壮年和中年以后又何尝不可以说？比如孔子曾说“吾十有五，而志于学”，但我们能否据此而谓“我学不厌”和“发愤忘食”就是孔子十五岁时候所说的话呢？

三

另有一部分人则认为《离骚》是屈原放逐以后的作品。这种说法虽是有较多的根据，但同样地令人怀疑。

他们的根据是什么呢？

(1)司马迁《报任安书》：“屈原放逐，乃赋《离骚》。”

(2)《汉书·贾谊传》：“屈原者，楚之贤臣也。被谗放逐，作《离骚赋》。”

(3)《新序·节士》篇：“屈原为楚东使于齐，以结强党。秦国患之，使张仪之楚，货楚贵臣上官大夫靳尚之属，上及令尹子兰、司马子椒、内赂夫人郑袖，共谮屈原。屈原遂放于外，乃作《离骚》。”

(1)《风俗通·六国》篇“怀王佞臣上官、子兰斥远忠臣屈原，作《离骚》之赋。”

这四条中，记载较详的要算《新序》。据此，则《离骚》作于怀王之时，其时屈原已遭放逐。但这一材料的本身漏洞甚多，实在不能令人信赖：屈原在怀王时代未遭放逐，说已详前，郭沫若先生有更详细的论证；而且这里所叙的事实，全部与《史记》抵触。张仪两次来楚，在屈原使齐之前，在“王怒而疏屈平”之后，《史记》的记载是有本有末，非常明白的。假如《新序》所指“使齐”不是《史记》所说的那一次，而是被谗见疏以前，任左徒时的另一次，“张仪之楚”，主要是为了离间怀王和屈原的君臣关系，则此等重大事件，司马迁在本传上断无略而不书之理；更不会化大为小，详叙夺稿进谗的始末。足见刘向是掇拾旧闻、东拼西凑、任意夸大之辞。而且这些记载不同而又无法调和统一的材料，摆在我们面前，势必有所否定，而后才能有所肯定；斩绝枝蔓，问题才能得到解决。无论是谁，无论用什么标准与尺度来决定取舍，我想，总不会据《新序》的零星杂录而推翻《史记》的《屈原列传》吧。

值得商讨的倒是《报任安书》“屈原放逐，乃赋《离骚》”的一句。同是司马迁的话，为什么这样自相矛盾呢？这一问题，从表面看来，似乎不易理解，但如能从两篇文章性质的不同，细加研究，则似可进一新解。

《屈原列传》是一篇历史传记。作者一个最基本的立场，必须尊重客观事实，在叙述上，必然是一丝不苟的。《报任安书》则是私人信件。而且司马迁写这封信给任安，主要是为了发泄主观上的悲愤心情，对个别事件的援引，也只是为了说明这种心情而已，当然不会详加考核的。《离骚》是屈原失意以后的作品，而失意的终极，则是放逐在外乃至自杀的悲剧；《离骚》是后人最景仰、最熟悉的诗篇，放逐是最为引起后人同情的事件，这两者很容易因联想而混淆起来。“屈原放逐，乃赋《离骚》”这句话，从文学角度来看，是很自然的表现；从考证的角度来看，则不足为据。在这封信里司马迁不但说“屈原放逐，乃赋《离骚》”，同时也说“不韦迁蜀，世传《吕览》”，“韩非囚秦，《说难》《孤愤》”，均与事实不符，难道我们能据以一一否定他在吕不韦、韩非本传上所记载的吗？班固既将《报任安书》录入《司马迁传》，则《贾谊传》所云，显系据此立说。《风俗通·六国》篇一句含糊的话，大概也是同一来源。

有人认为《报任安书》后于《屈原列传》，《报任安书》所云，可能是司马迁否定了旧日的见解。但值得我们怀疑的是《史记》一书，乃司马迁毕生精力所寄，他自己说，要把这部巨著“藏之名山，传之其人，通都大邑”；同时《报任安书》的内容，正是说他自己如何在“发愤著书”。《史记》在当时尚未完全定稿，如果他有新的发现，为什么不及时加以修正呢？

《涉江》、《哀郢》诸篇，记述放逐的途程、年月以及沿途所见景物，至为详尽。《离骚》是屈原唯一长篇抒情诗，事实上就是一篇自叙传。观其开首，追溯世系，详纪生年，接着叙述平生，反复咏叹，有本有末，赅括无遗。假如屈原当时已遭放逐，则篇中必然有具体的记载，细致的描写。可是在《离骚》中一句也找不到，所看到的只有被谗见疏而已。例如：

何离心之可同兮，吾将远逝以自疏。

既然“离”是指心情，则“同”必然是指形迹，即“同舟胡越”之意，形迹上并未分离；既然说“将远逝”，可见尚未远逝；既然说“自疏”，可见怀王虽已疏远他，而他尚未自疏于怀王，与《史记》本传所叙析合无间。这里特别值得注意的是这两句出现在最后的一节。假如是在前面，我们尚可解释为过去心情的追叙；而这是最后结尾的一节，是和“仆夫悲余马怀兮，蜷局顾而不行”两句相呼应的。这更有力地说明了屈原作《离骚》时并未离开郢都。又如：

余既不难夫离别兮，伤灵修之数化。

这里屈原说明为什么被谗见疏，而没有离开的原因。从“不难离别”的语气里，也足见尚未离别。再如：

宁溘死以流亡兮，余不忍为此态也。

从一“宁”字，我们可以肯定他当时并未“流亡”，当然更未“溘死”。这是更深入一层来表明自己的心情，我们只要把它和“余固知謇謇之为患兮，忍而不能舍也”两句比较一下，就可以更清晰地看出“謇謇为患”，是从过去的预见，来说明遭遇的现实；“溘死”、“流亡”，是就现实的遭遇，推想可能发生的将来。“固”字与“宁”字，现实和推想，是分得明明白白的。这和前面所举的两个例句，同样地证明了《离骚》是屈原尚未“流亡”时的作品。有人反因此而发生误解，我想，该是不必要的吧。

总之，《离骚》叙述现实的遭遇和心情，终未轶出被谗见疏的范围以外。文章的变化虽多，语气则始终一贯。只要熟读深思，自能心知其意，证实这点。例句太多，不胜枚举。

《离骚》中有“济沅、湘以南征兮，就重华而陈辞”的话。有人据此说这是屈原因流放沅、湘而联想到大舜。屈原后来确曾在沅、湘一带过着长期的流放生活，并且在沅、湘流域时也确曾说过类似这样的话，《涉江》中“吾与重华游兮瑶之圃”，即其一例。但这并不等于说，说这样话的时候，屈原一定是在沅、湘流域。《离骚》的全文是幻想与现实的交织，其中有现实的叙述，也有幻想的驰骋，二者是不可混淆的。幻想虽然是在现实的基础上产生，但幻想并不等于就是现实。这就是说，在幻想中主观的现实心情，和文章表现的语气是密切相配合的；可是在幻想中客观上的时间、空间、人名、地名则信手拈来，忽上忽下，胡帝胡天，难以究诘，“昆仑”、“县圃”、“宓妃”,“二姚”即其明证。我们必须把它和现实的叙述区分开来,更重要的是从上下文搞清其因果关系。这里屈原受了他所最亲近的女媭申申告诫之后(女媭和屈原的关系究竟怎样,是另一问题,但无疑的她是屈原当时唯一的最亲近的人),他的孤怀幽愤在人世间已找不到一个同情者,于是他就不得不“依前圣以节中”了。在“前圣”中,大舜是他最所景慕的人物之一,而“舜崩于苍梧之野”,既然要“就重华而陈辞”,就不得不“济沅、湘以南征”。沿此线索,于是下面又出现了“朝发轫于苍梧兮”一句。这是极度悲愤中心理活动所构成的幻境。幻境中出现的人物,可能和作者的所在地有偶然的联系,但不一定都有联系。这种例子,《离骚》中俯拾即是。假如我们能从篇中其他的地方发现了一个主证,证明《离骚》确系屈原流放沅、湘时的作品,而以此为佐证则可;倘若并无其他坚强论证,则它就无所依附,是不能够独立地说明问题的。

又有人认为《离骚》中“悔相道之不察兮,延伫乎吾将返。回朕车以复路兮,及行迷之未远”四句,是屈原放逐在外,离郢都还不远,希望召回的意思。这一意见之所以产生,问题的症结是在一个“返”字上。其实这里所谓“返”,是返到哪里呢?下文已明白告诉我们,“退将复修吾初服”。正视现实,摆在面前的是“伏清白以死直”的一条道路;逃避现实,则尚可退隐以保一身。这一节是屈原在彷徨失意时一种极端复杂的矛盾心情的反映。在剧烈的思想斗争中,他终于打消了退隐的想法,而以“虽解体其犹未变兮,岂余心之可惩”作结。往复低徊,深情若诉,欲留不可,欲去不能,当时的屈原,何曾离开郢都一步!

我们在《离骚》中既找不出一点放逐的痕迹,而且断《离骚》为放逐后所作,则篇中语气也不符合于他的年龄特征。

屈原之遭放逐，是什么时候呢？司马迁在《屈原列传》里是这样记载的：

> 楚人既咎子兰以劝怀王入秦而不返也。屈平既嫉之，虽放流，眷顾楚国，系心怀王，不忘欲返。冀幸君之一悟，俗之一改也。其存君兴国而欲反复之，一篇之中，三致志焉。……令尹子兰闻之，大怒。卒使上官大夫短屈原于顷襄王，顷襄王怒而迁之。

这里的“放流”并不等于流谪，郭沫若先生论之甚详。那么屈原之被放逐，就是这里所说的“顷襄王怒而迁之”了。可是司马迁并未明言年月，《史记》惯于用详略互见的笔法，我们要知道屈原被放逐的具体时间，必须参合书中有关记载，加以推断。在《楚世家》里有这样一段：

> 顷襄王三年，怀王卒于秦。……秦楚绝。六年，秦使白起伐韩伊阙。……楚顷襄王患之，乃复谋与秦平。七年，楚迎妇于秦，秦楚复平。

联齐抗秦，是屈原坚持不变的一贯的政治主张。楚国国策的变化，和他个人的遭遇是密切关联的。顷襄三年是“秦楚绝”的一年，以情理论，屈原之被放逐，绝不可能发生在这年。而且从“卒使上官大夫短屈原于顷襄王”这一句中的“卒”字加以寻绎，则令尹子兰指使上官大夫阴谋进谗，陷害屈原，是经过相机而动的一定过程的。顷襄六年是楚国统治集团酝酿降敌的开始，七年就实现了。

这正是亲秦派从政治上排挤屈原一个最好的时机,《屈原列传》所说"顷襄王怒而逐之",最大的可能是在顷襄七年(公元前292年)。假如断《离骚》为放逐后的作品,则那时屈原最低也是五十左右的人了。可是《离骚》中有"及年岁之未晏兮,时亦犹其未央"等类的句子,这对五十左右的人来说,语气是不切合的。

有人据"老冉冉其将至兮"一句,谓古人七十称老,屈原至少必须是五十以上才能说得这样的话。

我想,对这一问题,似乎不能看得太固定。七十称老,是礼节上的标准辞令,反映在文学上,因心情和环境的不同,就会有很大的出入。失意的人,对老的精神威胁似乎特别敏感,屈原根本没有活到七十,可是涉江里已出现了"年既老而不衰"的句子;杜甫四十称翁,尤为明证。因此"老冉冉其将至兮",对屈原来说,五十以上,固然可以;四十左右,又何尝不可;除非三十以前,这样的话说不出口而已。这并不是说,从这句话里找不出一点关于年龄的消息,我们可以肯定这不是六十以上或三十以前所说的话,可是要再具体一些,就不可能。因为它所暗示的范围,实在是太广泛了。但假如把它和"及年岁之未晏兮,时亦犹其未央"联系起来,加以推断,则我们很有理由把说这句话时的屈原的年龄,推前十年左右。《涉江》里的"年既老"和《离骚》里的"老将至"必然有一段相当长的时间距离。《涉江》作于六十左右,可以肯定,那么《离骚》就不会是五十以上的作品了。

有人以《离骚》中的称呼君上,前说"灵修",后面忽说"哲王",因谓"灵修"犹言"先帝",是指已死的怀王;"哲王"犹言"今上",是指现存的顷襄。据此,断《离骚》成于怀王死后,是放逐时期的作品。

这一论点，就其本身来看，确是持之有故，言之成理。但如就原文作更全面的研讨，似乎还有商榷的余地：第一，《离骚》前半部称呼君上的，除了“灵修”之外，还有一个“荃”，是不是能作同样的解释？第二，“哲王”为什么只出现一次，而且是最后的一次？

我认为“荃”、“灵修”、“哲王”都是指怀王。“荃，香草，以喻君。”旧说无误；“灵，善，修，长也。称君为灵修者，祝其所为善，而国祚长也。”王船山的解释，是可以说得过去的。二者，或以物喻人，或缘情托意，都是隐而不显的。可是这两个隐而不显、只有作者“心知其意”的词汇，终于要把它点明。于是“哲王”必然出现在最后的一次；而且只要出现一次，也就能点明了。用词的前后变换，作者微意所在，似不难探索。同时，在《离骚》全部叙述过程里，我们只看到屈原所念念不忘的一个怀王，并无顷襄的存在。

四

关于《离骚》的时代问题，综上所述，可以知道古今研究屈原的人们，都是从寻绎原文参证史料着手，而得出结论的。在还没有发现确凿不移的铁证以前，事实上也只有如此。不过对问题的看法，各有不同罢了。

据我个人的管见，《离骚》产生的时代，可能在楚怀王二十八年至三十年之间（公元前301—前299年），是屈原三十九岁以后四十一岁以前的作品。究竟是三年中的哪一年呢？那只有本“阙疑”之义，存而不论。

为什么不能说在这之前呢？按，《史记》怀王十八年，屈原谏释张仪。二十年，齐楚复交。二十四年，又“倍齐而合秦，秦昭王初立，乃厚赂于楚”。二十五年，怀王入关，与秦昭王盟于黄棘，秦复与楚上庸。二十六年，齐、韩、魏共伐楚。秦遣客卿救楚，三国兵引去。自二十七年楚太子杀秦大夫逃归，秦楚始绝交。从十八年到二十八年的当中，怀王虽然主张不定，但一般地说，楚国情况，还是比较稳定的。《离骚》之作，绝不在谏释张仪以前，已详前论：同时，也不可能是这十年之中的作品。因为寻绎《离骚》语气，大声疾呼，痛哭流涕，它已显示出楚国的危机全部呈露，而不是像那样的潜伏着。

为什么不能说在这之后呢？因为怀王三十年即被骗入秦，从此一去不返。这是楚国最大的国耻，广大的楚国人民对此莫不表示最大的愤怒与哀痛。《史记》记怀王之死，一再说“楚人怜之”，“楚人皆怜之，如悲亲戚”。以屈原和怀王关系之深，他当时的心情，更可想见；而且《屈原列传》里明明说他“系心怀王，不忘欲返，一篇之中，三致志焉”。可是《离骚》里却一句也没有提到。不但如此，《离骚》最后还有“哲王又不悟”的话。怀王被骗入秦后，如果他能接受秦国割地要盟，很快地就可以回国；正因为他拒绝了屈辱的要挟，才长期囚系，最后客死；这种坚决行为的本身，就是悔悟心情的表现。假如《离骚》之作，是在怀王入关以后，则这句话，又是怎样解释？凡此均足证《离骚》是怀王三十年以前的作品，而本传所谓“系心怀王”，则是另有所指。

从怀王二十八年到三十年，这三年之间，是楚国最危急的一个时期。从二十八年开始，秦、齐、韩、魏共伐楚。楚国一方面向齐国求和，另一方面，则不断遭受强秦的侵袭，弄得两头不着岸，完全处于孤立无援的境地。屈原当时正是四十左右的人。四十左右是一个人生命力最旺盛充沛的时期，在不断的政治斗争中，眼看着祖国的命运一步步地发展到这样田地，不可抑制的悲愤心情，暴发出这样像长江大河一般雄伟的诗篇，是完全可以理解的。就文学创作的表现及其成就言，也是符合于作者年龄的特征的。

《离骚》乃千古至文，它所包孕的丰富而复杂的、真挚而深厚的情感，往往难以领会。但假如弄清了它的写作时期，使历史社会背景和作品取得直接联系，循是以求，则篇中一章一节，一字一句，无一非作者现实心情的反映；而文章的意绪脉络，也就豁然呈露在我们面前，艰深一化而为平易；对理解原作，是会有很大的帮助的。

从汉代关于屈原的论争到刘勰的《辨骚》

文学思想领域中的论争，是推动文学理论发展的动力。论争有时从理论的本身提出，而更多的情况，则往往发生在对某些具有代表意义的作家的评价问题上。当某一作家在文学史上产生巨大影响、受到人们普遍注意的时候，就会很自然地出现各式各样的评论。这些评论，各有其理论的依据和批评的标准。有时互相发明，互为印证；有时互相出入，相互补充；有时则冰炭不相容，互相排斥。有了对立面，就会展开论争。论争是理论的检验，真理是愈辨而愈明的。通过反复的论争，就会不断地丰富了理论，提高了理论。从汉朝人关于屈原的论争到刘勰的《辨骚》即是显例。

一

赋是汉代一种新兴的文学体制。《楚辞》开汉赋之先河，从艺术形式的传统继承关系来说，屈原为辞赋家百世不祧之宗，这是汉朝人所共同承认的。然而关于屈原及其作品的政治思想性，却成为论争的焦点。

早在汉文帝时，怀才不遇、远谪长沙的贾谊就曾写过一篇《吊屈原》，对屈原的遭遇表示了无限的同情。但《吊屈原》是篇文学作品,名为吊古,实则自伤,并未涉及理论问题。第一个从思想的角度去评价屈原作品的是武帝时的刘安。刘安曾作《离骚传》(见《汉书》本传),认为《离骚》义兼《国风》、《小雅》,可与日月争光(见班固《离骚序》及刘勰《文心雕龙·辨骚》)。司马迁采其语入《史记·屈原贾生列传》而加以发挥。但到东汉初,班固在《离骚序》里,却提出了完全不同的看法。东汉末,王逸又针对班固,推衍刘安、司马迁之说,写了一篇《楚辞章句序》。于是关于屈原的问题,就形成一次壁垒分明的论战。

争论的内容,涉及两个方面:一是如何在政治上评价屈原,二是如何在思想意义上评价屈原的代表作《离骚》;而论争的实质,则归结到如何正确理解文学思想的优良传统的问题。

屈原处于楚国衰危之际,为了挽救祖国没落的命运,实现自己的政治理想,便和其本阶级的反动势力进行了不调和的斗争。结果屈原失败了,终于以身殉国,沉湘而死。刘安赞扬他说:"推此志也,虽与日月争光可也。"司马迁更反复阐明其"系心楚国,眷顾怀王"的用意,说"其行廉,故死而不容自疏"。然而班固则认为:

> 且君子道穷,命矣。故潜龙不见是而无闷,《关雎》哀周道而不伤,蘧瑗持可怀之智,宁武保如愚之性,咸以全命避害,不受世患。故《大雅》曰"既明且哲,以保其身",斯为贵矣。

因为屈原昧于"明哲保身"之义,于是给他加上个"露才扬己,忿怼沉江"的罪名,首先从政治上否定了屈原的斗争性。这样,他的作品虽意在讽谏(见《离骚赞序》),但"责数怀王,怨恶椒兰,愁神苦思,强非其人",则是不足为训的。"谓之兼《诗》风、雅,而与日月争光,过矣!”剩下的只有“弘博丽雅”之词了。

由于班固批评刘安、司马迁,因而招来了王逸对他沉重的反击。王逸完全站在刘安、司马迁的一边,但却发展了刘安和司马迁的理论,论点显得更为完整。他说:

> 且人臣之义,以忠正为高,以伏节为贤;故有危言以存国;杀身以成仁。是以伍子胥不恨于浮江,比干不悔于剖心,然后忠立而行成,荣显而名著。若夫怀道以迷国,详(佯)愚而不言,颠则不能扶,危则不能安,婉娩以顺上,逡巡以避患,虽保黄耇,终寿百年,盖志士之所耻,愚夫之所贱也,今若屈原,膺忠贞之质,体清洁之性、直若砥矢,言若丹青,进不隐其谋,退不顾其命,此诚绝世之行,俊彦之英也。而班固谓之露才扬己,竞于群小之中,怨恨怀王,讥刺椒兰,苟欲求进,强非其人,不见容纳,忿恚自沉,是亏其高明而损其清洁者也。

这话多么的尖锐!他把犀利的矛头,直捣对方的心脏,揭穿了班固所强调的“明哲保身”,只不过是件美丽的外衣;掩盖在这外衣里面的,实际上则是同流合污、苟合取容的可耻的思想而已。这样,王逸就以堂堂之阵、正正之旗粉碎了班固的谬说;同时也阐明了屈原的高尚品质,充分地肯定了他积极对待现实的政治态度。

“发愤以抒情”(见《九章·惜诵》),是贯串在屈原全部作品里的反抗精神,刘安看清了这点,所以比之于“《小雅》怨诽而不乱”。说“怨诽”,便突出了问题的核心;说“不乱”,则更是替他解释。然而“怨诽而不乱”,和“怨而不怒”的含义是不同的。“发愤著书”的司马迁更看清了这点,于是进一步阐明屈原“信而被谤,忠而见疑”

不得不怨的道理。屈原之怨,是“怨灵修之浩荡”,“哀民生之多艰”(均见《离骚》)。刘安、司马迁从这个角度去加以阐发,和当时封建士大夫的思想意识——封建制度巩固以后的尊君思想发生了正面的抵触,和粉饰太平的汉赋的文学精神,更是背道而驰的。

班固是封建正统文人,汉赋的代表作家,他之所以要从政治上否定屈原的斗争性,其目的是为了要防止它那具有强烈反抗性的文学精神闯进赋的领域。但另一方面,汉赋却也挂着一副“讽谏”的招牌(关于汉赋的“讽谏”问题,可参看扬雄《法言·吾子》篇、王充《论衡·谴告》篇及《汉书·扬雄传》),这又迫使班固不得不承认屈原作品的讽谏之义(见《离骚赞序》)。既承认讽谏之义,而又说他不该“责数怀王,怨恶椒兰”,论点本身的自相矛盾,就给王逸留下个进攻的缺口。王逸说:

> 昔伯夷、叔齐让国守分,不食周粟,遂饿而死。岂可复谓有求于世而怨望哉?且诗人怨主刺上曰:“呜呼小子!未知臧否。匪面命之,言提其耳。”讽谏之语,于斯为切。然仲尼论之,以为《大雅》。引此比彼,屈原之词,优游婉顺,宁以其君不智之故,欲提携其耳乎?而论者以为露才扬己,怨刺其上;强非其人,殆失厥中矣。

这话有两层意思:一是就人立论,针对“露才扬己”而说的;一是就作品立论,针对“怨主刺上”而说的。关于前者,王逸认为屈原“膺忠贞之质,体清洁之性”,他的怨愤,包含着极其严峻的现实斗争意义。不可“亏其高明,损其清洁”,理解为是从个人出发的。伯夷、叔齐无求于世而有怨,可见怨是政治上的愤慨,而不是个人利害得失的问题。关于后者,王逸认为产生在当时黑暗社会里的文学,是不可能没有怨刺的。"怨主刺上",见于《诗经》,孔子把它编入《大雅》。屈原"依诗人之义而作《离骚》,上以讽谏,下以自慰",讽谏就必然有所刺,自慰就必然有所怨。怨刺是屈原作品思想性的核心,它体现了屈原政治上的坚定性,是无可非议的。而况他的措辞,还不像诗人(指《抑》的作者,据毛传说是卫武公)那样的激烈。

这些话,不仅把班固驳得体无完肤,更重要的是:揭示出屈原作品中最可宝贵的反抗精神,指出文学思想的优良传统,透辟地阐明了孔子以"兴"、"观"、"群"、"怨"论诗的精义;和汉人片面强调"温柔敦厚"的"诗教"(见《礼记·经解》),正是尖锐地对立着。

二

自汉武帝罢黜百家,独崇儒术,儒家思想,被确定为正统思想,因而儒家所尊奉的经典,也就逐渐在人们的意识中成为判断是非、衡量一切的最高准则。汉朝人关于屈原的论争,始终和宗经的思想结合在一起。刘安、司马迁已开其端,到王逸就发展到顶点。

刘安说《离骚》义兼《国风》、《小雅》,自然是由于《诗》、《骚》同属抒情篇什,两者之间有其继承和发展的关系;但在另一个意义上来说,举《离骚》以方经,便大大抬高了它的地位。班固所企图全力加以否定的,也是着眼在这个问题上。前面说过,班固的论点,本身是站不住脚的,王逸反驳班固,就把问题提到了一个更高的高度。

照王逸看来,《离骚》之文,不仅得《小雅》怨诽之旨;而且和《大雅》怨主刺上的精神也是相符合的(《大雅》、《小雅》,从经学的眼光来看，有高下之分）；不仅合于《大雅》，而且它的全文都是“依托《五经》以立义”的：

> “帝高阳之苗裔”则“厥初生民，时惟姜嫄”也；“纫秋兰以为佩”，则“将翱将翔，佩玉琼琚”也；“夕揽洲之宿莽”，则《易》“潜龙勿用”也；“驷玉虬而乘鹥”，则“时乘六龙以御天”也；“就重华而陈词”，则《尚书》咎繇之谋谟也；登昆仑而涉流沙，则《禹贡》之“敷土”也。

这样一来，《离骚》不但“依诗取兴”（见《楚辞章句·离骚经序》），简直是群经的总汇，义兼《诗》、《书》、《易》了。基于这样的认识，他干脆在《离骚》的篇名加上一个“经”字，称之为《离骚经》（也可能刘向的《楚辞》旧本就是如此，王逸承用其说）。“经”，是多么尊严的名称，多么的高不可攀！大概王逸自己也感到有点不妥，于是解释说：“经，径也，言已放逐离别，中心愁思，犹依道径以风谏君也。”（见同上）其实汉儒释经，就有训经为径的，这话只不过是为了避免正面同于《五经》之名，兜了个圈子而已。洪兴祖说的好：“古人引《离骚》未有言经者，盖后世之士祖述其词，尊之为经耳。”（见《楚辞补注》）这话深得王逸的原意。

从义兼《风》、《雅》，到尊《骚》为经，说明了在汉朝，通过反复的论争，伟大的诗人屈原及其代表作《离骚》的思想意义，在人们的认识上已逐渐加深，获得了最高的评价。这是问题的一面，是我国古代文学思想史上的一件大事，不容忽视。问题的另一面是：推崇屈原，托体于经，和宗经的思想纠缠在一起，却也产生了不良的副作用。

《离骚》是文学作品，是屈原自叙生平的抒情长诗，论其性质和体制，在《五经》中，除了《诗经》而外，和其他各经并无共同之处。特别是《离骚》的后半篇，驱使风云，运用神话，上天入地，驰骋幻想。对这独特的浪漫主义表现形式，根本就不可能刻舟求剑，解释得太实太死；而况说它处处都原本《五经》，句句都“依经立义”，这岂不是作茧自缚？正因为如此，所以不得强为牵合，连昆仑、流沙的神游，都比之为《禹贡》的敷土了。

王逸之所以提出“《离骚》之文，依托《五经》以立义”，是针对班固“昆仑冥婚，宓妃虚无之语，皆非法度之政，经义所载”的话而发的。从论争的方式来看，所谓即以其人之道，还治其人之身。然而在挥戈反击中，他自己却被嵌进了一个框子里。于是他就采用汉儒说经方法来说《骚》。《骚》并不是经，一定要这样做，那自然就会说得格格不入，窒碍难通，反而掩盖了《离骚》作为文学作品的特点了。

三

刘勰《文心雕龙》有《辨骚》一篇，在总结汉人关于屈原的论争的基础上提出了新的看法。

他指出了过去的意见之所以分歧，是由于纠缠在屈原之文是否符合于经义的问题上。他说：“将核其论，必征言焉。”经过一番核实，他认为“同于《风》、《雅》”者有四，“异乎经典”者也有四。这种论证的方法，从表面看来，似乎重复走了汉人的老路，但他所得出的结论，却突破了汉人的局限，跳出了以经义衡量文学的圈子。

首先，他是以发展的观点来看待文学的历史现象的。所以说："固知《楚辞》者，体慢于三代，而风雅于战国，乃《雅》、《颂》之博徒，而词赋之英杰也。"一个时代有一个时代的文学，《楚辞》乃战国时的《风》、《雅》，那就不可能完全按照《诗经》的标准去衡量它，评价它。这是一。

其次，他指出文章各有体制，不可一概而论。《楚辞》既然是"词赋之英杰"，那么它的性质就不同于经典。所以说："观其骨鲠所树：肌肤所附，虽取镕经意，亦自铸伟辞。"正因为是"取镕经意"，而不是"依经立义"，才能见出《楚辞》的特点，屈原的独创性；正因为是"自铸伟辞"，而不是因袭陈言，因而和经典异同之处，也就在所难免了。此其二。

那么《楚辞》的特色，屈原的"自铸伟辞"，究竟表现在哪里呢？《辨骚》开宗明义，就揭示了他的主要论点：

> 自《风》、《雅》寝声，莫或抽绪，奇文郁起，其《离骚》哉！

《离骚》继《诗经》而起，放射出万丈光芒，和三百篇后先辉映，就在于它是"奇文"。到结尾的地方，刘勰又说：

> 若能凭轼以倚《雅》、《颂》，悬辔以驭楚篇，酌奇而不失其贞，玩华而不坠其实，则顾盼可以驱辞力、欬唾可以穷文致，亦不复乞灵于长卿，假宠于子渊矣。

"奇"和"贞"，"华"和"实"，是相对而言的。"贞"，指"规讽之旨"，"比兴之义"，也就是"同于风雅"，是《楚辞》与《诗经》精神相通之处;“奇”,指“诡异之辞”、“怪谲之谈”,也就是“异乎经典”,是《楚辞》所独有的光怪陆离的幻想的形式。“华”是词采;“实”是作品的思想内容。《楚辞》是幻想和现实交织在一起的作品。我们应该看到这些丰富的想象和幻想,乃是屈原政治上苦闷与追求理想的象征,是从现实出发的,故云“酌奇而不失其贞”。词采是情感的衣裳,《楚辞》中耀艳而深华的词采,乃是屈原美好品德的自然表现,故云“玩华而不坠其实”。

《文心雕龙》以《原道》、《征圣》、《宗经》、《正纬》、《辨骚》五篇作为全书的论纲,《征圣》、《宗经》阐明“贞”的一面,《辨骚》则标举“奇”的一面,以“奇”论《骚》,而把“奇”和“贞”,“华”和“实”统一起来,不但切合于文学本身的特点,而且初步接触到理想和现实之间的关系的问题,对我们理解屈原作品的积极浪漫主义精神,是颇有启发的。

这样,他就修正并提高了王逸的论点,把理论又大大向前推进了一步。

论《古诗十九首》

《古诗十九首》最早著录于梁昭明太子萧统的《文选》。这仅仅是十九首无主名的抒情短诗，可是一直受到诗论家最崇高的评价，《十九首》和《三百篇》往往相提并论。流传之广，影响之深，在中国古典诗歌领域中是一件非常特出的事例。这对文学史研究工作者来说，应该是一个值得引起注意的问题。

一

所谓"古诗"，一般地说，是指流传已久、难以确定其绝对年代的无主名的诗篇。屈原、宋玉之后，汉朝没有出现什么大诗人，汉朝的诗歌只有不知名的"乐府"和"古诗"。魏晋以还，个人的创作才大大兴盛起来，诗人受到社会上普遍的重视，作诗才成为一种专业。

采集民间诗歌，以之合乐，是汉朝乐府机关职掌中一项最重要的工作，也就是乐府歌辞最主要的来源。乐府规模，盛于西汉武帝刘彻时代。班固《汉书·艺文志》记录的采诗地区，北极燕、代、雁门、云中，南至吴、楚，西到陇西，东至齐、郑，可是所采的诗歌，仅有一百三十八篇。这个数字，固然是东汉时的纪录，难免有散失遗亡;但另一方面也说明了各地丰富的民间诗歌,绝非当时政府所能尽采。这些未被采录的诗歌,无疑地单独在社会上流传;再加上一部分原已入乐而失了标题、脱离了音乐的歌辞,后人无以名之,只得泛称之为"古诗"。"古诗"和"乐府"除了在音乐意义上有所区别而外,实际是二而一的东西。后人辑录汉代诗歌,"乐府"和"古诗"的界限总是划分不清,往往一首诗甲本题为"乐府",而乙本则标作"古诗"。①

"古诗"的含义,和"乐府"同样的广泛,可是作为一个整体而出现在《文选》里的《古诗十九首》,则是汉代"古诗"许多类型当中的一个类型,我们必须把它和一般的"古诗"加以明确的区分。

第一,"古诗"和"乐府"一样,其中固然有抒情的诗歌,但更多的是社会性的叙事诗,像《上山采蘼芜》、《十五从军征》、《孔雀东南飞》都曾被后人题作"古诗"。可是《十九首》则篇篇都是咏叹人生的抒情之作。从内容来看,自成体系,不同于一般的"古诗"。

第二,"古诗"和"乐府"都来自民间。所谓民间文学,固然绝大部分是劳动人民的口头创作,但同样也有文人的歌咏。收集在一起,作者的阶级关系和他们的文化水平是极为复杂,极为参差不齐的。而《古诗十九首》则完全是文人的创制。从作者来看,彼此间又是一致的。

第三,"古诗"和"乐府",篇幅的长短距离很大。《十九首》里,没有长篇,最长的不多于二十句,最短的不少于八句。就诗歌的形式来看,彼此间也是相近似的。

① 例如《孔雀东南飞》一诗,《玉台新咏》题为《古诗无名人为焦仲卿妻作》,《乐府诗集》则归入《杂曲歌辞》,题作《焦仲卿妻》。

由于上述三个特征,《十九首》在汉代"古诗"系统中构成了一个具有独立性的类型的意义。这个类型的"古诗",就是汉代无名文人创作的抒情短诗。

汉代的"古诗"究竟有多少篇?这话很难说。单拿像《古诗十九首》这一类型的"古诗"来说,原来也不只十九首。《诗品》说:"陆机所拟十四首,文温以丽,意悲而达,惊心动魄,可谓一字千金。其外《去者日以疏》四十五首,虽多哀怨,颇为总杂。"钟嵘所指的当然不包括"古诗"中的叙事诗,同时,他所看到的也不会是全部,可是已有五十九首之多,萧统编著《文选》时只选录了十九首,足见他的去取标准是相当严格的。《十九首》以外的汉代抒情短诗,流传到现在的也就有限了。虽然徐陵《玉台新咏》和其他古籍中还存留一些,但时代莫辨,真伪难明;同时,对后来的影响也不大。只有这十九篇放射着强烈的光芒,照耀千余年来诗歌发展的道路,历久弥新。

二

关于《古诗十九首》的作者和时代问题,旧说最为纷纭。近世研究《十九首》的人绝大部分都认为产生于东汉末期,但也有人说其中还杂有西汉诗篇。问题的症结在于《明月皎夜光》里有"玉衡指孟冬"一句话,据李善说,是西汉武帝太初以前的历法。这一涉及古代天文学的问题,本身就很难搞清楚,经过许多人研究,李说并不可靠①。

① 参看金克木《古诗"玉衡指孟冬"试解》,见《国文月刊》第六十三期。

从文学发展的角度，综合现存的汉代诗歌来看，不到东汉末期，没有而且也不可能出现像《十九首》这样成熟的五言诗。这十九首虽不是成于一人之手，但它们是同时代的产物，则完全可以肯定。这不仅是从个别证据而得出来的结论；更重要的是：作品的本身，从内容到形式都透漏了它自己问世的年代。

《十九首》产生于东汉末期，它标志着五言诗的奠型，说明了这一类型的抒情短诗是怎样发生和发展起来，成为一个独立的体系，而文人诗篇和民间歌谣之间的关系又是怎样。我们不难从汉代“乐府”演化的痕迹，辨明《十九首》的源流；更可以从《十九首》的出现，看出汉代“乐府”的辉煌成果。它的出现，在中国诗歌发展史上是一件大事。

第一，从西汉中期武帝刘彻扩大乐府组织、广泛地采诗合乐以来，以至东汉末年《十九首》的出现，这三百年间，中国诗歌是由民间文艺发展到文人创作的黄金时代的一个过渡时期。

《诗三百篇》主要是“饥者歌其食，劳者歌其事”①流传在人民口头的闾巷歌谣，我们只能从其中看出劳动人民在文学艺术上的集体智慧。由《诗经》到楚辞，由于屈原能吸取人民文学的精华，集中提高，而创造出他的独特体制，则我们可以从楚辞里看出一个伟大作家的创作成果了。

楚辞到汉朝被供奉文人沿袭其体貌，蜕化成为汉赋；其精神分散到其他各类文学体制之中，而楚辞本身的形式则已渐趋僵化。“乐府”就在这样一个情况下活跃起来，照耀诗坛，大放异彩。《诗经》本是汉朝以前的“乐府”，“乐府”也就是周朝以后的《诗经》。

---

① 见何休《春秋公羊传解诂》。

虽然二者之间，在语言、形式、技巧和具体内容上由于时代不同而各有其特色，但论其精神实质，则后先辉映，完全是一脉相承的。

民间诗歌一经采作乐府歌辞，这种“感于哀乐，缘事而发”①的现实主义精神，和不可掩抑的蓬勃生气，相形之下，立刻使一般廊庙文人“雍容大雅”的制作黯然失色。于是在民歌加工、写定、集中、提高的过程中，同时也掀起了文人模拟“乐府”的风气；影响所及，在各种不同的社会阶层内都会出现一些天才的诗人。尽管他们还不是专力于诗歌创作，而且篇章散佚，名姓不彰，但可以肯定地说：汉朝的诗歌就是在这样一个情况下发展起来，这也就是诗歌史上称之为“乐府时代”的道理。

“王、杨、枚、马之徒，词赋竞爽，而吟咏靡闻。”②可是建安以后情况就大大地改变了。《诗品》又说：“降及建安，曹公父子，笃好斯文，平原兄弟③，郁为文栋，刘桢、王粲为其羽翼；次有攀龙托凤，自致于属车者，盖将以百计。”建安时代，是曹植、王粲歌唱的时代。诗坛上的著名作者并肩而起。这种繁荣热闹的景象，难道莫为之先吗？《十九首》的出现，正回答了这一问题。

第二，“建安风骨”是指“慷慨以任气”④的人生歌咏，乃抒情诗之典范。这种诗风的形成，有它的源头。如果我们从《十九首》上溯两汉，下窥建安，又可以寻找出抒情诗在这一阶段内发展演化的痕迹。

“感于哀乐，缘事而发”，是一切民歌的基本精神，也就是汉代

---

① 见《汉书·艺文志》。

② 见锺嵘《诗品序》。

③ 指曹植兄弟，因曹植于建安中封平原侯。

④ 刘勰评建安诗人语，见《文心雕龙·明诗》。

“乐府”的特色。“事”是客观的现象，“哀乐”是主观的感受；二者之间，血肉相连，本来不可分割。但就具体的作品来说，表现的重点不同，叙事诗和抒情诗是体制各异的。汉代“乐府”循着这两条线索向前发展，从最初的互相糅杂，逐渐趋向分流。《十九首》出现的东汉末年，正标志着这种分流的明朗化。

汉“乐府”中的初期作品，无论《铙歌》或《相和歌》，内容都是极为庞杂的。有抒情，有说理，有叙事，而以叙事为主。但所抒的情和所叙的事，就题材来说，往往很零碎、片段，就诗歌的体制说，还没有达到完整的定型。

西汉中期以后，由于时代的动荡不宁，阶级矛盾的日趋尖锐，愁苦骚动的人民生活，离合悲欢的社会现象，随时随地，触目惊心。口头流传的民间歌谣，逐渐演绎而成为详纪本末的完整长篇记事诗，这就在东汉末年出现了像《孔雀东南飞》这样的作品；而文人制作，则表现趋向于集中，语言锤炼得更为精粹，熔事于情，概括而凝为人生的咏叹，这就同时出现了“惊心动魄，一字千金”像《十九首》这类抒情短诗。而这类抒情短诗，就直接成为建安诗人创作的范本。

第三，作为“建安文学”的另一特征，那就是五言诗的黄金时代。可是五言诗由萌芽以至成长过程，是极其曲折而复杂的。《十九首》的出现，正标志着五言诗在发展中达到成熟的阶段，这和它的时代、作者完全是一致的。

挚虞《文章流别论》说：“古诗（指《诗三百篇》）有三言、四言、五言、六言、七言、九言，大率以四言为体，而时有一句、二句杂在四言之间，后世演之，遂以为篇。……五言者，‘谁谓雀无角，何以穿我屋’之属是也，于俳优倡乐多用之。”就单句论，五言早在《诗经》

里已经出观，当然，这只是一点萌芽。所谓“俳优倡乐”，是指民间流行的俗调。确实，五言诗的萌芽是在民间肥沃的土壤里逐渐成长起来的。

西汉民间歌谣无论采入乐府或未采入乐府的，在杂言体当中，最多的是五言句。刘勰《文心雕龙》说：“《召南·行露》，始肇半章①；孺子《沧浪》，亦有全曲②。‘暇豫’优歌，远见春秋③；‘邪径’童谣，近在成世④。阅时取证，则五言久矣。”足见五言是民间歌谣中最流行的句子。这种因素，在汉民歌中又有着更进一步的发展，形式由散杂渐趋于统一，终于出现了像《鸡鸣》、《陌上桑》、《相逢行》、《陇西行》这一类纯粹的五言乐府诗。

这类诗篇，系汉代“乐府”的精华，但它们还属于民歌的范畴。至于文人创作的具有高度艺术价值的五言诗，则最早要算《十九首》。

东汉文人五言诗有主名的而又是可靠的仅班固《咏史》一篇。《咏史诗》仅仅是文人创作五言诗的一个开端；以班固时代为起点，风气一开，这一新的文学形式在文人创作中的运用，必然日益广泛，逐渐纯熟。《十九首》产生于东汉末年桓、灵之际，上距班固开始以五言写《咏史诗》的时代约有五六十年，经过了五六十年，当然不会停留在原来的水平上；同时，《十九首》的作者和统治阶级的高级文人又有所区别，他们对民间文学更为熟悉，他们的思想情感和人民也较为接近，因而在运用这一形式上，就会创造出更出色的艺术成果，难道不是很自然的现象吗？

---

① 原诗二章，每章六句，前四句均为五言。见《诗·召南》。

② 见《孟子·离娄》篇。全诗四句，除掉两个“兮”字，均为五言。

③ 见《国语·晋语》。全诗四句，三句五言。

④ 成帝时民谣，全诗系五言。见《汉书·五行志》。

汉代五言诗的发展，民间歌咏和文人创作各成体系，不可混淆；但彼此间又有着千丝万缕的关系，而不是孤立的。在分途发展的进程中，到了东汉末年才高度的结合起来，《十九首》正是典型的代表作品。

综上所述三个方面，我们可以知道《十九首》的出现，总结了汉代"乐府"的光辉成就，替建安文学奠定了牢固的基石。它正是由两汉发展到魏、晋、六朝诗歌史上的一个转折点。

三

《十九首》是各自成篇的，但合起来看，又是不可分割的整体。它围绕着一个共同的时代主题，所写的无非是上述的一些生活现实，并无任何神秘之处。但封建文人的说诗，特别是对流传万口、影响广泛的篇什，总不惜千方百计，歪曲其主题，以符合于统治阶级的意识形态，因而给许多富有现实意义的文学珠玉涂上满身的污泥，隐蔽了它原来的光彩。

我国古典诗歌中确实是有言在此而意在彼的。解说《十九首》的往往把屈原《离骚》"以求女喻思君"的表现手法移植过来，产生许多误解。其实这两者不能相提并论。出现在《离骚》中一些曲折隐晦的写法，并不是孤立的。它是交织在现实的叙述之中，而暗示其用意之所在；它和屈原丰富的生活经历，火热的斗争实践是密切相联系着的。《十九首》显然不是如此。《十九首》的作者和屈原的身份不同，他们不会有屈原那样忧深思远的忠君爱国心情；《十九首》里固然也有驰骋想象的地方，但毕竟是较为单纯的生活形象。

在《十九首》里，表现羁旅愁怀的不是游子之歌，便是思妇之词，综括起来，有这两种不同题材的分别，但实质上是一个问题的两面。朱熹说，《诗三百篇》中的《国风》是“男女相与咏歌各言其情”①的作品，可是文人诗和民歌不同，其中思妇词也还是出于游子的虚拟。在穷愁潦倒的客愁中，通过自身感受，设想到家室的离思，因而把同一性质的苦闷，从两种不同角度表现出来，这是很自然的事。

游子和思妇之所以构成《十九首》的基本内容，成为《十九首》表现共同的时代主题的两个方面，是有着现实的社会历史意义的。

东汉王朝为了加强其统治，一开始就继续奉行并发展了西汉武帝刘彻以来的养士政策。在首都建立太学，到了质帝刘缵时代，太学生一项，就已发展到三万多人。太学生成分、吸收的对象也逐渐宽广，并不局限于贵族官僚子弟。这大批脱离生产的知识分子出路是什么呢？与之相适应的，那就是东汉王朝所采用的选举制度。在这种政策和制度下，当时的政治首都洛阳就必然成为求谋进身的知识分子们猎取富贵功名的逐鹿场所。《十九首》里的游子，就是这样背井离乡，漂流异地的。

《十九首》里有具体地名可考者只有三处，而这三处都在洛阳。

《青青陵上柏》里的“游戏宛与洛”，虽然“宛”“洛”并举，但实际上只是指“洛”而不是指“宛”。《驱车上东门》里的“上东门”和“郭北墓”都是实指洛阳的地名。

此外，《东城高且长》里的“东城”，寻绎语气，所写的是帝都的景象，可能是洛阳城东三门的总称，并非泛指。

① 见《诗集传序》。

又,《凛凛岁云暮》里的“锦衾遗洛浦”,虽然“洛浦”是用典故,主要的是作者通过它暗示当时的想法,但同时也是点明游子的所在地。

这一切,都说明《十九首》的作者是以洛阳为活动的中心的。

他们的活动,无疑的是为着一个共同目标而来。可是营求功名富贵的人数一天天地增多,而官僚机构的容纳究竟有限,这就形成了得机幸进者少,而失意向隅者多的现象。《明月皎夜光》里的“昔我同门友,高举振六翮。不念携手好,弃我如遗迹”,正反映了他们之间不同的遭遇。

东汉末年,是统治阶级内部矛盾表现得最尖锐的时期,同时也是政治上最混乱、最黑暗的时期。

在东汉政治史上,外戚、宦官、官僚互相倾轧和冲突的长期过程中,知识分子是依靠官僚的援引,通过征辟以求进身的。桓、灵之际,统治集团之间的矛盾愈趋激化。桓帝刘志延熹九年(公元166年)第一次“党锢之祸”发生以后,中央政权全归宦官。当时一批官僚和平日敢于议论朝政的大知识分子,接连地受到杀戮和禁锢。卖官鬻爵,贿赂公行。东汉王朝崩溃的前夕,政治上的腐化和堕落已达到顶点。在这种情况下,一般士人当然更是没有出路。为什么《十九首》里处处充满着失意沉沦之感呢?这是不难理解的。

这又是黄巾大起义的暴风雨即将到来的时候。都市情况混乱的另一面则是农村的凋残破落,人民大量的流亡,社会上形成一片骚动的景象。因而在都市里,商人十倍于农夫,而流浪者又十倍于商人。《十九首》里所反映的游子的生活方式,是汉代知识分子飘荡四方的传统的“游学”生活。但到了那时,实际上他们已成为流浪者当中的一个部分。

在“寒风日已厉，游子寒无衣”（《凛凛岁云暮》）的萧索客况中，在“出户独彷徨，愁思当告谁”（《明月何皎皎》）的凄苦心情下，他们又何尝不想离开浮乱骚动的都市？可是“思还故闾里，欲归道无因”（《去者日以疏》），家园的残破，兵戈的扰攘，又使这批脱离生产的知识分子们陷于有家归不得的困境。

以上是《十九首》的时代背景，也就是《十九首》的作者的共同遭遇。

这一共同的客观现实和共同的遭遇，贯串着《十九首》的全部，使它在精神实质上息息相通。

处于一种进退维谷的情况下，原来的理想与希望由于遭受现实不断的打击而渐趋渺茫，使他们看不见自己的出路；袭击到他们的心头的是沉重的被限制、被压抑的悲哀。有的从正面提出，有的托物寄意，但痛苦的呼号，热烈的向往，同样深深地震撼了读者的心灵，使人们感到这样沉闷得令人窒息的生活是无法继续下去。

被限制、被压抑的悲哀，不自觉地灌注到一切客观景物中去。《十九首》里关于自然环境的描写，大都以凄清的秋冬季节为背景，即使偶然写到春天，也给它涂上一层悲凉黯淡的气氛。

不仅如此，节序的迁移，时间的迅迈，对失意的倦客来说，是特别敏感的。表现在《十九首》里的，像“四时更变化，岁暮一何速”（《东城高且长》）这类的句子最多。这些关于时间问题的具体感受，汇集起来，自然会形成一个生命短暂的完整概念。于是在《十九首》里就唱出了像“人生非金石，岂能长寿考”（《回车驾言迈》）这一类悲哀动人的低沉情调。

“众生必死”，而且“生年不满百”，这是人世间自然现象，谁也都知道的。但只有处于乱离时代，生活上找不到出路、生命活力无从发舒的人们才会迫切地意识到这一问题是切身的而又是无可奈何的悲哀。汉、魏之际，道家服食求仙的风气已经开始在社会上流行，可是“服食求神仙，多为药所误”(《驱车上东门》)，“仙人王子乔，难可与等期”(《生年不满百》)，现实终归是现实，空虚妄诞的幻想不能解决现实问题，于是郁积在他们心头的沉重的人生苦闷就一发而不可收，毫无掩饰地大胆暴露了在传统观念上认为是不可告人的思想。例如“何不策高足，先据要路津？无为守贫贱，轗轲长苦辛”(《今日良宴会》)，说得是多么愤激不平，淋漓尽致！同样在两性问题上，他们唱出了“昔为倡家女，今为荡子妇；荡子行不归，空床难独守”(《青青河畔草》)的歌声。他们的经济生活是困顿而艰苦的，可是他们却说出了“不如饮美酒，被服纨与素”(《驱车上东门》)，“燕赵多佳人，美者颜如玉”(《东城高且长》)这一类及时行乐、快意当前的豪语。王世贞《艺苑卮言》曰：“‘奄忽随物化，荣名以为宝’，不得已而托之名也；‘千秋万岁后，荣名安所之’，名亦无归矣，又不得已而托之酒，曰，‘使我有身后名，不如且饮一杯酒。’‘服食求神仙，多为药所误’，亦不得已而归之酒，曰，‘不如饮美酒，被服纨与素。’至于被服纨素，其趣愈卑，而其情益可悯矣！”

这种思想是庸俗而粗野的，它的气质是浪漫而颓废的，但其中却蕴藏着某种现实的、积极的因素。

首先，汉朝自从武帝刘彻“罢黜百家，独崇儒术”以后，儒家思想和封建专制政体更紧密地结合起来，成为奠定封建社会的理论基石。东汉建国以后，不但继续奉行这种政策，而且变本加厉。荒诞的谶纬学说的盛行，琐碎的今古文的论争，空洞的“气节”的提倡，儒学本身愈来愈被歪曲，思想领域愈来愈狭隘。然而物极必反，到了东汉后期，统治政权随着阶级矛盾和统治阶级内部矛盾的尖锐化而日趋没落;出现在《十九首》里"荡涤放情志"的游子,"空床难独守"的荡妇,那种否定传统礼教,那种粗犷的而又是真率的不顾一切的大胆暴露的精神,正说明了统治阶级所提倡的儒学,已失去拘束人心的力量,是有其鲜明的时代意识的特征的。

其次,正由于《十九首》的作者是在社会阶级急剧分化下而出现的属于统治阶级内部的一个被压抑的社会阶层,通过亲身的感受,他们对当时统治集团腐朽堕落的黑暗现实不但有所揭露,同时还表现了在一定程度上的不满和憎恨。像《青青陵上柏》所描写的在当时政治首都洛阳宦官、外戚及其党羽们奢侈享乐的生活现象,并且透过这些现象进一步看出他们所处的阶级地位和没落死亡的预感,就是一个明显的例子。

《十九首》里关于客中生活的叙写无一不是充满着愤激不平之感的。无论是从正面着笔,诉说自己的苦辛,或者是故作豪语,快意一时,但实质上同样表现了"骄人好好,劳人草草"的对抗情绪。从《十九首》所反映的生活的矛盾和冲突,会使人联想到《诗三百篇·小雅》中的《北山》、《巷伯》等篇。所不同者,《北山》、《巷伯》的作者已经成为统治集团当中的一员,而《十九首》的作者更为落拓失意而已。

忧伤愤激的另一面,表现在《十九首》里的则是一种纯真,质朴,极其深厚的感情。这种情感,一接触到生活中最具体而实际的问题就会很自然地流露出来。

如前所述,《十九首》里关于客中及时行乐的生活的叙写,往往在深微的太息中发散出一种强烈的浪漫气息;但当我们读到"思还故闾里,欲归道无因"(《去者日以疏》)"客行虽云乐,不如早旋归"(《明月何皎皎》)这类句子的时候,感觉又是怎样呢?很明显对乡土的眷恋怀思，已经冲淡了富贵功名的思想；真实生活的向往，已经突破了钻营奔竞的浮嚣，无一不是写得真挚异常，足以发人深省。特别是涉及男女相思的情爱问题，更是如此。

弃捐勿复道，努力加餐饭。（《行行重行行》）

君亮执高节，贱妾亦何为。（《冉冉孤生竹》）

置书怀袖中，三年字不灭。（《孟冬寒气至》）

著以长相思，缘以结不解。以胶投漆中，谁能别离此？（《客从远方来》）

这种像火花一般迸发、像磐石一样坚定的热情，表现得力透纸背，真是“一字千金”，令人“惊心动魄”。它和“空床难独守”的情感，从表面看来似乎是冰炭不相容，但同样赤裸裸地唱出了最明朗而又深沉的人生调子，在精神实质上是一致的。

这些给我们说明了一个问题：《十九首》最基本的东西，仍然是民歌的气质。

黑暗投入生活的阴影，时代给予人民的苦难，诗人对此虽无明确的认识，但在他们的灵魂深处却蕴藏着无限深厚的同情。像《东城高且长》一篇，叙写客中冶游的幻想，在尽情刻画“燕赵佳人”艳服华装、清歌妙曲的热闹场合里，突然转入“音响一何悲”，而以“愿为双飞燕，衔泥巢君屋”作结。又如《西北有高楼》一篇，从偶然飘自高楼的弦歌声刻画出一个空灵缥缈而又是真实的凄清、寂寞、苦闷、忧伤的境界，诗人深深致叹于“不惜歌者苦，但伤知音稀”；内心的激动，竟至使他愿意和幽闭在楼中的弦歌人双双成为“奋翅高飞”的“鸿鹄”。这类的诗句，真所谓“空中寄情”，使得《十九首》在平凡的生活里升华出灿烂的光辉，在思想上、情感上达到的完满的高度。

诗歌所展示的艺术形象，它真实地反映了诗人内心活动的精神世界。《十九首》里所展示的诗人的精神世界，综合起来，有三个方面：“不如饮美酒，被服纨与素”是一种境界；“置书怀袖中，三年字不灭”是另一种境界：“不惜歌者苦，但伤知音稀”又是一种境界。这三者正反映了诗人极其复杂的生活现实中的矛盾，这种矛盾的错综贯串，使得诗歌的形象逐渐展开，诗歌的思想情感的容量逐层加深、加广，渗透融合，凝成一个整体。对《十九首》，如果我们能够从总的方面去理解，那就不至把它割裂开来，而停留在某些个别现象上面了。

四

读《十九首》的人，谁都感到它充满着最浓厚的生活气息，但值得注意的是，它并不是生活现象的罗列，而是表现了人生中某些最动人的感觉和经验。

例如《今日良宴会》的后面六句，从“贫贱”的角度，深深慨叹于人生的短暂，在现实生活中两种绝不相同的处境，富贵和贫贱的对比，这正是一切“轗轲长苦辛”的人们的不平之感。又如《驱车上东门》一首因“遥望郭北墓”而感到死亡的威胁；由于死亡的威胁，就会更热爱有限的生年。生命不能延长，现实的见闻，打破“服食求仙”的妄想；现实没有出路，只得陶醉于及时行乐的心情。这正是一切失意的而又愿意生活下去的人们无可奈何的心理状态。又如

《行行重行行》因“游子不顾返”而设想到是“浮云”掩蔽了“白日”，爱情因久别而发生了中间的障碍；《凛凛岁云暮》因“凉风日厉”而想到“游子无衣”，以及类似这样的离愁别绪的亲切描写，不都是一切在类似环境中的人们所能感觉到的和所能经验到的吗？

正因为它是把大量生活材料加以高度的概括和集中，所以使人感到“言之有物”；因而它不但在抒情的意义上具有极大的普遍性，而且在抒情的效果上具有深刻感染力。《十九首》是这样的平淡无奇，但锺嵘在《诗品》里却给以“惊心动魄，一字千金”的评价，这话是值得我们仔细体味的。

文学的特质是形象。凡是具有高度艺术性的作品它的形象性必然很强，《十九首》当然不例外，而且富于诗歌的形象性的特点。

首先，表现在语言的形象化。例如《行行重行行》里用“衣带日已缓”、“思君令人老”写离别之情，使人从身体、容颜的具体变化中看出久别深思的苦痛；又如《今日良宴会》的“人生寄一世，奄忽若飚尘”，用暴风和被暴风卷起来的尘土的形象形容人生短暂而空虚的感慨；又如《西北有高楼》里的“清商随风发，中曲正徘徊”，《东城高且长》里的“音响一何悲！弦急知柱促”，都是用音乐的旋律表现人的内在心情的激动；又如《明月皎夜光》是一篇“怨交道不终”的诗，“不念携手好，弃我如遗迹”，用具体的行动和事物形容过去友情的深厚和现在的绝不关怀；又如《冉冉孤生竹》写新婚久别之怨，“伤彼蕙兰花，含英扬光辉；过时而不采，将随秋草萎”，更是完整而具体地表现了一个美丽女子顾影自怜的孤独心情，和自伤迟暮的无穷感慨：像这类形象的表现手法，在《十九首》里是数见不鲜的。

这还不足以说明问题。例如《青青陵上柏》描写洛阳，它在我们面前就浮雕出一幅动荡时代的都市的生活画面；《驱车上东门》、

《去者日以疏》两篇描写丘墓，它所展示的，就是一个阴森萧瑟的境界。《今日良宴会》把失意之士，酒酣耳热慷慨激昂的场面刻画得是如何的逼真！《明月何皎皎》把远客思归的心情描写得是多么的细致！《凛凛岁云暮》写出迷离恍惚的梦中景象；《明月皎夜光》写出惆怅不甘的沦落秋心。无论哪一篇，都紧紧地捕捉住我们的心灵，轻轻地就把我们引入了一个迷人的世界；这个世界就是诗人所塑造的艺术形象。

这种形象不但是客观现实的反映，而且饱满地蕴藏着和活跃地跳动着诗人的思想、感情；它不但是生活活动的具体画图，而且是诗人心灵的活的雕塑。

《十九首》的形象是丰富多样，变化无穷的，但相同的是：无论它的内涵是如何的复杂而深广，可是它所给予我们的感觉则是异常的单纯与清新。

陆时雍《古诗镜》说："《十九首》深衷浅貌，短语长情。""深衷"和"长情"是就诗的思想而说的，"浅貌"和"短语"是就诗的形象而说的。"深衷"、"长情"是读者的饱满感受；"浅貌"、"短语"是读者的集中理解。这不但说明了诗的单纯清新的风格，而且也说明了诗人高度概括的能力。

《十九首》是抒情诗，一般地说来，它所描写的是抽象的情感，但在抒情中也有人物形象的刻画，而且刻画得非常出色。例如《青青河畔草》开头六句：

青青河畔草，郁郁园中柳。
盈盈楼上女，皎皎当窗牖。
娥娥红粉妆，纤纤出素手。

这里所描写的少妇，有丰满的容颜，有明艳的装饰，有妖冶的姿态，而她又是处在这样一个骀宕融和的浓春烟景里；我们不必再看后面，诗中所企图表现的主人公的身份和心情也就不难想象。人物性格和环境气氛的统一，情感色彩的准确与调和，诗人所塑造的形象，是从自然和人生里捕捉来的最有典型性的形象，是最能唤起读者的想象和情绪的活的形象：如果说：诗有什么秘密的话，这种境界的创造就是诗的"秘密"。

《十九首》里所描写的固然是人生最现实的哀愁，但在诗歌中也飞翔着极其丰富的、空阔无边的诗人的想象。

例如《迢迢牵牛星》一篇，所写的是在现实生活中被压抑、被限制的苦闷，但诗人并不是从生活中的这一些或那一些现象着笔，而是把想象寄托在星空，运用传统的优美神话作为题材，塑造出一个"皎皎河汉女"的形象。她"泣涕零如雨"凝视着人世间，不但成为千万亿被压抑的人们的悲哀和苦闷的化身，而且像黑暗中飞溅的火花一样，在她身上闪耀着一种理想的光辉，给人以崇高的美的享受。他如《西北有高楼》因偶然听到的"弦歌声"而寄予以无限的同情。《东城高且长》中"燕赵多佳人"以下一段的叙写，以及《客从远方来》中关于"一端绮"的描绘，都是诗人在心花怒发中用思维织成的锦彩，他所提取的塑造形象的材料是从想象中得来的。

从这些地方，我们又可以看出《十九首》在创作方法上富有浪漫主义色彩；不过现实的描写多于想象的驰骋而已。

《十九首》的作者是文人，在诗的语言上也就处处带有文人诗的特征；但它不同于汉赋的是：这些带有文人诗的特征的语言，同时也就是朴质而生动、自然的人民的口语的集中和提高。

丰富的语言是从丰富的生活经验中产生的。正由于《十九首》

的作者是沉沦失意的文人，不同于统治阶级的上层分子，他们生活上所接触的面比较广泛，无论是关于自然的或人生的体验也比较深刻；特别是民间文学，对他们来说，是更为熟悉的。这就使得《十九首》呈现一种生动而自然的语言风格。

自然，并不是什么神秘的东西，具体地说，它只是蕴藏在心底的人生经验和感觉在一定场合中的触发和流露，而不是单凭文字技巧雕琢出来的东西，它是现实生活中一种蓬勃的生气的具体表现。

自然的语言所给予人们的感觉是朴素而亲切的。“客从远方来，遗我一书札。上言长相思，下言久离别。”（《孟冬寒气至》）“出户独彷徨，愁思当告谁？引领还入房，泪下沾裳衣。”（《明月何皎皎》）这些叙述或描写，诗人简直是透过中间一层的文字和我们在作对话，把诗的语言运用得像口语一样。

自然的语言所给予人们的感觉是明朗而单纯的。这由于诗人感到没有任何地方需要藏头露尾、装模作样，所以他能够做到彻底的明朗；因为彻底的明朗，所以他能够集中最丰富、最强烈的情感投入于最单纯的一击。像“荡子久不归，空床难独守”（《青青河畔草》）；“何不策高足，先据要路津”（《今日良宴会》）；“不如饮美酒，被服纨与素”（《驱车上东门》）；“奄忽随物化，荣名以为宝”（《回车驾言迈》）这一类的句子，我们不难体味诗人的愤慨是多么深广而激切，可是它表现得却是如此的明朗而单纯。王国维认为“写情如此，方为不隔”。“不隔”，正是诗人全部情感在一刹那间的裸陈。

自然的语言所给予人们的感觉是含蓄蕴藉，余意无穷的。这不是为含蓄而含蓄，而是在某种极其饱满的多方面的感受中，诗人所要说的比他所能说出来的更多,因而人们所体味到的能够引起共鸣的东西比诗里面所用语言表达出来的也就更为丰富。“弃捐勿复道,努力加餐饭。”(《行行重行行》)“君亮执高节,贱妾亦何为?”(《冉冉孤生竹》)“同心而离居,忧伤以终老。”(《涉江采芙蓉》)“盈盈一水间,默默不得语。”(《迢迢牵牛星》)“馨香盈怀袖,路远莫致之。”(《庭中有奇树》)这些句子,有的是托物寄意,有的是直写胸怀,表现的方式不同,但相同的是:正如张戒《岁寒堂诗话》所说的“词不迫切,而意独至”,“其词婉,其意微,不迫不露,此其所以可贵也”。锺惺《古诗归》云:“古诗之妙,在能使人思。”这话说得极为中肯。

正因为它是自然的语言,所以它才是活的语言,丰富多样的形象化的语言。

但这只是问题的一面,在《十九首》里也同样表现了诗人在语言艺术上的高度技巧。

《十九首》的语言是精炼的。《十九首》的句式定型于五言,它的篇幅最长的也不超过二十句,而它的思想情感又是如此的丰富、深刻;语言不达到高度的精炼,就成为不可能。诗人是怎样使语言精炼的呢?除了上面所说的形象的概括而外,还有语言上的技巧问题。这种技巧表现在下列的两个方面:

第一,通过成词、成语、典故的暗示作用,把丰富的内涵纳入于最简约的语言里。例如《明月皎夜光》的诗人用“不念携手好,弃我如遗迹”二句来述说他那位显贵的“同门友”和他今昔交情的变化。“携手好”,是用《诗经》里的成语。《诗·邶风·北风》:

北风其凉,雨雪其雱。

惠而好我，携手同行。

其虚其邪，既亟只且。

从这一成语联想它所引用的上下文，就会知道诗人是在告诉我们，这位“同门友”在未显贵的时候，和他是贫贱中的患难之交，而“携手好”的含义，绝不是只于握手言欢而已。“遗迹”是比喻，极言其毫不顾念；但同时也是一个典故。《国语·楚语下》：

（楚）灵王不顾其民，一国弃之，如遗迹焉。

如果我们知道了它的出处，则这一词汇的含义表现得就更为深刻有力；而这两句中诗人对这位“同门友”的揭露和怨恨也就昭然若揭了。又如《东城高且长》篇“晨风怀苦心，蟋蟀伤局促”二句是形容现实生活的苦闷。单从字面来解释，虽然也说得过去，但终于勉强得很。因为“晨风”是健飞的大鸟，“怀苦心”，必然在它未能振翮高飞的时候；“蟋蟀”是避寒喜暖的候虫，“伤局促”，也必然在秋尽冬来的季节；而这些在本文里都没有说到，这又怎样去理解呢？原来“晨风”和“蟋蟀”都是用《诗经》的篇名。原文是这样：《秦风·晨风》：

鴥彼晨风，郁彼北林。

未见君子，忧心钦钦。

如何？如何？忘我实多！

《唐风·蟋蟀》：

蟋蟀在堂，岁聿其莫；
今我不乐，日月其除。
无已太康，职思其居。
好乐无荒，良士瞿瞿。

不但由于有了“郁彼北林”和“岁聿其莫”两句，“怀苦心”和“伤局促”的意义都有了着落，而且两诗里所抒写的人生感慨又扩大了这两句的内涵。《十九首》中用古书，特别是用《诗经》、《楚辞》的成语极多，但它绝不同于后世诗文中的堆砌故实，晦涩难明；它的恰当运用，都起着暗示其所未申明的含义的作用，丰富了诗的语言的容量。

第二，通过句法的变化，从互相补充中表现出一个完整的意义，达到“文省而义见”的效果。像《明月皎夜光》里的“南箕北有斗，牵牛不负轭”，就是一个典型的例子。这两句是《诗·小雅·大东》里“维南有箕，不可以播扬；维北有斗，不可以挹酒浆”和“睆彼牵牛，不以服箱”六句话的翻新，都是指有名无实的事物。上句“南箕北有斗”的意义是不完全的，因为它并没有说出“不可以播扬”、“不可以挹酒浆”。但这个意思却从下面一句得到补充，因为“不可以播扬”、“不可以挹酒浆”和“不以服箱”这三者在意义上是相类似的并列；下句既然表明了“牵牛不负轭”的完整概念（“负轭”和“服箱”同指拉车），则上句所需要表明的意义也就不难连类而及，举一反三了。用两种不同的叙述来相互补充，构成了一个完整的意思。这样不但语言简洁，而且变化的手法，运用得是多么自然！

《十九首》的语言是工整的。无论是用字、遣词或造句，都能看出诗人在语言技巧上所独具的匠心。就以词汇的运用来说吧，《十九首》是最善于用形容词的。像《青青河畔草》、《迢迢牵牛星》两篇都是仅有十句的短诗，在这短短的十句里，每首就有六句是用形容词开头，而且这些形容词都是用叠字组成的。可是由于运用的巧妙，它使我们一点也不感到单调、呆板，而是从不同的词性里极其生动地、形象地赋予所形容的事物以颜色、声音和意态，这是后来诗论家推为绝调的。拿造句来说吧，对称的语言，是语言的均衡美的表现，尤其是诗歌的语言的特色。在《十九首》里不但可以看到很多的对称式的句子，像前面所引的“晨风怀苦心，蟋蟀伤局促”之类；而且它总的倾向是由散杂的语言逐渐走向工整化，规范化。这一点，也是很鲜明的。其中有一些句子是套用古代诗歌的旧文，如“胡马依北风，越鸟巢南枝”（《行行重行行》）之本于“代马依北风，飞鸟栖故巢”（见《韩诗外传》引），但经过诗人的略加改动，就工切得多了。

综上所述，我们可以知道《十九首》的作者在诗歌的创作上是有着高度艺术技巧的。但这些技巧的表现，绝不同于雕章琢句，并没有损害诗歌自然而生动的语言风格；它只给我们说明了一个问题：《十九首》的作者是真正地吸收了民间文学的丰富营养，而《十九首》的创作，同时又是民间文学的集中和提高。刘勰认为《十九首》“直而不野”，锺嵘说“《古诗》源于《国风》”，正是这个道理。

文人歌咏和民间文学的结合给文人创作指出一条光明大道，形成了一个优良的传统。这一传统像一条红线贯穿着全部中国文学史。许多古代伟大的作家谁不是沿着这条道路去寻探取之不尽用之不竭的宝藏来创造文学上的光辉业绩？《十九首》之后，直接受到影响的就是建安诗人。

建安诗人以曹植为代表。曹植是大力创作五言诗的人，而他的五言诗所给予人们的印象最特出的地方是辞藻的华丽工致；可是锺嵘在《诗品》里却认为他的诗也是“源于《国风》”，这又怎样去理解呢？正如黄侃在《诗品疏》所说的他的诗虽然“文采缤纷”，但“不离闾巷歌谣之质”。原来他也是吸取了民间文学的丰富营养而加以集中和提高；由于时代的发展和他的专心致意，使得他的诗辞藻更为工丽，更加文人化了。但在创作精神上他是紧紧地继承着《古诗十九首》的道路的①。

不仅建安诗人是这样，建安以后的阮籍、陶潜又何尝不是如此？如果我们说，以歌咏人生、反映现实为主要内容，以五言体为表现形式的诗歌是魏、晋六朝这一阶段内诗歌的主流，那么《古诗十九首》就是它的光辉起点。

① 锺嵘《诗品》上说建安另一著名诗人刘桢“其源出于《古诗》”，更可见出《古诗十九首》对建安文学的影响，建安文学和《十九首》的传统继承关系。

说《通变》

《通变》是《文心雕龙》下编中重要的一篇。它从理论上提出了文学发展中的一个非常重要的问题加以阐发,反映了刘勰进步的文学历史观,与《体性》、《风骨》、《情采》、《时序》等篇相表里。

“穷则变,变则通,通则久。”是《周易》的一句名言,符合于客观事物矛盾运动的规律。然而把它具体地运用到文学理论上,则自刘勰始。

在文学发展的历史过程中,就其不变的实质而言则为“通”;就其日新月异的现象而言则为“变”。必须于“通”中求“变”,不“变”则“穷”。事实上,任何事物都是不断地向前发展着,推进着,没有尽头的。“文律运周,日新其业”,就是这个意思。可是“日新其业”的千变万化中,却有着“一以贯之”的“文律”,因此又要“变”而不失其“通”,否则就会迷失了“变”的方向,“变”掉了它的实质,每“变”而愈下了。“通”与“变”对举成文,是一个问题矛盾的两面;把“通变”连缀成为一个完整的词义,则是就其对立统一的关系而说的。

在《时序》里,刘勰认为“文变染于世情,兴废系乎时序”。文学是社会意识形态之一,尽管历代文风多有变革,然而“序志述时,其揆一也”。“设文之体有常”,任何一种形式,都是为了表现一定内容的,尽管“诗”、“赋”、“书”、“记”体制不同,然而表情达意,“名理相因”,也是各体相同,古今一致的。所谓“青生于蓝,绛生于蒨,虽逾本色,不能复化”,就是指此而言。认清了这个道理,就能够于不同时代和不同体制的作品中,看出其精神实质之所在,而会其“通”。故曰:“通则可久。”这是问题的一面。

从另一个方面来看,“唐歌在昔,则广于黄世;虞歌卿云,则文于唐时;夏歌雕墙,缛于虞代;商周篇什,丽于夏年。”文辞由简陋而日趋繁缛,由质朴而日趋华彩,乃是发展中的一种演进现象,是不得不“变”的。正因为有了这种发展演进,所以文学的面貌才能不断地更新,而不是处于停滞不前的状态。故曰:“变则可久。”《情采》云:“绮丽以艳说,藻饰以雕辨,文辞之变,于斯极矣。”也说明了文辞之“变”,“辞丽”和“藻饰”对文辞的重要作用。这是六朝人对文学的新认识。萧统《文选序》说:“椎轮为大辂之始:大辂宁有椎轮之质?增(层)冰为积水所成,积水曾微增(层)冰之凛。何哉?盖踵其事而增其华,变其本而加其厉。物既有之,文亦宜然。随时改变,难可详悉。”所谓“改变”,正是指“事出于沉思,而义归于藻翰”的“藻翰”而言的。颜之推《颜氏家训·文章》篇说:“古人之文,宏材逸气,体度风格,去今实远。但缉缀疏朴,未为密致耳。今世音律谐靡,章句偶对,讳避精详,贤于往昔多矣!”虽然提得不够恰当,但都看出了文学发展中“变”的一面。

对作者来说,如何于“通”中求“变”,“变”而不失其“通”,也就是说,如何把“会通”和“运变”统一起来呢?刘勰在本文里所论述的,涉及下列两个方面:

一是“情”“气”和词采之间的关系问题。

“情动而言形,理发而文见”(见《体性》),文章是情感的表现;而“情之含风,犹形之包气”,“情与气偕”(见《风骨》),两者是分不开的。“情”和“气”是文的质。“虎豹无文，则鞹同犬羊，犀兕有皮，而色资丹漆”（见《情采》）。质有待于文，否则就变成“直言之言，论难之语”，不成其为文学作品了。就词采言，自然是“踵事而增华”的。可是归根结底，文附于质。“铅黛所以饰容，而盼倩生于淑姿；文采所以饰言，而辩丽本于情性。”（见《情采》）文采不过起饰言的作用而已。因此，就必须“凭情以会通，负气以适变”。“凭情以会通”，才能“使文不灭质，博不溺心”（见《情采》）；“负气以适变”，才能驾驭词采，使得“采如宛虹之奋鬐，光若长离之振翼”。所以说：“文辞气力，通变则久。”倘若单纯追求词采之美，弃情而逐文，则“采滥辞诡，心理愈翳”（见《情采》）。其结果，必然是过多的藻饰，成为情感的伪装，失去作文的本意；甚至“言与志反”，如《情采》所讥的“为文而造情”了。倘若有词而无气，气不足以举其词，必然如《风骨》所说的“丰藻克赡，风骨不飞，则振采失鲜，负声无力”，成为一种涂饰堆砌的东西，而失去了文学的生命活力。

刘勰论文，不废“丽辞”与“声律”，但不同于当时人的是：他以情志为本，以气为主。《文心雕龙》从头到尾都贯串了这个意思，作了反复的论证。本篇云：“斟酌乎质文之间，而檃括乎雅俗之际，可与言通变矣。”也是说，不可一味趋时附俗，词采要用得恰到好处。

二是古和今、继承与创新之间的关系问题。这问题和前面一个问题紧密联系着。

刘勰看到文学的历史传统是割不断的。因为“设文之体有常”，而“变文之数无方”，所以“资故实，酌新声”，“望今制奇，参古定法”；两者缺一而不可。“檃括雅俗”，乃指此而言。他认为任何一种文体，都有它的规矩和法度；必须以已成的规矩法度为依据，不断地吸收新的东西，来丰富这规矩法度，使之历久而弥新。拘泥于古，知有古而不知有今，是错误的；背弃成法而师心自用，知有今而不知有古，也是错误的。

当时文坛上盛行着一种“竞今疏古”的风气：如本篇所说的“多略汉篇，师范宋集”；《体性》所说的“夸略旧规，驰骛新作”。而其所谓“新”，不过是“俪采百字之偶，争价一句之奇”（见《明诗》）而已。为了补偏救弊，所以刘勰在《风骨》和本篇里特别强调继承传统的重要性。《风骨》说：“若夫熔铸经典之范，翔集子史之术，洞晓情变，曲昭文体，然后能莩甲新意，雕画奇辞。昭体故意新而不乱，晓变故辞奇而不渎。”“新意”“奇辞”是可贵的，但“新而不乱”，“奇而不渎”，那就必须“昭体”而“晓变”。只有明辨文体的人，才能通古今之变，虽变而不失其道。这样，“确乎正式”，就成为头等重要的问题。《体性》论“摹体以定习”，认为“童子雕琢，必先雅制”，也是这个意思。本篇论述历代文风的变革，说“宋初讹而新”，其所以“讹”，正因为“近附而远疏”，“龌龊于偏解，矜激于一致”，知新变而不知“通变”，能摛辞而不能“昭体”的缘故。其结果必然是“虽获巧意，危败亦多”；“习华随侈，流遁忘反”（见《风骨》）了。这样地追新求变，是没有出路的。所以说：“绠短者衔渴，足疲者辍途，非文理之数尽，乃通变之术疏耳。”因此“矫讹翻浅”，就必须“还宗经诰”。宗经是《文心雕龙》全书的理论纲领之一。文章为什么要宗经？刘勰在《宗经》里说得很清楚：“一则情深而不诡，二则风清而不杂，三则事信而不诞，四则义直而不回，五则体约而不芜，六则文丽而不淫。”也是从“建言修辞”的角度，以经书为准则，阐明立言之体，表情达意之方；其中贯串着“通变”的精神，继承优良传统的意义，和本篇以及《风骨》所说的均可相印证。

篇中举枚乘《七发》、相如《上林》等五例，以为“夸张声貌，则汉初已极，自兹厥后，循环相因，虽轩翥出辙，而终入笼内”。这意思是说，写景状物，古今有相同之处；前人艺术构思的结晶，往往成为后来学习的典范，不一定都有变化，而且也不可能有很大的变化。这虽是属于表现技巧的枝节问题，但也说明“通变”是有因有革，而不是尽变前人。所以说“参伍因革，此通变之数也”。

纪昀评此篇云：“齐、梁间风气绮靡，转相神圣，文士所作，如出一手，故彦和以通变立论。然求新于俗尚之中，则小智师心，转成纤仄。……故挽而求之古。盖当代之新声，既无非滥调，则古人之旧式，转属新声。复古而名以通变，盖以此尔。”这话就矫正时弊的意义来说，是深得刘勰之用心的。不过复古和“通变”并不是一回事，刘勰的目的也不在于复古，说“复古而名以通变”，是有语病的。把“情”“气”和词采统一起来，把继承和创新结合起来，才是“通变”的精义之所在。

唐诗札丛

李峤生卒年辨证

《全唐诗》卷五十七《李峤小传》云:"明皇贬为滁州别驾,改庐州。"近人姜亮夫《历代人物年里碑传综表》据《新唐书》本传(卷一百二十三)谓峤生于贞观十八年(公元 644 年)甲辰,卒于开元元年(公元 713 年)癸丑。

茂元按:李峤卒于庐州任所,年七十岁;惟卒于何年,《新传》并未载明。姜《表》断为开元元年,非也。考《通鉴》卷二百一十,开元元年九月壬戌,"以峤子率更令畅为虔州刺史,令峤随畅之官"。又卷二百一十一,开元二年(公元 714 年)春,"御史中丞姜晦以宗楚客等改中宗遗诏,青州刺史韦安石、太子宾客韦嗣立、刑部尚书赵彦昭、特进李峤于时同为宰相,不能匡正,令监察御史郭震弹之。……甲辰,贬峤为滁州别驾。"《新传》谓:"贬滁州别驾,听随子虔州刺史畅之官,改庐州别驾,卒。年七十。"《旧书》本传(卷九十四)则云:"听随子虔州刺史畅赴任。寻起为庐州别驾而卒。"今以《通鉴》及两《唐书》参之,峤于开元元年被谴出都,随子就养;二年春,始贬滁州别驾,寻改庐州,不久即卒。峤卒年七十,则生于贞观十九年(公元 645 年)也。

李峤咏物诗“杂咏”与“单题”名异而实同

《旧唐书》本传载《李峤集》五十卷,《新书·艺文志》于五十卷之外,别出《杂咏诗》十二卷。晁公武《郡斋读书志》卷四上著录《李峤集》一卷,云:“集本六十卷,未见,今所录一百二十咏而已。或题曰‘单题诗’。有张方注。今其诗犹存,惟张注不传。”

茂元按:《全唐诗》卷五十七至六十一录李峤诗五卷,其中卷五十九至六十皆咏物之作,凡一百二十首,即所谓“单题诗”是也。诗中所咏,自风云月露、飞动植矿,乃至服章器用之属,无所不包,而皆以单字为题,故总名之为“单题诗”。诗为五言律体,以隶事状物为工,略无兴寄可言。王夫之《夕堂永日绪论》谓其“裁剪整齐,而生意索然”洵为破的之论。

又辛文房《唐才子传》卷二《李峤传》称峤有《杂咏诗》十二卷,《单提诗》一百二十首。今按:“单提”当为“单题”之误。所谓“单题”,亦即“杂咏”。《新书·艺文志》称之为“杂咏”者,就其内容言之;晁氏《读书志》称之为“单题”者,就其标题之特点言之。或曰“十二卷”,或曰“一百二十咏”,盖十咏为一卷,一百二十咏合为十二卷,其实一也。辛氏歧而为二,误矣。

张子容生平及其诗

计有功《唐诗纪事》卷二十三“张子容”条载子容于先天二年(公元713年)擢进士第。《全唐诗》卷一百十六《张子容小传》同。

《唐才子传》卷一《张子容传》作“开元元年常无名榜进士”。考先天二年十二月改元开元，开元元年即先天二年也。唯徐松《登科记考》卷五载先天元年(公元712年)进士三十七人(《玉芝堂谈会》引作七十一人)，状元常无名，内有张子容。考曰：“《唐才子传》：‘张子容，襄阳人。开元元年常无名榜进士。’……今从常无名改在是年。”

茂元按：《全唐文》卷四百二十常衮《叔父故礼部员外郎墓志铭》云：“讳无名，字某，河内温人。……既冠，进士擢第；其年，拔萃登科。”考《唐会要》卷七十六：“先天二年，手笔俊拔超越流辈科，杜昱、张子渐、张秀明、常无名、赵居正、贾登、邢巨及第。”常衮所言拔萃科，即《会要》之手笔俊拔超越流辈科也。是无名进士擢第在先天二年，无可疑者。《登科记》移置前一年，而又以无名之故，并其同榜进士皆移置前一年，误矣①。

《全唐诗·张子容小传》又云：“为乐城尉。与孟浩然友善。”

茂元按：子容《贬乐城尉日作》云：“窜谪穷边海，川原近恶溪。”曰“贬”，曰“窜谪”，则固尝仕宦中朝。其间一段涉历，莫得而详。孟浩然《晚春卧病寄张八》诗中有云：“念我平生亲，江海远从政。云山阻梦思，衾枕劳歌咏。歌咏复何为？同心恨别离。世途皆自媚，流俗寡相知。”观其友朋缱绻之情，抑塞不平之感，则子容仕途蹭蹬，盖可想见。子容之在乐城，浩然曾往访，有《除夜逢乐城张少府》诗云：“雪海泛瓯闽，风潮泊岛滨。何知除夕夜，得见故乡亲！

① 《登科记考》断常无名为先天元年进士，亦本常衮《叔父故礼部员外郎墓志铭》中“其年，拔萃登科”一语推论而得之。今按：无名拔萃登科实为先天二年，非元年也。

余是乘槎客,君为失路人。平生能复几?一别十余春!”子容于先天二年应进士举,由襄阳赴京,浩然有诗赠别(《送张子容赴进士举》),至是十余年,其谪乐城,当在开元中。子容乐城解官后,曾游永嘉,有《自乐城赴永嘉枉路泛白湖寄松阳李少府》可证。其在永嘉,又与孟浩然相遇。浩然《永嘉别张子容》诗云:“旧国余归楚,新年子北征。挂帆愁海路,分手恋朋情。”子容之由永嘉北行,当为秩满还朝选官。《赠司勋萧郎中》诗中有云:“未睹风流日,先闻新赋诗。江山清谢朓,花木媚丘迟。吏部来何暮,王言念在兹。丹青无不可,霖雨亦相期。昔我投荒处,孤烟望岛夷。群鸥终日狎,落叶数年悲。渔父留歌咏,江妃入兴词。今将献知己,相感勿吾欺。”盖萧由外郡入居郎署,掌吏选,子容以所作为贽,冀其相感,而一为援手也。

又芮挺章《国秀集》卷下选录子容诗二首,题作晋陵尉。是书编于天宝三载(公元744年)[①],子容或竟终于此官,未可知。

《全唐诗》录子容诗十九首,内《送孟八(当作六)浩然归襄阳》之二“杜门不复出”一首,乃王维诗误入;《长安早春》一首,一作孟浩然诗,实只十七首耳。盖散佚甚多。《唐才子传》称子容有诗集行世,然两《唐书》经籍、艺文志及宋人书皆不见著录,其言不足据。此十七首皆五言,多写宦游羁旅之情,气体平缓,往往穷于边幅。而伫兴造思,清新绝俗,佳句辄来,殊无涂抹堆垛之病,倘所谓“韵高而才短”者[②]。子容与孟浩然交深,论其家数,亦可附诸襄阳云。

---

① 《国秀集序》云:“自开元以来,维天宝三载,谴谪芜秽,登纳菁英,可被管弦者,都为一集。”

② 苏轼评孟浩然诗语。见陈师道《后山诗话》。

李昂仕履及其长篇歌行

《唐诗纪事》卷十七“李昂”条载昂官考功员外郎。《全唐诗》卷一百二十《李昂小传》与《纪事》同。惟《全唐文》卷三百二《李昂小传》云:“昂开元时官仓部员外郎,迁考功郎中,终吏部尚书。”

茂元按:李昂以考功员外郎知贡举,见刘肃《大唐新语》卷十、封演《封氏闻见记》卷三及《新唐书》卷四十四《选举志》。作考功郎中,误。又《唐才子传》卷一《李昂传》云:“天宝间,仕终礼部侍郎。”又与《全唐文》终吏部尚书之说异。考《选举志》云:“(开元)二十四年(公元736年),考功员外郎李昂为举人诋诃,帝以员外郎望轻,遂移贡举于礼部,以侍郎主之。”意者李昂实未为礼部侍郎,辛文房或因此而致误欤?

李昂诗今存四首,收入《全唐诗》者二首,余二首见敦煌写本唐人选唐诗残卷。《唐才子传》盛称其《戚夫人楚舞歌》,以为“脍炙人口,真佳作也”。茂元按:是篇歌咏史事,其组织工丽,委曲流畅处,上承初唐卢、骆之体,已下启长庆元、白之风,于唐代长篇故事诗之发展,颇有关系,治文学史者不可不知。惟语乏剪裁,气格不振,未免失之平弱耳。另一首《从军行》,体势略同,而意境较为雄浑。

崔国辅里贯仕履及其绝句诗

《全唐诗》卷一百十九《崔国辅小传》云:“崔国辅,吴郡人。”

《唐才子传》卷二《崔国辅传》作山阴人[1]。

茂元按：李白有《送崔度还吴》诗，题下自注云："度，故人礼部员外国辅之子也。"是国辅籍隶吴郡甚明。《才子传》作山阴人，盖以国辅曾官山阴尉而致误也。

《全唐诗·崔国辅小传》又云："开元中，应县令举，授许昌令。累迁集贤直学士，礼部员外郎。后坐事贬晋陵郡司马。诗一卷。"

茂元按：国辅于开元十四年（公元726年）应进士举及第。《全唐文》卷五百二十八顾况《监察御史储公（光羲）集序》："开元十四年，严黄门知考功，以鲁国储公进士高第，与崔国辅员外、綦毋潜著作同时。"《唐才子传》同。惟《直斋书录解题》卷十九作开元十三年（公元725年）进士，"十三"，当为"十四"之误。又《新唐书》卷六十《艺文志》四《崔国辅集》下注云："应县令举，授许昌令。集贤直学士，礼部员外郎。坐王铁近亲，贬晋陵郡司马。"《小传》所叙，盖本此。考国辅进士及第之后，应县令举之前，曾官山阴尉，诸书皆漏载。孟浩然有《江上寄山阴崔少府国辅》、《宿永嘉江寄山阴崔少府国辅》二诗可证[2]。前诗云："春堤杨柳发，忆与故人期。草木本无意，荣枯自有时。山阴定远近，江上日相思。不及兰亭会，空吟祓禊诗。"后诗云："我行穷水国，君使入京华。相去日千里，孤帆天一涯。卧闻海潮至，起看江月斜。借问同舟客，何时到永嘉？"寻绎诗意，浩然东游维扬，入浙西一带，原与国辅有约，拟至山阴相访。所谓"不及兰亭会"者，谓踪迹淹留，未能于暮春三月上巳以前

① 唐吴郡，即苏州。山阴，属越州会稽郡。

② 唐人称县令为明府，尉为少府。周辉《清波杂志》："古百里之邑，令附其俗，尉督其奸，故令曰明府，尉为少府。"

至其地耳。迨后闻国辅将应举赴都，遂至永嘉，而罢山阴之行，故有“水国”“京华”，“相去千里”之叹。盖浩然漫游吴越之时，即国辅举县令之日。其时详不可考，要在开元中也[①]。又王昌龄有《同从弟销南斋玩月忆山阴崔少府》，此“崔少府”，当亦指国辅。又国辅令许昌之后，于天宝初官左补阙。天宝三载（公元744年）芮挺章编《国秀集》，录国辅诗，题作左补阙，可证。其任礼部员外郎，当由补阙升迁也[②]。

杜甫《奉留赠集贤院崔、于二学士》诗有云：“欲整还乡旆，长怀禁掖垣。谬称三赋在，难述二公恩。”自注：“甫献《三大礼赋》出身，二公尝谬称述。”“二公”，谓国辅及于休烈。考天宝十载（公元751年），杜甫献《三大礼赋》，玄宗奇之，诏试文章，国辅及于休烈以集贤学士为试文之官，故诗云云。甫晚年作《莫相疑行》有云：“忆献三赋蓬莱宫，自怪一日声辉赫。集贤学士如堵墙，观我落笔中书堂。”犹追述其事。国辅以礼部员外郎为集贤直学士[③]，起于何年，不可考；然天宝十一载（公元752年）四月王铁以罪被杀[④]，则国辅之谪晋陵，亦当在是年。

又南朝乐府民歌，率为五言四句，抒情委婉，往往流播人口，唐人五绝所自出也。开、天之际，能者辈出，崔国辅亦其中之一。《新唐书·艺文志》著录国辅诗集无卷数。陈振孙《直斋书录解题》作

---

① 《登科记考》卷八开元二十三年（公元735年）牧宰举，列崔国辅名。注云：“《新书·艺文志》：‘国辅应县令举，授许昌令。’县令举，疑即牧宰举也。”

② 门下省左补阙二员，从七品上，尚书省礼部员外郎一员，从六品上。见《旧唐书·职官志》。

③ 集贤院学士以朝官充任，五品以上为学士，六品以上为直学士。见《唐会要》卷六十四。

④ 见《旧唐书》卷九《玄宗本纪》。

一卷，云："诗凡二十八首，临海李氏本。后又得石林叶氏本，多六首。"《全唐诗》编国辅诗为一卷，共收四十二首，较宋时所传之本多七首。此四十二首之中，五绝居其大半，凡二十三首。则作者擅场所在，可以知矣。

《河岳英灵集》卷中序国辅诗云："婉娈清楚，深宜讽味。乐府数章，古人不及也。"[①]盖殷璠之推重国辅，尤在其绝句小诗。此类制作，虽不出宫闺儿女之情，而论其体制，实乃《子夜》、《读曲》之遗响也。晚唐时韩偓有《效崔国辅体》四首，皆五言绝句。见《全唐诗》卷六百八十三。严羽《沧浪诗话》论唐人诗体甚备，而未列"崔国辅体"，故及之。

祖咏生平考略

《全唐诗》卷一百三十一《祖咏小传》云："祖咏，洛阳人。登开元十二年(公元724年)进士第。与王维友善。诗一卷。"

茂元按：祖咏生平事迹，宋初已莫得而详。《新唐书》卷二百一《文艺传序》云："若韦应物、沈亚之、阎防、祖咏、薛能、郑谷等，其类颇多，皆班班有文在人间，史家逸其行事，故弗得述云。"今观咏诗，多栖息旅游之作，唱酬投赠之篇，亦殊难从其中考见行藏之迹；然参以他书所载，其梗概可得而言。李肇《唐国史补》卷下有"诙谐自贺知章，轻薄自祖咏"之语，其人盖恃才傲物，不拘行检者也。芮挺

① 《唐诗纪事》卷十五《崔国辅条》引作："国辅诗婉娈清楚，深宜讽味。乐府数章，虽绝句，古人不能过也。"

章于天宝三载(公元744年)编《国秀集》,选录咏诗二首,尚题作"进士祖咏"。则咏自开元十二年登第,至是历二十年,犹未释褐[1],其困顿可想。又咏有《望蓟门》诗,末二句云:"少小虽非投笔吏,论功还欲请长缨。"则踪迹曾至北边,志在从戎,特请缨无路耳。咏后虽曾入仕,但又遭迁谪,《长乐驿留别卢象、裴总》所云"故情君且足,谪宦我难任"是也。储光羲《华阳作贻祖三咏》云:"旧识无高位,新知尽固穷。夫君独高举,远近善文雄。"据此可知咏以仕途落拓,终作归隐之计。其《汝坟别业》云:"失路农为业,移家到汝坟。"《归汝坟山庄留别卢象》云:"淹留岁将晏,久废南山期。旧业不见弃,还山从此辞。"皆述山林长往之志,可与储诗相印证。

李颀里贯仕履辨证

《全唐诗》卷一百三十二《李颀小传》云:"李颀,东川人,家于颍阳。擢开元十三年(公元725年)进士第。官新乡尉。"

茂元按:李颀籍贯,《新唐书》及《唐诗纪事》均无记载,惟《唐才子传》卷二《李颀传》作东川人。考颀诗有《不调归东川别业》,谓为东川人者,或本诸此;然其实非也。东川,指蜀东之地。唐至德二载(公元757年)于梓州置剑南东川节度,领梓、遂、绵、剑、龙、阆、普、陵、泸、荣、渝、合等十二州,与剑南西川分治,自是始有东川之名。颀此诗作于新乡尉去官之日。芮挺章于天宝三载(公元744

① 《文献通考》卷二十九《选举考》二:"唐士之及第者,未能便解褐入仕,尚有试吏部一关。韩文公三试于吏部无成,则十年犹布衣。且有出身二十年不获禄者。"

年）编《国秀集》，录颀诗四首，题作新乡尉。颀之尉新乡，在天宝三载抑或三载以前，不可知；而其弃官归隐，要不得迟至天宝乱后，可以断言。则诗题之“东川”，非指蜀东，明矣。颀《缓歌行》中自叙生平有“十年闭户颍水阳”之句。其《不调归东川别业》云：“寸禄言可取，托身将见遗。惭无匹夫志，悔与名山辞。绂冕谢知己，林园多后时。”以两诗联系观之，其乡贯所在及行藏出处，可得而言：盖颀少居颍阳，十年闭户读书，出游以干禄。后因仕途蹭蹬，遄返故山。此“东川别业”，即在颍阳；归东川，亦即归颍阳也。颍阳，唐属河南府河南郡。新乡，属卫州汲郡。今按：颀诗所纪，其行踪皆在大河南北，而未尝一至剑阁岷峨，此尤班班可考者。安得以其诗有“归东川别业”，而遂谓之为蜀中人耶？颀诗又有《宋少府东溪泛舟》及《晚归东园》二首，疑“东溪”、“东园”亦即“东川”。其地当在颍水之东，有山川林园之胜，诗人即事会心，或称“川”，或称“溪”，或称“园”，随时而异，初无定名；其名亦未必见于图经地志之书也。

《新唐书》卷六十《艺文志》著录《李颀诗》，原注但言颀为开元进士，未言登第在何年。《唐诗纪事》卷二十同。《直斋书录解题》卷十九《李颀集》下云：“唐李颀撰。开元二十三年（公元735年）进士。”《唐才子传》云：“开元二十三年贾季邻榜进士。”与《解题》合。惟高棅《唐诗品汇》作开元十三年进士，为《全唐诗》所本。然《品汇》盖偶误，其言不足据，当以《解题》及《才子传》为是。

李颀仕履，惟新乡尉见诸记载，馀莫得而详。今按：颀《欲之新乡答崔颢、綦毋潜》诗云：“数年作吏家屡空，谁料黑头成老翁！”则颀进士释褐之后，官新乡之前，沉迹下僚，多历年所，至是仍沦于一尉，已垂垂老矣。观《不调归东川别业》诗中牢骚抑郁之情，盖灰心失意之余,已绝意进取。意者颀入山之后,遂不复出,竟以一命而终。故殷璠序颀诗,惜其有才无禄,只到黄绶也。

綦毋潜里贯仕履及其诗

《全唐诗》卷一百三十五《綦毋潜小传》云:“綦毋潜字孝通,荆南人。”

茂元按:《河岳英灵集》卷中序綦毋潜诗有云:“荆南分野,数百年来,独秀斯人。”《全唐诗》谓潜为荆南人,盖本诸《英灵集》。《唐才子传》卷二《綦毋潜传》同。然《直斋书录解题》卷十九《綦毋潜集》下云:“唐待制集贤院南康綦毋潜撰。南康,今赣州。”其说未知何据。《唐才子传》言潜别业在江东,王维有《送綦毋校书弃官还江东》。考南康唐属江南西道,亦不得称之为江东也。

《綦毋潜小传》又云:“开元十四年登进士第。由宜寿尉入为集贤待制。迁右拾遗,终著作郎。”

茂元按:綦毋潜于开元十四年(公元726年)登第,与储光羲、崔国辅为同榜进士,见顾况《监察御史储公集序》。其生平仕履,《新唐书》卷六十《艺文志》四《綦毋潜集》下注及《唐诗纪事》卷二十所载,均与此同。而《唐才子传》所载则较详。《传》云:“开元十四年严迪榜进士及第。授宜寿尉,迁右拾遗,入集贤院待制,复授校书,终著作郎。”今以诸家诗参之,潜进士登第后,释褐授宜寿尉,入为集贤院待制。其官右拾遗之前,曾为秘书省校书郎,《新书》及《纪事》均漏载。潜在秘省,仕久不进,遂弃官而去。王维《送綦毋校书弃官还江东》云:“明时久不达,弃置与君同。天命无怨色,人间有素风。念君拂衣去，四海将安穷！”即指其事。李颀《送綦毋三谒房给事》有云：“惜哉湖海上，曾校蓬莱书。”亦谓潜曾校书秘阁也。潜后复出仕，为右拾遗，乃天宝时事。《英灵集》编成于天宝中，选录其诗，称为拾遗，可证①。《唐才子传》叙次于集贤院待制之前，误矣。

又李颀《寄綦毋三》诗有“新加大邑绶仍黄”之语，黄绶为七、八、九品官所服。唐诸州中县令正七品，下县令从七品，而左、右拾遗为从八品②。味诗意，似潜曾由拾遗出为县令。详俟考。

《綦毋潜集》一卷，见《新唐书·艺文志》及《直斋书录解题》著录。《全唐诗》编为一卷，诗二十余首。按潜与王维、李颀相友善，王有《别綦毋潜》、《送綦毋校书弃官还江东》、《送綦毋潜落第》，李有《送綦毋三谒房给事》、《题綦毋校书别业》、《欲之新乡答崔颢、綦毋潜》、《送綦毋三寺中赋得纱灯》、《寄綦毋三》、《奉送五叔入京兼寄綦毋三》、《送五叔入京兼寄綦毋三》，然潜诗中，二人之名，不少概见，以是知其散佚者多矣。

储光羲里贯及生平事迹考略

《河岳英灵集》卷中：“顷有太原王昌龄、鲁国储光羲。”《新唐书》卷五十九《艺文志》三储光羲《正论》下注云：“兖州人。”唐兖州又称鲁郡（《新唐书》卷三十八《地理志》二），兖为古鲁地，鲁国即

① 《唐诗纪事》卷二十引《河岳英灵集》云：“拾遗诗举体清秀、萧萧跨俗。”《四部丛刊》影明本《英灵集》无此二句。

② 见《新唐书·百官志》，参《通典》卷六十三《礼》二十三。

鲁郡也。故顾况《监察御史储公集序》称“鲁国储公”(《全唐文》卷五百二十八);《直斋书录解题》卷十九著录光羲集,亦题作“鲁国储光羲”。《唐诗纪事》卷二十二、《唐才子传》卷一《储光羲传》及《全唐诗》卷一百三十六《储光羲小传》并作兖州人。曰鲁国,曰兖州. 其实一也。然《新唐书》卷六十《艺文志》四《包融诗》下注云:“融与储光羲皆延陵人。曲阿有余杭尉丁仙芝、缑氏主簿蔡隐丘、监察御史蔡希周、渭南尉蔡希寂、处士张彦雄、张潮、校书郎张晕、吏部常选周瑀、长洲尉谈戭,句容有忠王府仓曹参军殷遥、硖石主簿樊光、横阳主簿沈如筠,江宁有右拾遗孙处玄、处士徐延寿,丹徒有江都主簿马挺、武进尉申堂构,十八人皆有诗名,殷璠汇次其诗为《丹阳集》者。”与兖州之说互异。

茂元按:谓光羲为鲁国或兖州人者,本诸《河岳英灵集》。考《英灵》多著诗人郡望,如云“太原王昌龄”,其实昌龄乃长安人也。其诗自言“本家蓝田下”(《郑县宿陶太公馆赠冯六元二》),“故园今在灞陵西”(《别李浦之京》)可证。以彼例此,则鲁国当亦指光羲之祖籍。殷璠以光羲之诗编入《丹阳集》。丹阳,唐郡名,即润州。其书以地域标名,入选诸家,籍贯一一可考,不应独于光羲有误。盖光羲世居鲁郡,后占籍润州之延陵,实应为延陵人,亦犹世称襄阳杜甫,其实甫乃巩县人也。言非一端,语各有宜,故《英灵》、《丹阳》同出一人之手,而说两歧。《新唐书》未能观其会通,遂两者并存,而自相抵牾;后世不察,皆以光羲为兖州人矣。

《全唐诗·储光羲小传》云:“登开元中进士第,又诏中书试文章。历监察御史。禄山乱后,坐陷贼贬官。”

茂元按:《新书·艺文志》三储光羲《正论》下注云:“开元进士第,又诏中书试文章。历监察御史。安禄山反,陷贼,自归。”《小传》所叙，盖本诸此。光羲于开元十四年（公元726年）登进士第，与崔国辅、綦毋潜同榜，见顾况《监察御史储公集序》。光羲《贻丁主簿仙芝》诗中自注云："余及第后，又应制授官。"所谓"应制"，即诏中书试文章。盖登第后试文章，乃释褐也。

光羲仕履，诸书但云历监察御史。今以其诗考之，可略知梗概。盖光羲释褐后，仕宦不得意，其别业在终南山，曾一度归隐。《田家杂兴》所谓"山泽时晦暝，归家暂闲居"是也。后出山官太祝，诗中有《终南幽居献苏侍郎时拜太祝未上》可证①。天宝之末，光羲曾使至范阳，诗中有《效古》二首及《观范阳递俘》。《效古》第一首叙由长安赴范阳，经邯郸，途中所见，有云："大军北集燕，天子西居镐。妇女役州县，丁男事征讨。老幼相别离，哭泣无昏早。稼穑既殄绝，川泽复枯槁。"第二首末抒所感云："翰林有客卿，独负苍生忧。中夜起踯躅，思欲南厥谋。君门峻且深，踠足空夷犹。"忧时之深，衷情若诉。其《观范阳递俘》亦有"四履封元戎，百金酬勇夫。大邦武功爵，固与炎皇殊"之语，与杜甫《后出塞》所言"主将位益崇，气骄凌上都"，用意略同。盖其时主昏于上，民困于下，禄山拥强兵劲卒，雄据三镇，挟边功以自重，末大不掉，叛迹已明。形势之岌岌可危，光羲洞若观火，故言之至为激切。诗中自称"翰林客卿"，则其时尚未官御史也。《唐才子传》云："历监察御史。值安禄山陷长安，辄受伪署。"以其言参之，光羲之为御史，当在天宝十四五载间（公元755—756年），禄山乱起之际。顾况序光羲集，称

① 《终南幽居献苏侍郎时拜太祝未上》一诗，乃朝命初下尚未出山时所作。后光羲之官，綦毋潜有《冬夜寓居寄储太祝》（一作薛據诗），固已太祝称之矣。近人陆侃如、冯沅君所著《中国诗史》第二十五章谓光羲拜太祝未上，盖误。

之为监察御史储公，亦就其天宝乱前最后所历之官阶言之也。

《直斋书录解题》言光羲“任伪官”，《唐才子传》亦云“辄受伪署”；而《新书》及《小传》但称“陷贼”，语意颇含混。按顾况《集序》有“拔身虏廷，竟陷危邦”之语，则光羲曾受职于安禄山之朝甚明，其情况殆与王维、郑虔相类。考光羲《登秦岭作时陷贼归国》诗中有云：“失途走江汉，不能有其功。”似脱身归国之前，谋欲建功以自赎而未遂者。其详莫得而考矣。

常建生平考略

《全唐诗》卷一百四十四《常建小传》云：“常建，开元中进士第。大历中为盱眙尉。”

茂元按：《直斋书录解题》卷十九著录《常建诗》一卷，题“唐盱眙尉常建撰”。所谓盱眙尉者，乃就其最后所历之官职言之，初不言为尉在何时也。此云“大历中为盱眙尉”，本诸《唐才子传》卷二《常建传》。建生平事迹无考，但知其于开元十五年（公元727年）登进士第，与王昌龄同榜，后储光羲一年。由开元十五年至大历中，相距四十余载。唐人成进士后，虽未必便能释褐入仕，然亦未有迟至四十余载始授官者。《唐才子传》之不足据，余嘉锡《四库提要辨证》卷二十集部《常建诗》下辨之甚详。然余氏谓建之尉盱眙，在开元、天宝间，亦误。芮挺章于天宝三载（公元744年）编《国秀集》，录常建诗，称之为“前进士”，是其时尚未释褐之明证①。迨天

① 唐人进士及第而未授官者称“前进士”。见李肇《唐国史补》。

宝十二载(公元753年)殷璠编《河岳英灵集》录常建诗[1],题云:“高才无贵士,诚哉是言。曩刘桢死于文学,左思终于记室,鲍照卒于参军;今常建一沦于一尉,悲夫!”以此参之,建之尉盱眙,其年虽莫得详考,要在天宝三载以后;至十二载,则建已谢世矣。《新唐书》卷六十《艺文志》四《常建诗》下注云:“肃、代间人。”此不足据。《唐才子传》谓是“大历中,授盱眙尉”,或因此附会而致误欤?然辛文房于传中亦曾引殷璠之语,而不考《英灵》编集之年,疏漏甚矣!

又《四库全书总目提要》卷一百四十九集部别集类二《常建诗提要》云:“唐常建不知其字,里贯一无可考。”惟《唐才子传》谓建为长安人,未知何据。

建有《宿王昌龄隐居》。昌龄别业在灞上,其《灞上闲居》云:“清川照我门。”即此诗所谓“清溪深不测”是也。诗末云:“余亦谢时去,西山鸾鹤群。”又《鄂渚招王昌龄、张偾》诗中有云:“楚山隔湘水,湖畔落日曛。春雁又北飞,音书固难闻。谪居未为叹,谗枉何由分!午日逐蛟龙,宜为吊屈文。”

茂元按:细绎二诗诗意,以其时考之,前诗当作于建盱眙初罢官之日,诗中自明避世隐居之意,故有“西山鸾鹤”之语。此“西山”疑为武昌东之西塞山,亦即后诗之“鄂渚”、“楚山”也。后诗述

① 殷璠《河岳英灵集自序》云:“……此集便以‘河岳英灵’为号。诗二百三十四首,分为上下卷,起甲寅,终癸巳”。甲寅为开元二年(公元714年),癸巳为天宝十二载(公元753年)。“癸巳”一作“乙酉”(《全唐文》卷四百三十六),则为天宝四载(公元745年)。近人岑仲勉《唐集质疑·河岳英灵集条》云:“乙酉、癸巳孰是,非将全集诗稍加考证,不能遽定也。”今按:芮挺章于天宝三载编《国秀集》时,尚称常建为“前进士”,而殷璠编《英灵集》时,建已逝世,其间有任盱眙尉及罢官归隐一段涉历,绝非一年内事。据此可以断言《英灵》成书为天宝十二载癸巳,作乙酉者误。

王昌龄谪龙标事,语意甚明。《新唐书》卷二百二《王昌龄传》(附孟浩然)谓昌龄“不护细行,贬龙标尉”。昌龄之谪,意必有人造作蜚语以构陷之者。诗言“谪居未为叹,谗枉何由分”,实深悲之。而“春雁北飞”,亦与李白《闻王昌龄左迁龙标,遥有此寄》之“杨花落尽子规啼”时令相合。盖昌龄远谪之时,建隐西山已久。其有感于时局混乱,官场互相倾轧,不愿再为冯妇,情见乎词。故诗末述山居之乐,冀其同隐也。

刘挺卿非刘昚虚　辨《渔洋诗话》之误

王士禛《渔洋诗话》卷下云:“刘昚虚字挺卿。其诗超远幽敻,在王、孟、王昌龄、常建、祖咏伯仲之间。考其人,盖深于经术,不但词华也。李华《三贤论》曰:‘刘名儒史官之家,兄弟以学著。称述《易》、《诗》、《书》、《春秋》、《礼乐》为五说,条贯源流,备古今之变。尚书刘公每有胜理,必诣与谈,终日忘返;殷(寅)直清有识,尚恨言理少对,未与刘面,常想见其人。高适达夫落落有奇节,皆重刘者也。’按《唐书》儒学、文苑皆不为昚虚立传,而《全唐诗话》、《唐诗纪事》亦略之,故详于此。”

茂元按:《全唐文》卷三百十七李华《三贤论》云:“余兄事元鲁山,而友刘、萧二功曹。此三贤者,可谓之达矣。”文中所言刘功曹字挺卿者[①],乃刘迅,刘知幾之第五子也。《新唐书》卷一百三十二

① 原注:“集本作‘柄卿’:《英华》亦作‘柄卿’。注云:《唐书》作‘捷’,一作‘挺’。”

附《刘子玄(知幾)传》,所叙皆本之《三贤论》。又《唐国史补》卷上云:“刘迅著《六说》,唯说《易》未成,行于代者,五篇而已。识者伏其精峻。”此刘迅即《三贤论》之刘功曹挺卿也。挺卿与脊虚别为一人,了不相涉。王氏未检史籍,徒以二人同姓,又皆开、天时人,遂移彼作此,且责《唐书》未为立传,实属荒谬可笑。近人岑仲勉专治唐史,其《唐人行第录》“刘大脊虚”条亦云:“字挺卿,李华《三贤论》之一人。”沿王氏之失而不改,尤可怪也。

脊虚生平,诸书所载,均甚阙略,其里贯尤疑莫能明。《唐才子传》卷二《刘脊虚传》谓脊虚为嵩山人,《全唐诗》卷二百五十八《刘脊虚小传》作江东人,两者互异。

茂元按:脊虚以诗名江南,诗中题咏,踪迹多在吴越一带。故《河岳英灵集》序其诗云:“时东南高唱者数人,然声律宛态,无出其右。”谓为江东人,盖本诸此。然《英灵》固未言脊虚家在江东,不能据以否定《才子传》嵩山之说也。

又《唐才子传》云:“(脊虚)八岁属文,上书,召见,拜童子郎。开元十一年(公元723年)徐徵榜进士。调洛阳尉。迁夏县令。”

茂元按:王昌龄有《送刘脊虚归取宏词解》一诗,则脊虚成进士后,曾应制举,《才子传》及《登科记》均失载。脊虚于兄弟辈行居长,孟浩然有《九日龙沙作寄刘大脊虚》可证。余颇疑高适《寄刘大校书》之“刘大”,亦即指脊虚。考唐代士人自校书郎出为县尉者多矣,《才子传》叙次脊虚成进士后之官洛阳尉曰“调”,则前此在朝为校书郎,未可知也。

脊虚卒于何年,详不可考。殷璠《河岳英灵集》序脊虚诗有“惜其不永,天碎国宝”之语,则盛年早逝,无疑也。今按脊虚诗中有《寄江滔求孟六遗文》一首,乃孟浩然卒后所作,浩然卒于开元二十八年（公元 740 年），沓虚之卒，当在作此诗后不久。郑处诲《明皇杂录》云："天宝末，刘希夷、王泠然、王昌龄、祖咏、张若虚、张子容、孟浩然、常建、李白、刘沓虚、崔曙、杜甫虽有文章盛名，皆流落不偶。"此不足据。《河岳英灵集》成书，于天宝十二载（公元 753 年），书中固明言沓虚已卒：沓虚于开元十一年成进士，时年最少亦当在二十岁左右，使天宝末尚存，则已五十余，不得谓不永年也。又刘希夷上元二年（公元 675 年）郑益榜进士，年二十五，见《唐才子传》卷一《刘希夷传》。希夷才而早卒。上元二年距天宝末七十年，希夷安能至其时尚在人世？他如张若虚、孟浩然、崔曙亦皆开元时人，天宝末已前卒，小说家言之不足信，类皆如此。

崔曙里贯及其卒年

《全唐诗》卷一百三十五《崔曙小传》云："崔曙，宋州人。"

茂元按：崔曙本籍不可考。其《送薛據之宋州》诗中有云："我生早孤贱，沦落居此州。"则宋州乃其流寓之所。又《早发交崖还太室作》云："吾亦从兹去，北山归草堂。"太室即嵩山。盖曙后又由宋州徙居嵩山矣。

崔曙为开元二十六年（公元 733 年）进士状头，见《直斋书录解题》卷十九。《本事诗》云："崔曙进士作《明堂火珠》诗试帖曰：'夜来双月满，曙后一星孤。'当时以为警句。及来年，曙卒，惟一女星星，人始悟其自谶也。"据此，似曙成进士后，未授官，即于次年（公元 739 年）谢世，然其实非也。考《国秀集》录曙诗五首，题作"河内尉"，是为释褐授官之明证。《国秀》编成于天宝三载（公元 744

年)，曙之授官及卒，其年虽不可考，要当在开元、天宝间。《本事诗》所云“来年”，盖泛指，非即谓次年也。

薛據里贯及生平考略

《全唐诗》卷二百五十三《薛據小传》云：“薛據，河中宝鼎人。开元十九年登第。尚书水部郎中，赠给事中。”

茂元按：宝鼎，唐县名，属河中府河东郡。河东郡即蒲州。《封氏闻见记》卷三称“河东薛據”；又韩愈《昌黎集》卷二十四有《国子助教河东薛君墓志铭》。薛名公达，據之嗣子。此及《唐诗纪事》卷二十五，皆称據为河中宝鼎人。河中河东，其实一也。據家河东宝鼎，天宝乱后曾客荆州，故杜甫《寄薛三郎中據》诗云：“子尚客荆州，我亦滞江滨。”《唐才子传》卷二《薛據传》谓據为荆南人，误。

《唐才子传》云：“據……开元十九年王维榜进士。天宝六年，又中风雅古调科第一人。于吏部参选，據自恃才名，请受万年录事。流外官诉宰执，以为赤县是某等清要，據无由得之。改涉县令。后仕历司议郎，终水部郎中。”①

茂元按：薛據求为万年录事事，见《封氏闻见记》卷三及王定保《唐摭言》卷十二。刘长卿《送薛據宰涉县》诗云：“一从负能名，数载犹卑位。……顷因岁月满，方谢风尘吏。颂德有舆人，荐贤逢八使。栖鸾往已屈，驯雀今可嗣。此道如不移，云霄坐应致。”诗题下自注云：“自永乐主簿陟状，寻复选授此官。”《唐诗纪事》云：“據自

① 通行本《唐才子传》文字略异，此据陆氏三间草堂本校文。

永乐主簿陟县丞,复选宰陟(当作“涉”)县。”以刘诗及《纪事》所叙参之,據开元十一年进士登第后,释褐授永乐主簿,迁县丞,秩满参常选,求为万年录事而未注,遂改选涉县令。其时当在开元之末,尚未应风雅古调科制举也。

乾元二年(公元759年),杜甫客秦州,薛據于是年迁司议郎,杜甫诗有《秦州见敕目薛三據授司议郎毕四曜除监察与二子有故喜迁官兼述索居凡三十韵》可证。其为水部郎中,时不可考。按杜甫于大历元年(公元766年)在夔州作《解闷》十二首,内一首云:“沈、范早知何水部,曹、刘不待薛郎中。独当省署开文苑,兼泛沧浪诗钓翁。”自注云:“水部郎中薛據。”仇兆鳌释之曰:“当省署,昔为部郎;泛沧浪,今客荆楚。”(《杜诗详注》卷十七)盖據浮沈郎署,值中原多故,遂弃官南行。其在荆南,亦犹子美之避乱蜀中也。

薛據生卒年无考。殷璠谓據“自伤不早达”(《河岳英灵集》卷中),今按據《落第口号》有“十五能文西入秦,三十无家作路人”之语①,则开元二十九年成进士,当为三十以后矣。迨大历初客荆州,盖年七十左右。杜甫《寄薛三郎中據》云:“与子俱白头,役役常苦辛。”少陵素有羸疾,未老先衰,时将近六旬,发已全白;然其年固少于據也。杜此诗作于大历二年(公元767年)春,时據将由荆州北归长安,故诗末云:“凤池日澄碧,济济多士新。余病不能起,健者勿逡巡。上有明哲君,下有行化臣。”又杜同年所作《别崔潩寄薛據孟云卿》诗云:“荆州遇薛、孟,为报欲论诗。”子美以大历三年(公元768年)春抵江陵,与荆南幕府诸人频有往还,载在集中,一一可考,而竟未践薛、孟论诗之约,足证其时據已北归。《唐才子传》言

① 一作綦毋潜诗。按:此诗选入《河岳英灵集》,作薛據,当可信。

據“初好栖遁,居高山炼药。晚岁置别业终南山下老焉”。據归长安后,或暂居朝列,寻复弃官;或竟舍簪组,隐居终南,以尽天年,未可知也。

據官终水部郎中,诸书所载并同;惟《唐诗纪事》云:“开元、天宝间,據与弟播、揔相继登科。终礼部侍郎。”按韩愈《国子助教河东薛君墓志铭》曰:“(公达)父曰播,尚书礼部侍郎。侍郎命君后兄據。據为尚书水部郎中,赠给事中。”是为礼部侍郎者,乃據之弟薛播,非據也。《纪事》误。

王之涣生平考略

盛唐诗人中,王之涣作品今存者仅六篇,见《全唐诗》卷二百三十五。两《唐书》无之涣传。诸书所载,率皆一鳞半爪,莫能详也。今按:岑仲勉所编《续贞石证史》载李根源藏有石本王之涣墓志铭全文,记述甚备。此文作于天宝二年(公元 743 年)五月,首题:“《唐故文安郡文安县尉太原王府君墓志铭并序》,宣义郎行河南府永宁县尉□河靳能撰。”[①]文中有“能忝畴曰”之语,知与之涣为故交。兹据《墓志》,参诸有关记载,以考订之涣生平行迹,知旧说缺漏乖谬者盖亦多矣。

《墓志》云:“公名之涣,字季凌。本家晋阳,□徙绛郡,即后魏

① 《唐诗纪事》卷二十“王泠然”条引泠然《上相国燕公书》云:“相公必欲选良宰,莫若举前仓部员外郎吴太玄为洛阳令;必欲举御史中丞,莫若举襄州刺史靳能。清辇毂之路,非太玄不可;生台阁之风,非靳能不可。”即其人也。靳能于开元中为襄州刺史,以直言敢谏著称。至天宝初为永宁尉,盖遭谴谪。其始末莫得而详。

绛州刺史隆之五代孙。”

茂元按：后魏并州治晋阳，隋废。唐复并州，仍治晋阳。开元十一年(公元723年)置北都，改并州为太原府。之涣籍本晋阳，然自其高祖时即已迁居绛郡①，实应为绛郡人。《唐诗纪事》卷二十六“王之涣”条、《全唐诗·王之涣小传》均作并州人，盖著其本籍，亦犹《墓志》之称“太原王府君”也。惟《唐才子传》卷三《王之涣传》谓之涣为蓟门人。考之涣宦游河北，曾客蓟门，高适有《蓟门不遇王之涣、郭密之因以留赠》可证。辛氏或因高诗而致误欤？

《墓志》又云：“父昱，皇鸿胪主簿，雍州司士，汴州浚仪县令。公即浚仪第四子。幼而聪明，秀发颖悟。不盈弱冠，则究文章之精，未及壮年，已穷经籍之奥。以门子调补冀州衡水主簿。气高□时②，量过于众。异毛义捧檄之色，悲不逮亲；均陶潜屈腰之耻，□于解印。会有诬人交构，公因拂衣去官，遂优游青山，灭裂黄绶。夹河数千里，籍甚高风；在家十五年，食其旧德。雅淡珪爵，酷嗜闲放。宗亲懿交，恻公井渫，劝以入仕，久而乃从，复补文安郡文安县尉。……以天宝元年二月十四日遘疾终于官舍。春秋五十有五。……以天宝二年五月二日葬于洛阳北原，礼也。嗣子炎及羽等，哀哀在疚，栾栾其棘。堂弟永宁主簿之咸泣奉清徽，托铭幽壤。能忝畴旧，敢让其词？”

茂元按：《墓志》言之涣兄弟四人，之涣次第居末，其上有三兄，名不可考。《唐诗纪事》云：“与兄之咸、之贲皆有文。”今据《墓志》，之咸乃之涣之堂弟，而《全唐文》卷三百七十五《王之贲小传》

① 唐绛郡又称绛州。

② 石本此字上部存“艹”头，按文义当为“邁”字。

载之贲又之咸之弟,《纪事》谓之咸、之贲为之涣兄,误矣。

又按:唐时士人进身,厥有三途:由学馆者曰生徒;由州县者曰乡贡;其帝王自诏者曰制举,所以待非常之才焉。学馆及乡贡为常选。其中乡贡进士一科,特为时重。唐代著名诗人率皆乡贡进士也。《墓志》言之涣以门子调冀州衡水主簿,盖由四门学生出身。考《新唐书·选举志》,四门学在国子学、太学之下。《志》云:"四门学生千三百人,其五百人以勋官三品以上无封、四品有封及文武七品以上子为之,八百人以庶人之俊异者为之。"之涣补四门学生,当以其父官浚仪令之故。《唐才子传》云:"(之涣)少有侠气,所从游皆五陵少年,击剑悲歌,从禽纵酒。后折节工文。十年,名誉日起。耻困场屋,遂交谒名公。"谓其"耻困场屋",则固尝应进士举矣。意者屡试不第,遂改由他途也。

之涣初为衡水主簿,乃以仕救贫,故《墓志》拟之于陶潜折腰。迨垂老之年,再为冯妇,卑栖一尉,以官为家,盖亦为生计所迫。之涣有子二人,卒于文安,其地距绛郡不远,而旅榇逾年,无力归骨故丘,其身后萧条,亦可想见。之涣之葬洛阳北原,乃由堂弟之咸经纪。之咸官永宁主簿,永宁唐属河南府河南郡,在洛阳附近。

白居易《故滁州刺史赠刑部尚书荥阳郑公(昈)墓志铭》云:"公尤善五言诗,与王昌龄、王之涣①、崔国辅辈联唱迭和,名动一时。"《唐诗纪事》云:"(之涣)天宝间人。"《唐才子传》云:"(之涣)与王昌龄、高适、畅当忘形尔汝。"今按:《墓志》载之涣卒于天宝元年(公元742年),年五十五岁,其与高适、王昌龄相唱和,蜚声骚

① 之涣,或作"之奂",或作"之焕","奂"、"焕"皆"涣"之或体字。

坛，在开元中，即任文安县尉以前，《墓志》所云“在家十五年”之际也。迨至天宝间，之涣已前卒矣。又畅当大历七年（公元772年）进士，仕贞元间[1]，其登第时，上距之涣之卒已三十年，年辈邈不相及；且当诗中，亦未有与之涣赠酬之作，谓二人为忘形交，疑误。

① 见《唐才子传》卷四《畅当传》。

读两《唐书·文艺(苑)传》札记

王勃传

《新书》二百一《文艺》上、《旧书》一百九十上《文苑》上。

《新传》云:“是时诸王斗鸡,勃戏为文檄英王鸡。高宗怒曰:‘是且交构。’斥出府。”《旧传》所叙略同。

茂元按:唐自开国以来,统治集团内部矛盾重重,愈演愈烈。诸皇子间萁豆之相燃,几无代无之。高祖时有玄武门之变;太宗时有太子承乾与魏王泰、晋王治(即高宗)、吴王恪之间夺储之争;高宗时情况尤为复杂。高宗八子,武后所生四人:长李弘,次李贤,次李显,次李旦。李贤即王勃之府主沛王,英王李显即中宗也。李弘初立为太子,为武后所杀;李贤继立,后又被废。《旧书》八十六《章怀太子传》:“时正议大夫明崇俨以符劾之术为则天所任,使密称英王状类太宗。……贤逾不自安。调露二年(公元680年),崇俨为盗所杀,则天疑贤所为,……乃废贤为庶人。”其事虽出于武后之谋,然亦可窥见李贤与李显兄弟间之关系。特李贤未登储位以前,矛盾尚未发展为表面化耳。高宗防微杜渐,盖已察其端倪。王勃以文字游戏,至遭斥逐,其事虽出偶然,但又有其必然之理,正足反映当时皇族内哄之剧烈也。

王勃之遭斥逐,当在总章元年(公元668年)之末或次年之初。《王子安集》卷十二《拜南郊颂》中有云:"大唐有国之五十一年,皇帝有天下之一十九载也。"考自唐高祖武德元年(公元618年)至高宗总章元年(公元668年)为五十一年,而高宗永徽元年(公元650年)至是年为十九年。王勃作此文时,身在朝列,而次年五月即由长安入蜀①,则斗鸡事在献颂之后,入蜀以前,明矣。

又按:李贤于龙朔元年(公元661年)封沛王,咸亨三年(公元672年)徙封雍王,上元二年(公元675年)立为皇太子;李显于显庆二年(公元657年)封周王,仪凤二年(公元677年)始徙封英王②。当李贤为沛王时,李显当称周王,不当称英王。两《唐书》并误。

《新传》云:"官奴曹达抵罪匿勃所,惧事泄,辄杀之。事觉,当诛;会赦,除名。父福畤,由雍州司功参军坐勃故左迁交趾令。勃往省,渡海溺水,痵而卒。年二十九。初,道出锺陵,九月九日,都督大宴滕王阁。宿命其婿作序以夸客。因出纸笔遍请,客莫敢当。至勃,沆然不辞。都督怒,起更衣,遣吏伺其文,辄报。一再报,语益奇,乃矍然曰:'天才也!'请遂成文,

① 《王子安集》七:《入蜀纪行诗序》:"总章二年(公元669年)五月癸卯,余自长安观景物于蜀,遂出褒斜之隘道,抵峨眉之绝径,超玄溪,历翠阜,殆弥月而臻焉。"

② 参见两《唐书》章怀太子传及《高宗纪》。

极欢罢。"《旧传》未叙滕王阁事，但云："上元二年（公元675年），勃往交趾省父。……渡南海，堕水卒。"

茂元按：王勃作《滕王阁序》，历来传为文坛盛事。然作序之年，则记载互有歧异。王定保《唐摭言》卷五："王勃著《滕王阁序》，时年十四（《太平广记》卷一百七十五引作'十三'）。"《新书》谓作于南行省亲途中，则是上元二年（公元675年）事，时王勃年二十六也①。清人蒋清翊注《王子安集》，主《摭言》之说，于卷八本文"家君作宰"句下云："王定保《唐摭言》载勃著序时年十四，盖福畤先为六合令也。辛文房《唐才子传》乃谓福畤坐勃事远迁交趾令，勃往省亲，途过南昌时所作。此由辛氏见《新唐书》本传二事连叙，遂有此谬误。实则《唐书》有'初'字界之，原不相蒙也。"余以为蒋氏之言，不仅与事实不合，且于《新书》亦为曲解；《新书》接叙滕王阁事于勃南行溺死之后，所谓"初"，盖追述生前之语；所谓"道出锺陵"，亦谓南行时途中所经。以《旧书》参之，其所谓"九月九日"，即上元二年（公元675年）之九月九日也。倘因有一"初"字界之，而遂谓所叙为十二年前之事，则语意突兀无根，与上文全不相属矣。《唐才子传》本《新书》而略变其词，并无不合，亦无谬误。特

① 杨炯《王子安文集序》谓王勃卒于上元三年（公元676年），年二十八，《旧书》同，则上推生年为贞观二十三年（公元649年）；《新书》谓卒年二十九，则生年为贞观二十二年（公元648年），然两说均与王勃之自叙生年不符。考《春思赋序》云："咸亨二年（公元671年），余春秋二十有二。"又《游山庙（诗）序》："吾之生二十载矣。……粤以胜友良暇，游于玄武西山庙，盖蜀郡之灵峰也。"王勃入蜀在总章二年（公元669年），总章二年二十岁，与咸亨二年（公元671年）二十二岁相合，推知生于永徽元年（公元650年），故上元二年（公元676年）作《滕王阁序》时为二十六岁。又王勃路过洪州，时当九月，至十一月，始至南海（见《巩鉴图铭序》），其渡海溺死，乃次年省亲北归途中事也。杨《序》谓卒年二十八，当是二十七之误。

一为补叙,一为顺叙,文字之措注有所不同耳。考杨炯《王子安集序》云:“父福畤,历任太常博士,雍州司功,交趾、六合二令,为齐州长史。”涉历先后,次第了然。蒋氏为牵合《摭言》之说,将福畤令六合事移至远迁炎方乃至雍州司功之前,不仅臆说无凭,且六合在洪州之北,由北南行赴六合,断无路经洪州之理。尤重要者,福畤之南迁,乃是远谪;其徙官六合,当为量移。序文有“屈贾谊于长沙,非无圣主;窜梁鸿于海曲,岂乏明时”之语,只可施之于南迁远谪之时,不可移之于六合为令之日。又杨炯《王子安文集序》谓勃“弃官沉迹”,然后南行①,序文亦云:“舍簪笏于百年,奉晨昏于万里。”假使此文为十四岁所作,其时王勃尚未登朝②,有何“簪笏”之可舍?而省亲近在六合,更无“万里”之足云。即此内证,已足见《摭言》之不足据矣。盖王勃才华,世所艳称,而《滕王阁序》又复脍炙人口,故好事者缩小其作年,以夸大其早慧。文苑轶闻之流播,往往如此。王定保不察而误采之耳。

洪迈《容斋四笔》卷五:“王勃等四子之文皆精切有所本源,其用骈俪作记、序、碑、碣,盖一时体格如此,而后来颇议之。……韩公《滕王阁记》云:‘江南多游观之美,而滕王阁独为第一。及得三王所为序、赋、记等,壮其文辞。’注谓‘王勃作游阁序’。又云:‘中丞命为记,窃喜载名其上,辞列三王之次,有荣耀焉。’则韩之所以

① 杨炯《王子安文集序》言勃坐法免官后,岁余复旧职,其南行乃辞官省亲,故有“弃官沉迹”之语。两《唐书》于复官一节,皆略而未叙。

② 杨炯《王子安文集序》:“年十有四,时誉斯归,太常伯刘公巡行风俗,见而异之,曰:‘此神童也。’因加表荐,对策高第,拜朝散郎。”《旧书》四《高宗纪》:“龙朔三年(公元663年)八月,命司元太常伯窦德玄、司刑太常伯刘祥道等九人为持节大使,分行天下;仍令内外官五品已上,各举所知。”刘祥道之荐举王勃,即在是年,时王勃年十四岁;其对策授官,为十四岁以后事。

推勃，亦为不浅矣！”茂元按：六朝骈体，发展至唐，纂组益趋工丽，句调愈加整齐，四杰推一时之选，而《滕王阁序》尤为具有代表意义之作品，洪迈所谓“一时体格如此”也。此种文字，为晚唐、两宋四六文之滥觞。其间虽不无才情宏放，吐属清新之作，然就其总倾向言之，则讲求者唯在隶事对仗之工巧，色泽文采之鲜艳。重形式而轻内容，于斯为极。承梁、陈之弊，开风气之先，原本要终，四杰不能辞其咎。苏轼《潮州韩文公庙碑》谓韩愈“文起八代之衰”，正以其能自振于积习之中，大力反对此种文体也。昌黎论文之旨，具见集中诸作，旗帜至为鲜明，于四杰曾无假借。其《新修滕王阁记》（《昌黎集》十三）之所以盛推“三王”者，盖因王仲舒连类而及耳。考此文作于元和十五年（公元820年），时韩愈官袁州刺史，而王仲舒以御史中丞观察江南西道。文中所云“三王之序、赋、记”，乃指王勃之序，王绪之赋，王仲舒之记（见旧注）。韩愈于王仲舒为属吏，此文又承王命而作，故因“三王”之巧合，而漫作应酬语以称颂之，非有意于论文，尤非论王勃、王绪之文也。《四库全书总目提要》卷一百四十九集部别集类二《王子安集提要》亦据此以评四杰之文，实则洪迈及纪昀之所取于四杰者，乃在其淹贯群书，隶事精切，特借昌黎之盛名，以成其说耳，于昌黎之本旨，固无当也。然似是而非，转相援引，由来久矣。故辨之如此。

杨炯传

《新书》二百一《文艺》上附《王勃传》、《旧书》一百九十上《文苑》上。

《旧传》云:“炯幼聪敏,博学善属文。神童举,拜校书郎。”《新传》所叙略同。

茂元按:杨炯举神童,两《唐书》均未载年月。晁公武《郡斋读书志》四上杨炯《盈川集》下云:“显庆六年(公元661年),举神童,授校书郎。”马端临《文献通考》二百三十一《经籍考》五十八引用其说;辛文房《唐才子传》卷一、徐松《登科记考》卷二并同,皆本之晁氏也。然炯《浑天赋序》云:“显庆五年(公元660年),炯时年十一,待制宏文馆;上元三年(公元676年),始以应制举,补校书郎。”(《盈川集》一)据此,则显庆六年举神童之说不可信。考《新书》卷四十四《选举志》云:“唐制取士之科,多因隋旧,然其大要有三:由学馆者曰生徒,由州县者曰乡贡,皆升于有司而进退之。其科之目,有秀才,有明经,有俊士,有进士,有明法,有明字,有明算,有一史,有三史,有开元礼,有道举,有童子。……此岁举之常选也。其天子自诏者曰制举,所以待非常之才焉。……有司常选之士,以时而举;而天子又自诏四方德行才能文学之士,或高蹈幽隐与其不能自达者,下至军谋将略,翘关拔山,奇艺绝伎,莫不兼取。其为名目,随人主临时所欲。”举神童,即乡贡之童子科也。《文献通考》卷三十五“选举考”八:“唐有童子科,凡十岁以下能通一经及《孝经》、《论语》每卷诵文十通者予官,通七者予出身。”又云:“令本贯申送礼部,同明经举人之例,考讫奏闻。”炯以显庆五年(公元660年)待制宏文馆,则其为乡里所举,当在是年以前;且是年炯十一岁,则次年为十二岁,年龄已逾限例,州县又安得而举之耶?《四部丛刊》影明本《盈川集》附录载《文献通考》,其引晁氏说,作“显庆四年(公元659年)举神童”,足正诸本“六年”之误。盖显庆四年,杨炯十岁，为乡里所举，入都应选，未得授官，故次年待制宏文，至上元三年（公元676年），制举登科，始补校书郎也。炯之应制举补官，在举神童后之十七年，两《唐书》未书应制举事，而径云“拜校书郎”，失之过简。又王溥《唐会要》卷七十六“制科举”条：“上元三年（公元676年），正月，辞殚文律科，崔融及第。”杨炯所应制举，当即是科，特《会要》漏载其名耳。

> 《新传》云：“迁詹事司直，俄坐从父弟神让与徐敬业乱，出为梓州司法参军。迁盈川令。”《旧传》云：“俄迁詹事司直。则天初，坐从祖弟神让犯逆，左转梓州司法参军。秩满，选授婺州盈川令。”

茂元按：杨炯为詹事司直时，曾以本官分值习艺馆[①]。《新书》卷二百二《宋之问传》：“甫冠，武后召与杨炯分值习艺馆。”《全唐文》卷二百四十一宋之问《祭杨盈川文》有云：“大君有命，征子文房，余亦叨忝，随君颉颃。”即指其事。观“大君”一语，知在高宗末年。时朝政为则天所掌握，故谓武后召之也。又徐敬业以光宅元年（公元684年）七月起兵扬州，十一月兵败乱平，《旧书》所谓“则天初，……左转梓州司法参军”，即是年矣。其任盈川令，史虽未载年月，然其时亦可考见。《旧书》卷四十《地理志》三：“盈川，如意元年（公元692年）分龙丘置。”则炯之令盈川，不可能早于是年。本传

① 《通鉴》卷二百八胡三省注：“习艺馆，本名内文学馆。选官人一人有文学者为学士，教习官人。武后改为习艺馆，又改为翰林内教坊，以地在宫中故也。《新书》云：‘掌教习官人书算众艺。’”

云:“如意元年七月七日,宫中出盂兰盆分送佛寺,则天御洛阳南门与百僚观之。炯献《盂兰盆赋》,词甚雅丽。炯至官,……无何卒。”是献赋而后至官矣。两者互参,知炯洛阳献赋之时,正梓州秩满之日;其时盈川适新置县,而炯夙以文学受知于武后,故首膺其选也。

《旧传》云:“炯与王勃、卢照邻、骆宾王以文词齐名,海内称为王、杨、卢、骆,亦号四杰。炯闻之,谓人曰:‘吾愧在卢前,耻居王后。’其后崔融、李峤、张说俱重四杰之文。崔融曰:‘王勃文章宏逸,有绝尘之迹,固非常流所及,炯与照邻可以企之,盈川之言信矣。’说曰:‘杨盈川文思如悬河注水,酌之不竭,既优于卢,亦不减王。耻居王后,信然;愧在卢前,谦也。’”《新书》炯及卢、骆之传,皆附王勃,故最后载其语于《骆宾王传》之末,以论四杰云。

茂元按:四杰之称,著于高宗后期,胡应麟《补唐书骆侍御传》谓宾王“与王勃、杨炯、卢照邻并以藻绘擅一时,号垂拱(公元685—688年)四杰”,非也。考则天临朝,武周建国之后,王勃已前卒,宾王亡命,照邻病废,杨炯亦浮沉州县,郁郁失意。斯时,射洪崛起,沈、宋代兴,而四杰已成尾声矣。宋之问《祭杨盈川文》云:“之子妙年,香名早传。从来金马,夙昔崇贤,门庭若市,翰墨如泉。”则炯之蜚声文苑,早在待制宏文馆以至为崇文学士之日①,与

① 《唐会要》六十四:“永隆二年(公元681年)二月六日,皇太子亲行释奠之礼,礼毕,上表请博延耆硕英髦之士为崇文馆学士,许之。于是薛元超表荐郑祖玄、邓玄挺、杨炯、崔融等并为崇文学士。”崇文馆原名崇贤馆,上元二年(公元675年)八月二十七日,改名崇文。宋之问祭文中所云“夙昔崇贤”,即指杨炯之为崇文学士也。

王勃比肩，与卢、骆相颉颃也。张鷟《朝野佥载》卷六言卢照邻“为益州新都尉，秩满，婆娑于蜀中，放旷诗酒，故世称王、杨、卢、骆”。照邻之尉新都，当乾封、总章之际（公元666—669年），其去蜀，则在咸亨初。故咸亨二年（公元671年）王勃入都赴选时，公卿延誉，即以四杰相提并论矣①。

王、杨、卢、骆次序之先后，寓有评第文章高下之意，盖一时之论如此。然张说《赠太尉裴公神道碑》言“骆、卢、王、杨”；郗云卿《骆宾王集序》则云“卢、骆、杨、王”；而张鷟《朝野佥载》又谓杨、骆之文，时有“点鬼簿”“算博士”之讥，独照邻无可议者②。是知艺苑雌黄，实难定论，固不仅作者有“王后卢前”之感也。考四杰之中，以年辈言，卢、骆长于王、杨；以时誉言，则王、杨高于卢、骆。王勃席父祖兄弟之重望，文采一门，互相辉映；杨炯幼举神童，早预清华之选，其在当时文坛之地位及影响，实居于卢、骆之先。故四杰之称，率多先王、杨而后卢、骆。《新书》卷二百一《文艺传序》云：“唐有天下三百年，文章无虑三变：高祖、太宗大难始夷，沿江左余风，绨章绘句，揣合低昂，故王、杨为之伯。”李商隐《漫成》诗亦云：“沈、宋裁词矜变律，王、杨落笔得良朋。”皆以王、杨概四杰，言王、杨而略卢、骆。此其大较。然亦有以王概杨，以卢概骆，偏举卢、王以概四杰者，如杜甫《戏为六绝句》之“纵使卢、王操翰墨”是也。至王、杨之优劣，当时及后世皆有不同之看法，即以两《唐书》言之，

① 李昉《太平广记》一百八十五：“咸亨二年（公元571年），有杨炯、王勃、卢照邻、骆宾王并以文章见称，吏部侍郎李敬玄盛为延誉，引以示裴行俭。”

② 《朝野佥载》六：“时杨之为文，好以古人姓名连用，如‘张平子之略谈，陆士衡之所记；潘安仁宜其陋矣，仲长统何足知之’，号为点鬼簿；骆宾王好以数对，如‘秦地重关一百二，汉家离宫三十六’，时人号为算博士；如卢生之文，时人莫能评其得失矣。”

《旧书》则四杰并列,杨在王前;《新书》则主次分明,杨附王后。闻一多谓杨炯之所以"愧在卢前",乃因卢年辈在先,有愧不敢当之意;其"耻居王后",则与王分是同年,心所不甘。其言殊为近理。余观杨炯序子安之集,其推崇之者,可谓备至矣。"文章千古事,得失寸心知。"彼此俱年少才高,文场角逐,旗鼓相当。耻居其后,正以齐驱方驾,莫由争先,实乃一种无可奈何心理之反映耳。清人章藻功《登滕王阁书王子安序后》有云:"杨盈川耻居其后,似属无征。"殊不知封建文人之相轻,其所轻者,往往即为其所极端重视之人。瑜、亮一时,相轻与相誉,言各有宜,义相反而实相成也。

卢照邻传

《新书》二百一《文艺》上附《王勃传》、《旧书》一百九十上《文苑》上。

> 《旧传》云:"初授邓王府典签。王甚爱重之,曾谓群官曰:'此即寡人之相如也。'"《新传》云:"调邓王府典签。王爱重,谓人曰:'此吾之相如。'"

茂元按:照邻在邓府以前,未尝为他官。《旧传》作"初授邓王府典签",是也。《新传》改"初授"为"调",于义无着。张鷟《朝野佥载》六:"卢照邻……弱冠拜邓王府典签。王府书记,一以委之。王有书十二车,照邻披览,略能记忆。"首书"弱冠拜邓王府典签",与《旧传》合。《旧书》六十四《邓王元裕传》:"邓王元裕,高祖第七子也。贞观五年(公元631年)封郐王,十一年(公元637年)改封邓王。……元恪好学，善谈名理，与典签卢照邻为布衣之交。……麟德二年（公元685年）薨。”考《卢昇之集》一《病梨树赋序》云：“癸酉之岁，……余年垂强仕。”癸酉为咸亨四年（公元673年），其时照邻年将四十，则其弱冠为邓府典签，当在永徽（公元650—655年）之末或显庆（公元656—660年）之初矣。元恪死于麟德二年（公元685年），照邻当以此时出任新都尉也。

《新传》云：“调新都尉。病去官，居太白山。得方士玄明膏饵之。会父丧，号呕，丹辄出，由是疾益甚。”《旧传》所叙略同。

茂元按：照邻涉历，两《唐书》叙次均不详，且语意又多含混不清者。考《朝野佥载》六云：“后出为益州新都尉。秩满，婆娑于蜀中，放旷诗酒，故世称王、杨、卢、骆。”则照邻以秩满去官，非因病也。《四库全书总目提要》一百四十九集部别集二《卢昇之集提要》云：“考集中《相里夫人檀龛序》，称乾封纪岁，当为乾封元年（公元666年）丙寅；《对蜀父老问》称龙集荒落，当为总章二年（公元669年）己巳，皆在益州时作。”是照邻之尉新都，历乾封（公元666—667年）以至总章（公元668—669年），明矣。而其去蜀，则在咸亨之初。《骆临海集》六有《艳情代郭氏赠卢照邻》，作于照邻去蜀之后。考骆宾王于咸亨时始入蜀①。观卢、骆踪迹相接于蜀中，知咸亨之初，照邻固犹在蜀。《艳情》诗中有云：“柳叶园花处处新，洛阳桃李应芳春。妾向双流窥石镜，君住三川守玉人。”则照邻离蜀之

① 陈熙晋《续补唐书骆侍御传》：“咸亨元年（公元670年），吐蕃入寇，诏罢安西四镇，以薛仁贵为逻娑大总管，适宾王以事见谪，从军西域。”

后,曾客东都,且另有所恋,亦足证其非因病去官也。《病梨树赋序》云:“癸酉之岁(公元673年),余卧病于长安光禄坊之官舍。父老云是鄱阳公主之邑司,昔公主未嫁而卒,故其邑废。时有处士孙思邈居之。……余年垂强仕,则有幽忧之疾,椿囷之性,其何辽哉!于时天子避暑甘泉,邈亦征诣行在,余独病卧兹邑,闲寂无人,伏枕十旬,闭门三月。”照邻染疾,乃在此时。又本集卷七《寄裴舍人诸公遗衣药直书》云:“余家咸亨中良贱百口,自丁家难,私门弟妹雕丧,七八年间,货用都尽。余不幸遇斯疾,母兄哀怜,破产以供医药。”卷一《穷鱼赋序》云:“余曾有横事被拘,为群小所使,将致之深议,友人救护得免。”卷五有《狱中学骚体》,即被拘时所作。其因“家难”“横事”而下狱,始末不可得而详;然以其时考之,则当在咸亨四年癸酉(公元673年)之前。盖照邻新都秩满,婆娑蜀中,离蜀以后,漫游京洛,不幸既遭缧绁之灾,又染幽忧之疾,遂至终身废弃也。

《旧传》云:“照邻既沈痼挛废,不堪其苦,尝与亲属执别,遂自投颍水而死。时年四十。”《新传》云:“照邻自以当高宗时尚吏,己独儒;武后尚法,己独黄老;后封嵩山,屡聘贤士,己已废,因著《五悲文》以自明。病既久,与亲属诀,自沉颍水。”未载卒时年岁。

茂元按:照邻死于何年,史未明载,然观“后封嵩山”之语,则其死,当在万岁登封元年(公元695年)以后①。考咸亨四年(公元

① 是年十二月甲申,登封于嵩岳,大赦天下,改天册万岁元年为万岁登封元年。见两《唐书·则天后本纪》。

673年），照邻已年将四十，咸亨四年下距万岁登封元年为二十二年，假令不久即沉颍而死，其年岁亦当在六十左右。《旧书》所云"时年四十"疑为"六十"之误。以是上推，其生年当在贞观十年（公元635年）前后也。

《旧传》："文集二十卷。"《新书》六十《艺文志》四著录《卢照邻集》二十卷（《旧书》四十七《经籍志》下同），又《幽忧子》三卷（《旧志》无）。

茂元按：照邻病废之后，自称幽忧子。《朝野佥载》六言照邻"不幸有冉耕之疾，著《幽忧子》以释愤焉。文集二十卷。"则"幽忧子"者，不仅照邻以之自名，亦即以名其书。此例唐人多有之，如王绩之《东皋子》是也。然《佥载》及《新书》所著录之《幽忧子》，为照邻自编病中诗文，如《五悲》、《释疾》之类，乃其集中之一部分，故别出于其集之外，而与其集并行，非如《东皋子》之即为王绩集之代称也。考晁公武《郡斋读书志》四上、陈振孙《直斋书录解题》十六均著录卢集十卷，《书录解题》称《卢照邻集》，而《读书志》则称《幽忧子集》，皆未另著录有《幽忧子》，知宋时卢集已合二为一，无别出之本，且已散佚不全矣。

骆宾王传

《新书》二百一《文艺》上附《王勃传》、《旧书》一百九十上《文苑》上。

《旧传》云:"敬业败,伏诛。"《新传》云:"敬业败,亡命不知所之。"

茂元按:《通鉴》卷二百三:"光宅元年(公元684年)十一月,敬业大败。……丁丑,至海陵界,阻风。其将王那相斩敬业、敬猷及骆宾王首来降。"《考异》日:"《唐纪》:'敬业入海,欲奔东夷,至海陵界,阻风。伪将王那相斩之以降,余党赴水死。'此从《实录》、《唐统纪》。"张鷟《朝野佥载》卷一亦云:"宾王与徐敬业兴兵扬州,大败,投江而死。"《旧书》所载,与《通鉴》同,皆以官书为据耳。《新书》谓"亡命不知所之",则本诸传闻。其说与《佥载》及《唐纪》之言虽不相合,而义实相通。孟棨《本事诗·征异》云:"当敬业之败,与宾王俱逃,捕之不获。将帅虑失大魁,得不测罪。时死者数万人,因求戮类二人者,函首以献。后虽知不死,不敢捕送。敬业得为衡山僧,年九十余乃卒(原注:出赵鲁《游南岳记》)。宾王亦落发,遍游名山,至灵隐,以周岁卒。"所言与诸书均不合。陈熙晋《续补唐书骆侍御传》注辨其事曰:"敬业既为其将王那相斩以降,必无逃脱理,所传为僧于衡山,或非其实。临海之为僧与非为僧不可知,而其非死于广陵,则信而有征。张鷟《朝野佥载》曰:'明堂主簿骆宾王《帝京篇》曰:倏忽抟风生羽翼,须臾失浪委泥沙。后与徐敬业兴兵扬州,大败,投江而死,此其谶也。'鷟举进士于高宗调露中(公元679年),见闻不应有误,是临海之遁属实。盖宾王本不在传首之列,因以投水报闻也。故《新书》言'亡命不知所之',未有以为非者。"陈振孙《直斋书录解题》卷十六《骆宾王集》十卷,下云:"其卷首有鲁国郗云卿序,言:'宾王光宅中广陵乱伏诛,莫有收拾其文者。后有敕搜访,云卿撰焉。'又有蜀本,卷数亦同,而次序先后皆异；序文视前加详，而云：‘广陵起义不捷，因致遁逃，文集散失。中宗朝，诏令搜访。’案本传言：‘宾王既败，亡命不知所之。’与蜀本合。”据蜀本郗序之言，则亡命之说，在当时即已有之，不自《本事诗》始。盖兵溃之际，主帅一死，众鸟兽散，《唐纪》所谓“余党赴水死”，乃就一般情况言之，其中未必无逃脱之人也。

又《本事诗》同条云：“宋考功以事累贬黜，后放还，至江南，游灵隐寺。夜月极明，长廊吟行，且为诗曰：‘鹫岭郁岧峣，龙宫隐寂寥。’第二联搜奇思，终不如意。有老僧点长明灯，坐大禅床，问曰：‘少年夜夕久不寐，而吟讽甚苦，何耶？’之问答曰：‘弟子业诗，适偶欲题此寺，而兴思不属。’僧曰：‘试吟上联。’即吟与听之。再三吟讽，因曰：‘何不云，楼观沧海日，门对浙江潮？’之问愕然，讶其遒丽。又续终篇曰：‘桂子月中落，天香云外飘。扪萝登塔远，刳木取泉遥。霜薄花更发，冰轻叶未雕。待入天台路，看余度石桥。’僧所赠联，乃一篇之警策。迟明访之，则不复见矣。寺僧有知者，曰：‘此骆宾王也。’”此事为后世所盛传。晁公武《郡斋读书志》卷四上言广陵败后，宾王“亡命不知所之。后宋之问逢之于灵隐，已祝发为浮屠矣。”即本此。而计有功《唐诗纪事》卷七、辛文房《唐才子传》卷一则全采其语。《四库全书总目提要》卷一百四十九集部别集类二《骆丞集提要》辨其失曰：“今观集中与之问踪迹甚密，在江南则有投赠之作，在兖州则有饯别之章[1]，宜非不相识者，何至觌面失之？封演为天宝中人，去宾王时甚近，所作《闻见记》中载之问此诗，证‘月中桂子’之事，并不云出宾王，知当时尚无是说[2]。又朱

① 《骆临海集》卷一有《在江南赠宋五之问》，卷二有《在兖州饯宋五之问》、《送宋五之问》。

② 《封氏闻见记》卷七“月桂子”条云：“宋之问台州作诗云：‘桂子月中下，天香云外飘。’文士尚奇，非事实也。”

国桢《涌幢小品》载:正德九年(公元1514年)有鲁某者,凿靛池于海门城东黄泥口、得古冢,题石曰'骆宾王之墓'云云,亦足征亡命为僧之说不确。"茂元按:骆、宋联吟,其事显出附会,《提要》之言是也。然此与亡命为僧,不可混为一谈。盖扬州败后,宾王下落不明,当时虽以投水报闻,但亦无从证实,故有亡命为僧之说。此不可信其有,亦难以必其无。《新书》言"亡命不知所之",而不言"为僧",多闻阙疑,史笔固应如此。且宾王亡命为僧之与灵隐联诗,其间并无必然联系。岂可因后者之失实,遂并前者而否定之?至海门古墓,真伪不可知。假令此墓诚为宾王埋骨之所,则正足证亡命之说之可信:盖无论函首京师,抑或葬身鱼腹,均不得有墓穴留在人间;《提要》反据此谓"足征亡命为僧之说不确",于理尤不可通。

《旧书》云:"则天素重其文,遣使求之。有兖州人郗云卿集成十卷,盛传于世。"《新书》云:"中宗时,诏求其文,得数百篇。"

茂元按:郗云卿《骆宾王文集序》云:"后中宗朝降敕搜访宾王诗笔,令云卿集焉。所载者,即当时之遗漏,凡十卷。"晁公武《郡斋读书志》卷四上著录《骆宾王集》十卷,亦云,"中宗诏求其文,得百余篇,命郗云卿次序之。"所言皆与《新书》合;《旧书》谓骆集辑成于则天之时,非也。段成式《酉阳杂俎》卷一《忠志》云:"骆宾王为徐敬业作檄,极疏大周过恶,则天览及'蛾眉不肯让人','狐媚偏能惑主',微笑而已;至'一抔之土未干,六尺之孤安在',不悦曰:'宰相何得失如此人!'"此事为世所盛传,《新书》本传及《通鉴》皆载之,《旧书》谓"则天素重其文",当即本此而致误。考宾王所作《代李敬业传檄天下文》,其前段于则天虽尽情丑诋,然"蛾眉""狐媚",事涉宫闱,攻击止于人身,尚无重大政治影响;至"一抔""六尺"之语,则以封建君巨大义激发人心，当新旧政权交替之际，颇具有号召力量，故不得不为之动容。其言“宰相何得失如此人”，盖以宾王牢落失志，为敌所用，深责宰相未能笼络人才，使之入吾彀中耳。其着眼点，在于政治斗争之得失，非关文学之爱好也。宾王心存唐室，集中诗文，如与程务挺之书，“宝剑思存楚，金椎许报韩”之句[①]，志事皆班班可考，又非仅讨则天之一檄也。中宗复国之后，搜访其文，编次成集，自有其政治历史背景。而当武周之时，其集实为谤书，将禁绝之不暇，又安肯“遣使求之”，听其流布耶？

又宾王所著，除诗文集外，《宋史·艺文志》著录有《百道判》三卷，辛文房《唐才子传》作《百道判集》一卷。茂元按：刘肃《大唐新语》卷十：“国初因隋制，以吏部典选。主者将视其人，核之以吏事，始取州县府寺疑狱，课其决断，而观其能否，此判之始也。”盖唐入赴吏部选官须先试判，以验其折狱之能。而当时公文习用骈俪之体，文士竞尚辞藻，往往借判词以逞其才华。买椟还珠，所重者不在吏事，盖一时风气如此耳。《新书》卷二百一《杜审言传》云：“苏味道为天官侍郎，审言集判，出，谓人曰：‘味道必死。’人惊问故。曰：‘彼见吾判，当羞死。’”即其一例。此种文字，入仕以前，即已习之。陈振孙《直斋书录解题》卷十六陆泽、张鷟《龙筋凤髓判解题》云：“唐以书判拔萃科选士。此集凡百题，自台省寺监下及州县，类事属辞，盖待选预备之具也。”洪迈《容斋续笔》卷十二评《龙筋凤髓判》云：“百判纯是当时文格，全类俳体，但知堆垛故事，而于蔽罪议法处，不能深切。殆无一篇可读，一联可味。”宾王所作之《百道判》，今虽不存，其性质当亦《龙筋凤髓》之类也。

① 见《骆临海集》卷八《与程将军书》及卷五《咏怀》。

杜审言传

《新书》二百一《文艺》上、《旧书》一百九十上《文苑》上附杜易简。

> 《旧传》云:"累转洛阳丞。坐事,贬授吉州司户参军。又与州僚不叶。司马周季重与员外司户郭若讷共构审言罪状,系狱,将因事杀之。既而季重等府中酣宴,审言子并年十三,怀刃以击之,季重中伤死,而并亦为左右所杀。……审言因此免官,还东都。"《新传》所叙略同。

茂元按:审言之谪吉州,详不可考。陈子昂《送吉州杜司户审言序》云:"杜司户炳灵翰林,研几策府,有重名于天下,而独秀于朝端。……而载笔下僚,三十余载。秉不羁之操,物莫同尘;合绝唱之音,人皆寡和。群公爱祢衡之俊,留在京师;天子以桓谭之非,谪居外郡。"观"桓谭"之言,盖以上书言事而得罪也。据洛阳建春门五里出土之《杜并墓志铭》,载杜并之刺周季童(史作"季重"),在圣历二年(公元699年)七月十二日,时并年十六岁(史作"十三"),审言贬官,当在是年春间。考审言于咸亨元年(公元670年)成进士①,至是凡三十年,与陈《序》"载笔下僚,三十余载"亦合。陈《序》又云:"杜君挟琴起舞,抗首高歌,哀皓首之未遇,恐青春之蹉跎。"则其离东都赴贬所,正当春日也。

① 见辛文房《唐才子传》卷一,参徐松《登科记考》卷二。

又《杜并墓志铭》言并以长安二年(公元702年)四月十二日瘗于洛阳建春门东五里,则审言之还东都,当在是时。

《旧传》云:"神龙初,坐与张易之兄弟交往,配流岭外。寻召授国子监主簿,加修文馆直学士。年六十余卒。"《新传》所叙略同。惟"配流岭外"作"流峰州",未著卒时年岁。

茂元按:神龙元年(公元705年)正月,张柬之等谋诛张易之、张昌宗,发生宫廷政变,中宗复位。二月,复国号为唐。其武周旧臣及二张之党皆流放南边①,审言与阎朝隐、沈佺期、宋之问等同时迁谪,《全唐诗》卷五十一有宋之问《至端州驿见杜五审言、沈三佺期、阎五朝隐、王二无竞题壁慨然成咏》一诗可证。审言何时被召还朝,详不可考;而其为修文馆直学士,则为景龙二年(公元708年)四月间事②,其卒亦即在是年。《全唐文》卷二百四十一宋之问《祭杜学士审言文》首题"大唐景龙二年,岁次戊申"。文中有云:"惟皇龙兴,再施法度,拂洗冥渤,骞翔雨露。通籍于八舍禁门,摇笔于万年芳树;仰赤墀兮非远,谓白首兮方遇。君病何病?到此弥留。药虽饵兮宁愈,针不及兮可忧;虽则医妙莫识,实冀神明获瘳。"盖审言入修文不久,即以暴疾而致死也。

《新传》云:"初,审言病甚,宋之问、武平一等省候如何,答曰:'甚为造化小儿相苦,尚何言!然吾在,久压公等;今且死,

① 见《通鉴》卷二百七—二百八。
② 见《通鉴》卷二百九。

固大慰,但恨不见替人云。'"

茂元按:宋之问《祭杜学士审言文》云:"君之将亡,其言也善。余向十旬,日或再展。君感斯意,赠言宛转。识金石之契密,悔文章之交浅。命子诫妻,既恳且辩。"观此,则"久压公等"之言,恐非其实。《祭文》又云:"自余与君,弱岁游执,文翰共许,风露相浥;况穷海兮同窜,复文房兮共入。"之问之年,虽少于审言,然文场角逐,宦海浮沉,彼此固同行辈,"替人"之语,亦于义无着。意者审言率性矜诞,平时好高自位置,庄谐杂出,往往腾播众口,好事者遂从而附益之耳。迨疾笃自知不起,乃命子诫妻,谆谆以身后托之友人,一变其嬉笑怒骂之作风,之问文中,盖已微露其意矣。

《旧传》云:"(审言)次子闲,闲子甫。"《新传》同。

茂元按:唐代诗人中,父子祖孙,擅篇什之誉,后先辉映者,往往有之;而审言之后,工部挺生,尤为世所艳称。陈师道《后山诗话》:"黄鲁直云:'杜之诗法出审言,句法出庾信,但过之耳。'"胡应麟《诗薮》内编卷四:"唐初无七言律,五律亦未超然,二体之妙,杜审言实为首倡:五言则'行止皆无地'(《秋夜宴临津郑明府宅》),'独有宦游人'(《和晋陵陆丞早春游望》),排律则'六位乾坤动'(《和李大夫嗣真奉使存抚河东》),'北地应苦寒'(《赠苏味道》),七言则'季冬除夜'(《守岁侍宴应制》),'昆陵震泽'(《大酺》),皆极高华雄整。少陵继起,百代模楷,有自来矣。"审言与苏、李、沈、宋同时,皆律诗能手。当时今体,以精工缛丽为宗。风会所趋，鲜有能别出蹊径者。审言所作，今存什一①。篇什之富，不逮沈、宋。然自有其独到之处。观《登襄阳城》、《和晋陵陆丞早春游望》、《春日京中有怀》诸篇，其气象之开阔，笔力之陡健，固非苏、李所可企及，亦非沈、宋所能范围。故王世懋《艺圃撷余》评审言之诗，谓其"华于子昂，质于沈、宋"，推为"一代作家"。杜甫《赠蜀僧闾丘》诗亦云："吾祖诗冠古。"意谓审言轩翥词林，度越侪辈也。古与今相对而言。自天宝言之，则神龙、景龙为古矣。少陵今体，权奇飞动，排奡纵横，中律而不可以律缚，其笔意或有取之于其祖而光大之者。然其光焰万丈，百世楷模，固别有诗人之大本在。非仅读书万卷，转益多师，淹有众长，极其能事；尤非所谓承传有自，渊源于家学也。管窥蠡测，求之于区区文字迹象之间，虽或得其一端，而实无异于扣盘扪烛之见矣。

沈佺期传

《新书》卷二百二《文艺》中附李适、《旧书》卷一百九十中《文苑》中。

> 《新传》云："及进士第。由协律郎累除给事中。考功受赇，劾，未究。会张易之败，遂长流驩州。稍迁台州录事参军。

① 《旧传》、《经籍志》及《新书·艺文志》并云审言集十卷，晁公武《郡斋读书志》卷四上著录《杜审言集》一卷，云："集有诗四十余篇而已。"盖自宋时即已散佚。《全唐诗》卷六十二录存审言诗一卷，凡四十三首，即宋时相传之本也。

入计,得召见,拜起居郎,兼修文馆直学士。……寻历中书舍人、太子少詹事。开元初卒。"《旧传》云:"进士举。长安中,累迁通事舍人。……再转考功员外郎。坐赃,配流岭表。神龙中,授起居郎,加修文馆直学士。后历中书舍人、太子詹事。开元初卒。"

茂元按:佺期涉历,两《唐书》所载,多乖舛乱杂,今以其诗考之,可略知梗概。盖佺期以上元二年(公元675年)成进士①,释褐授协律郎,迁通事舍人,再转而为考功员外郎。《唐会要》卷五十八:"考功员外郎,贞观已后知贡举。"佺期因受赇被劾,曾一度下狱。《全唐诗》卷九十五佺期有《被弹》诗云:"知人昔不易,举非贵易失。尔何按国章,无罪见呵叱!平生守直道,遂为众所嫉。少以文作吏,手不曾开律;一旦法相持,荒忙意如漆。幼子双囹圄,老夫一请室;兄弟两三人,相次俱囚桎。"据此,则全家被系,非仅一身。同卷又有《枉系》二首,卷九十六有《同狱者叹狱中无燕》,卷九十七有《移禁刑司》,皆其时所作。《新传》谓"劾,未究",《旧传》谓"坐赃,配流岭表",皆非也。佺期出狱后,复旧职,迁给事中。《全唐诗》卷九十七有《自考功员外郎授给事中》可证。其为给事中,在考功知贡举之后,《新传》谓"由协郎累除给事中,考功受赇",亦误。盖佺期以阿附张易之,于神龙元年(公元705年)与杜审言、宋之问等人同流岭表,与知贡受赇无关,《旧传》乃以坐赃事当之,谬矣。

佺期被谪南行,时当春末。《夜宿七盘岭》诗云:"芳春平仲绿,清夜子规啼。"(同上卷九十六)其在驩州,次年即遇赦。《喜赦》诗

① 见《唐才子传》卷一,参《登科记考》卷二。

云:“去岁投荒客,今春肆眚归。”(同上)“归”,谓由南北返,盖指量移台州,“今春”谓神龙二年(公元706年)春也。考神龙三年(公元707年)八月,改元景龙,《旧传》谓“神龙中,授起居郎”,则其由台入朝,当在二年秋冬或三年春夏也。

佺期之卒,史但云在开元初。考《唐会要》卷三十:“开元二年(公元714年)七月二十九日,以兴庆里旧邸为兴庆宫。初,上在藩邸,与宋王等同居于兴庆里,时人号曰五王子宅。至景龙末,宅内有龙池涌出,日以浸广,望气者云有天子气,中宗数行其地,命泛舟,以驰象踏气以厌之,至是为宫焉。”今按《全唐诗》卷九十六佺期诗有《龙池篇》、《兴庆池侍宴应制》,皆作于兴庆建宫之后,则其卒,最早在是年之冬,或为次年(公元715年),未可知也。

宋之问传

《新书》二百二《文艺》附李适,《旧书》一百九十中《文苑》中。

《新传》云:“魏建安迄江左,诗律屡变。至沈约、庾信,以音律相婉附,属对精密。及之问、沈佺期,又加靡丽,回忌声病,约句准篇,如锦绣成文。学者宗之,号为沈、宋。语曰:‘苏、李居前,沈、宋并肩。’谓苏武、李陵也。”

茂元按:元稹《元氏长庆集》卷五十六《唐故工部员外郎杜君墓系铭》云:“唐兴,官学大振,历世之文,能者辈出。而又沈、宋之流,研练精切,稳顺声势,谓之为律诗。自是而后,文变之体极焉。”《唐文粹》卷九十二独孤及《唐左补阙安定皇甫冉文集序》云："五言诗之源，生于《国风》，广于《离骚》，著于苏、李，盛于曹、刘，其所自远矣。当汉、魏之间，虽已朴散为器，作者犹质有余而文不足。以今揆昔，则有朱弦疏越、太羹遗味之叹。历千余岁，至沈詹事、宋员外，始裁成六吕，彰施五色，使言之而中伦，歌之而成声，缘情绮靡之功，至是乃备。虽去雅寖远，其丽有过于古者，亦犹路鼗出于土鼓，篆籀生于鸟迹也。"以唐代律诗之变体，系之沈、宋，盖当时之议论如此，故宋祁摭采其语以成文耳。王世贞《艺苑卮言》卷四："五言至沈、宋，始可称律，律为音律、法律，天下无严于是者。知虚实平仄，不得任情而度，明矣。二君正是敌手。"刘熙载《艺概·诗概》释之曰："律，取吕律之义，为其和也；取法律之义，为其严也。"考律诗之兴，肇端于永明新体；而沈约"四声""八病"之说，实为其理论之权舆。构成此种诗体之要素，一为平仄声调之叶合，一为骈偶语言之运用。所谓"粘"与"对"是也。徐、庾有作，粗具规模；唐初诗人，并皆致力于此。演进之痕迹，斑斑可考。其间已不乏完整之五言律诗，如王绩《野望》、《九月九日》之类；然数量不多，且法度未明，尚未有律诗之称也。高宗之末以至中宗景龙之际，律风大畅，作者云兴，人握灵珠，家持玉尺，沈、宋于此种风气下，总结前代积累之经验与时人创作之成果，因势利导，遂使诗歌古今体之分，成为定局。世言律诗而必推沈、宋者，盖以其篇什繁丽，纂组精工，举为格律成熟时期之代表，标志诗体发展之过程。非谓沈、宋以前，遂无协律之诗；亦非谓沈、宋之外，同时诗人遂无律体之佳构也。胡应麟《诗薮》内编卷四云："五言律体，兆自齐、梁，唐初四子，靡缛相矜，时或拗涩，未堪正始。神龙以还，卓然成调，沈、宋、苏、李，合轨于前；王、孟、高、岑，并驱于后。新制叠出，古体攸兮，实词章改革之大机，气运推迁之一会也。”所论大致得之。

又王夫之《夕堂永日绪论》内编云：“近体梁、陈已有，至杜审言而始叶于度。”则以律体最后完成之功，系之审言，而不言沈、宋。其实审言与沈、宋并时而出，唱酬相接。虽彼此风调，不尽相同，而于诗歌形式之运用，格律研练之精切，固达到同一时代水平。即此一端而言，则举此以概彼，均无不可者。惟审言前卒，其作品流传于后世者仅四十余篇，论其影响，似不如沈、宋之广泛耳。

“苏、李居前，沈、宋比肩。”时人之语，盖谓律体之兴，作者辈出，沈、宋与苏、李相接踵。此“苏、李”，乃指李峤、苏味道，非汉之苏武、李陵也。考《新书》卷一百十四《苏味道传》言味道“九岁能属辞，与里人李峤俱以文翰显，时号苏、李。”卷一百二十三《李峤传》云：“然其仕，前与王勃、杨盈川接；中与崔融、苏味道齐名；晚诸人没，而为文章老宿，一时学者取法焉。”盖苏、李、沈、宋，俱一时律诗作手，其中之问与佺期同年成进士①，仕履亦大略相同；而苏、李之蜚声翰苑，致身朝列，则较早于沈、宋。“居前”“比肩”，殆谓此耳。若谓唐诗变体，始自沈、宋，亦犹汉代五言诗始自苏武、李陵（苏、李诗之为伪托，姑置不论），则当云“古有苏、李，今有沈、宋”矣。

沈、宋之诗，流播甚广，披沙拣金，单篇只韵，不无可取。然迹其平生，品质卑劣，小人之尤。言为心声，其形于咏歌者，凡属侍从宴游之作，无非献谀陈谄之词；而流放迁谪之篇，不出叹老嗟卑之意。富艳辞藻，终不掩其空虚腐朽之内容，殆所谓金玉其外，败絮其中者耶？特以生当诗坛新故因革之会，力有专攻，才适相应，遂

① 宋之问于上元二年（公元761年）进士及第，与沈佺期同榜，见《唐才子传》卷一、《登科记考》卷二。

尔因时乘势,雄长词坛。尝试论之,沈、宋之成就,在于律诗体制之建设,其历史作用,功有不可泯者。而当此种诗体既经定型之后,在一段漫长时期内,作者继起,揣摩研习,踵事增华[1],经验愈益丰富,体制愈益明融。虽运用之妙,各有匠心;而其基本规律,则举凡吟咏之士,人人童而习之,皆能掌握。于以反顾创始之时,回忌声病之术,准篇约句之方,四杰之所留心,沈、宋之所矜尚者,大类已陈之刍狗矣。李商隐《漫成》诗云:"沈、宋裁辞矜变律,王、杨落笔得良朋。当时自谓宗师妙,今日惟观对属能。"意谓当诗律变新之际,王、杨、沈、宋,落笔裁辞,大衍宗风,群流景慕。然自今日观之,则其擅场之能事,惟在属对之精工。于以见文学之发展,自有其历史过程;而作者之成就,则不能不受时代之制约。斯乃方家之笃论,所以通古今之变异,明演进之痕迹,初非有意于贬抑前人,故作嘲讽之词,如少陵所讥"王、杨、卢、骆当时体、轻薄为文哂未休"[2]者也。

沈、宋并称,其诗往往互相混淆,有不易辨识者,以二人身世略同,而风格又相近也。然其间亦未尝不可以区分。盖之问思致缜密,清丽居宗,五言是其擅场。其《昆明池》应制之作,固已压倒佺期[3]。沈则气度较宏,七言独辟胜境。其《独不见》一章,"高振唐

---

① 杜甫《寄彭州高三十五使君适、虢州岑二十七长史参三十韵》云:"更得清新否?遥知对属忙。"据此可知,时至天宝,高、岑制作,尚刻意于吐辞之清新,属对之精切。盖所以衍四杰、沈、宋之绪,收诗律建设之功也。故又云:"举天悲富、骆,近代惜卢、王。"

② 见《戏为六绝句》第二首。"轻薄为文",乃时人诋毁四杰之词。

③ 《唐诗纪事》卷三:"中宗正月晦日幸昆明池,赋诗,群臣应制百余篇。帐前结彩楼,命(上官)昭容选一首为新翻御制曲。从臣悉集其下。须臾,纸落如飞,各认其名而怀之。既进,惟沈、宋二诗不下。又移时,一纸飞坠,竞取而视之,乃沈诗也。及阅其评曰:'二诗工力悉敌。'沈落句云:'微臣雕朽质,羞睹豫章材。'盖词气已竭。宋诗云:'不愁明月尽,自有夜珠来。'犹陡健豪举。沈乃伏,不敢复争。"

音,远包古调"①,亦非之问所能企及。王世贞《艺苑卮言》卷四云"沈詹事七律,高华胜宋员外。"《旧书》谓佺期"尤长七言之作";而于之问,则称其"尤善五言诗,当时无出其右者"。尺有所短,寸有所长,文分举而义互见也。又沈、宋并工五言排律,之问所作,犹不过百余言;而佺期《代魑魅答家人》一篇,长达四十八韵。其排比铺陈,尽情刻画处,已开盛唐风气之渐矣。

陈子昂传

《新书》一百七,《旧书》一百九十中《文苑》中。

《新传》云:"圣历初,以父老,表解官归侍。诏以官供养。会父丧,庐冢次。每哀恸,闻者为涕。县令段简贪暴,闻其富,欲害子昂。家人纳钱二十万缗,简薄其赂,捕送狱中。子昂之见捕,自筮,卦成,惊曰:'天命不祐,吾其死乎!'果死狱中。年四十三。"《旧传》云:"子昂父在乡,为县令段简所辱,子昂闻之,遽还乡里。简乃因事收系狱中,忧愤而卒,时年四十余。"

茂元按:子昂死于冤狱,《新传》所载,本诸《陈氏别传》。《别传》云:"以父老,表乞罢职归侍,天子优之,听带官取给而归。锺文林府君忧。……子昂性至孝,哀号柴毁,气息不逮。属本县令段简贪暴残忍,闻其家有财,将欲害之。子昂惶惧,使家人纳钱二十万,

① 姚鼐语,见《今体诗钞》卷一。

而简意未已,数舆曳就吏。子昂素羸疾,又哀毁,杖不能起。外迫苛政,自度气力,恐不能全,因命著自筮卦成,仰而号曰:'天命不祐,吾其死矣!'于是遂绝,年四十二。"叙次虽若甚详,然其词隐约含糊,实多可疑者。胡震亨《唐音癸签》卷二十五云:"尝怪陈射洪以拾遗归乡里,何至为县令所杀。后读沈亚之《上郑使君书》云:'武三思疑子昂排摈,阴令邑宰拉辱,死非命。'始悟有大力人主使在,故至此。'排摈'不知云何。子昂故武攸宜幕属也,衅所生,必自此始矣。游凶人间,得自免,故难哉!"考沈《书》原文云:"乔〔知之〕死于谗,陈〔子昂〕死于枉,皆由武三思嫉怒于一时之情,致力克害:一则夺其妓妾以加憾;一则疑其摈排以为累,阴令桑梓之宰拉辱之,皆死于非命。"子昂居武攸宜幕,龃龉不合,《别传》叙之详矣。时诸武相结,把持朝政,而三思"阻忌正人特甚"①。子昂之死,沈氏所谓"疑其摈排以为累",而"致力克害"者,或出攸宜。特众恶有首,系之于三思耳。《旧书》卷一百九十中《乔知之传》云:"知之有婢曰窈娘,美丽善歌舞,为武承嗣所夺。知之怨愤,因作《绿珠篇》以寄情,密送与婢。婢感愤自杀。承嗣大怒,因讽酷吏罗织诛之。"《新书》卷二百六《武承嗣传》所叙略同。则"夺其妓妾以加憾"者,亦为承嗣而非三思。以彼例此,胡氏言段简之陷害子昂,与子昂之居武攸宜幕有关,益觉其言可信。段简一卑鄙无耻之酷吏耳,希承权贵之旨以陷子昂,自当无所不用其极。《别传》言子昂"自度气力,恐不能全",盖隐指横逆之来,有大力者操纵于幕后,莫能与之相抗,语意双关,非仅谓居丧哀毁,气力不胜而已也。设使段简出于贪婪求财,觊觎子昂之富有,固不必置之死地而后快。且唐重内

① 见《新书》卷二百六《武三思传》。

职，简一县令，敢于拉辱在籍之朝官，彼必有恃而无恐；枉杀缙绅，国有常典，而竟安然无事，此中消息断可知矣。杜甫《送梓州李使君之任》诗云："遇害陈公殒，于今蜀道怜。君行射洪县，为我一潸然。"子昂遭受政治迫害，沉冤以死，行道悲怜，其事在唐时当为人所共知，故沈亚之但言"死于枉"，而不详其始末也。

又《别传》言子昂返里之后，"于射洪西山构茅屋数十间，种树采药以为养"。又云："圣历初，君师旧山，有挂冠之志。余怀役南游，遘兹欢甚。幽林清泉，醉歌弦咏，周览所及，倏遍岷峨。"倘如《旧传》所云，因父辱而遽归，不应有此闲情逸致。且子昂之父，卒于圣历二年（公元 699 年）①，而子昂遇害，则为长安二年（公元 702 年），中间相距三年之久，亦足证冤狱之兴，与其父无关。《旧书》之言，来知何本，不足信也。

子昂年寿，《别传》及《旌德碑》皆作四十二，宜可信。《旧传》作四十余，未言确数。独《新传》作四十三，"三"当是"二"字之误。考文明元年（公元 684 年），子昂年二十四，见《旌德碑》，则其卒，当为长安二年（公元 702 年），推知生于龙朔元年（公元 661 年）也。

《新传》云："唐兴，文章承徐、庾余风，天下祖尚，子昂始变雅正。"

茂元按：《唐文粹》卷九十二卢藏用《唐右拾遗陈子昂文集序》云："宋、齐之末，盖憔悴矣。逶迤陵颓，流靡忘返，至于徐、庾，天之

① 见《陈子昂集》卷六《我府君有周居士文林郎陈公墓志文》。

将丧斯文也。后进之士若上官仪者,继踵而生,于是风雅之道,扫地尽矣。……道丧五百,而得陈君。……崛起江汉,虎视函夏,卓立千古,横制颓波,天下翕然,质文一变。”此盖檃括其语以成文耳。子昂生与沈、宋并时,吟咏相接,而泾渭分流,志趣各异。观其《修竹篇序》所言,则祈向所在,宗旨可窥。四杰行辈稍前,当“文场体变”之际,亦尝以“争构纤微,竞为雕刻”,“骨气都尽,刚健靡闻”为病①,然而黜浮返正,课实刊华,则有待于射洪,而无预王、杨者,诚以子昂推崇汉、魏,上溯《风》、《雅》,用以楬橥文学反映现实之传统;其以复古为革新,旗帜至为鲜明,而理论又与创作实践相一致故也。厥后青莲崛起,遂成廓清摧陷之功。虽青出于蓝,冰寒于水,而议论多衍射洪余绪。观《古风》“大雅久不作”一章,则知异代同声,其揆则一;而李阳冰之《草堂集序》,亦可与卢藏用之序子昂相发明也。要之,李唐一代诗风之盛,子昂实有开疆蓝缕之功。胡震亨拟之于秦末陈涉之初发难②,斯为笃论。元好问《论诗绝句》有云:“沈宋横驰翰墨场,风流初不废齐梁。论功若准平吴例,合着黄金铸子昂。”亦即此意。盖唐初诗歌,古今体尚未严格区分。所谓古体,率皆气格卑弱,丽叶堆花,沿六朝藻绘余习。沈、宋回忌声病,专攻今体;四杰佳构,亦在律诗与歌行。子昂首倡古调,《感遇》之作,雄才健笔,实启盛唐。其五言律诗,往往直起直落,以古意蟠曲入八句中,虽或宫商未叶,文采不彰,而自然浑成,不落凡近。严羽《沧浪诗话·诗体》载有“陈拾遗体”,所以别于初唐诸家之作,

① 见杨炯《王子安文集序》。

② 《唐音癸签》卷五云:“子昂自以复古返正,于有唐一代,诗功为大耳。正如夥涉为王,殿屋非必沉沉,但大泽一呼,为群雄先,自不得不取冠汉史。”

辨之晰矣。

《新传》云:"初为《感遇诗》三十八章,王适曰:'是必为海内文宗!'乃请交。"《旧传》云:"初为《感遇诗》三十首,京兆司功王适见而惊曰:'此子必为天下文宗矣!'由是知名。"

茂元按:子昂少时,以诗见赏于王适,两《唐书》所叙,本诸《陈氏别传》。然《别传》但云:"初为诗,幽人王适见而惊曰:'此子必为文宗矣!"未言所见即为《感遇诗》也。考《感遇》三十八章,非成于一时一地,绝大部分皆子昂成名以后所作。读其诗而论其世,大率与时事政治以及作者生平涉历密切相关,写作背景,彰明较著,班班可考,罗庸《陈子昂年谱》论之详矣。刘昫、宋祁岂视而不见?其致误,何也?考杜甫《陈拾遗故宅》诗云:"终古立忠义,《感遇》有遗篇。"皎然《诗式》曰:"子昂《感遇》,其源出于阮公。"白居易《与元九书》亦云:"唐兴二百年,其间诗人不可胜数,所可举者,陈子昂有《感遇诗》二十首,鲍防有《感兴诗》十五首。"足见在唐人心目中,《感遇》为子昂之代表作;论子昂之诗,未有不言《感遇》者。然当中唐之时,白居易所见,仅二十篇,已非全本矣。五代乱离,图书散佚,以昌黎之望重斗山,其集犹弃置敝筐,无人过问,几至淹没①,则子昂制作,亦未必列在缥缃。余颇疑刘昫撰史时,徒闻《感遇》之名,而实未见其诗,故摭拾《别传》之语,而漫以此当之耳。宋祁增减《旧传》以成文,或未之深究。独怪计有功撰《唐诗纪事》,全载《感遇》三十八篇,仍沿其失,殊令人不解。

① 见欧阳修《书旧本韩文后》。

《新传》云:“子昂所论著,世以为法。”

《四库全书总目提要》卷一百四十九集部别集类二《陈子昂集提要》云:“唐初文章,不脱陈、隋旧习,子昂始发奋自为,追古作者。韩愈诗云:‘国朝盛文章,子昂始高蹈。’柳宗元亦云:‘张说工著述,张九龄善比兴,兼备者,子昂而已。’[①]马端临《文献通考》乃谓:‘子昂惟诗语高妙,其他文皆不脱偶俪卑弱之体,韩、柳之论,不专称其诗,皆所未喻。’今观其集,惟诸表序,犹沿排偶之习,若论事书疏之类,实疏朴近古,韩、柳之说,未为非也。”茂元按:唐代推崇子昂散文,视为楷模者,殊不乏其人。《全唐文》卷三百十五李华《萧颖士文集序》云:“君以为……近日陈子昂文体最正,以此而言,见君之述作矣。”同书卷四百四十三李舟《独孤州文常集序》亦云:“天后朝,广汉陈子昂独诉颓波,以趣清源,自兹作者,稍稍而出。”开、天而后,古文渐兴,萧颖士及独孤及皆一时作者,为韩、柳之先驱,而论其流别,则皆追始于子昂。盖子昂之于诗歌与散文,造诣虽殊,志趣则一。其散文之成就,虽不能与其诗相提并论,然在初唐,实已不可多得。此云:“子昂所论著,世以为法。”所谓“论著”,亦指其文而言之也。惟马端临谓韩愈及柳宗元皆兼崇子昂之诗文,于韩则有所误解。考古人所称文章,合诗歌与各体文言之,此通义也。然其用,则往往有所侧重或偏属,不可一概而论,顾当审其语

① 柳宗元《杨评事文集后序》云:“文有二道:辞令褒贬,本乎著述者也;导扬讽谕,本乎比兴者也。……兹二者,考其旨义,乖离不合。故秉笔之士,恒偏胜独得,而罕有兼者焉。厥有能而专美,命之曰艺成。虽古文雅之世,不能并肩而生。唐兴以来,称是选而不作者,梓潼陈拾遗。其后燕文贞以著述之余,攻比兴而莫能极;张曲江以比兴之隙,穷著述而不克备;其余各探一隅,相与背驰于道者,其去弥远。文之难兼,斯亦盛矣。”

气如何耳。韩愈《荐士》诗云:“周诗三百篇,雅丽理训诰;曾经圣人手,议论安敢到！五言出汉时,苏、李首更号。东都渐弥漫,派别百川导。建安能者七,卓荦变风操。逶迤抵晋宋,气象日雕耗。中间数鲍谢,比近最清奥。齐梁及陈隋,众作等蝉噪;搜春摘花卉,沿袭伤剽盗。国朝盛文章,子昂始高蹈。勃兴得李杜,万类困陵暴。”观其论述,专在诗歌,所谓“文章”,即《调张籍》诗中所言“李杜文章在”之“文章”,实指其诗,与其他文体固无预也。又《送孟东野序》云:“唐之有天下,陈子昂、苏源明、元结、李白、杜甫、李观皆以所能鸣。”所谓“以所能鸣”,虽未明言为诗抑为文,然东野诗人也,拟必其伦,则韩氏之意,凡所称举,侧重仍在诗歌。通观昌黎之论,其推重子昂,在诗而不在文;与柳州之诗文兼崇,持论区以别矣。

论骆宾王及其在“四杰”中的地位

——为重印《骆临海集笺注》作

一

我国古典诗歌发展到唐朝，可说是进入了完全成熟的阶段。作家的众多，作品的繁富，体裁的齐备，风格流派的多样化；它所反映的社会生活内容，它在思想上和艺术上所达到的深度和广度，就其成就的总和来说，确实是发扬光大了《诗经》、《楚辞》以来诗歌的优良传统，超越了以前的任何一个时代。唐代诗人总结前代的创作经验，奠定了诗歌的形式和体制，开拓了尔后诗歌发展的道路。如同宋词和元曲一样，我们就是从这个意义来突出唐诗在文学历史上的地位的。对前人研究唐诗的成果，择要地分别加以整理、介绍，从而有利于广大读者批判地接受，是件具有重大意义的工作。

任何一个时代，任何一种体裁的文学，都有其时代的和阶级的内容以及它自身发展的传统继承关系。

开元、天宝以后，才是唐代诗歌的全盛时期，从八世纪初到九世纪末将近二百年内，诗坛上不断地掀起一个接着一个的高潮，呈现出空前未有的盛况。唐诗之所以如此地兴盛,不是偶然的,它是随着社会矛盾的发展,随着诗人社会生活的变迁和他们对现实的感受与认识日益丰富和深刻化而形成的。但是我们也绝不能忽略了另一方面的事实:就是唐诗的发展,其自身曾经经历过一个很长的准备阶段。许多杰出的诗人,在漫长曲折的道路中,披荆斩棘,负起了筚路蓝缕以启山林的历史任务,从各个方面替下一阶段诗歌的发展创造了良好的条件,这功绩是不可泯没的。

隋末农民起义,推翻了隋朝短暂而残暴的统治。李唐王朝建立后,魏、晋以来国内长期分裂的混乱局面才算真正告一结束。久经战乱的劳动人民努力于和平生活的重建,统治者又采取了一定程度的有利于发展生产的措施,使得当时封建社会的政治、经济呈现出一种活气而面貌一新,这就是历史上所艳称的"贞观之治"。可是,假如我们再看一看作为社会上层建筑之一的文学,则颇为冷寞寂寥,没有现出更新的气象。扬宫体之余波,以"绮错婉媚为本"的上官体①,居然风靡一时,统治着整个贞观时代的诗坛。这种不调和的现象,是有其历史根源的。

六朝以来,在诗歌方面,重形式、轻内容,以绨章绘句为工的不良倾向在贵族文人创作中一天天地滋长着。到齐、梁宫体诗出现,诗风的衰落,可说到了极点。隋朝统治短短的三十多年中,文学上的建设,根本还谈不上。唐朝建立起比较巩固的封建大一统政权之后,封建社会进入了一个新的发展阶段,文学上自然也面临着不得不变的状态。但是,唐朝立国之初,贵族大地主的势力,仍然处于支配地位。到武后时期,一般地主经济得到发展,新兴势力逐渐

① 见《旧唐书·上官仪传》。

形成，因而朝廷不得不对他们更多地开放政权，使能参与统治；而作为地主阶级代言人的知识分子，为了表达阶级的利益和要求，就不能完全使用陈旧的思想武器而必须有所革新。“四杰”和陈子昂同时出现于这一时期，是和这种情况分不开的。其次，文学艺术进程的步伐，往往跟不上现实经济政治的变化；它们之间的关系是相适应的，又是不相适应的，由旧的不相适应发展到新的相适应。不相适应的状况是会经常出现的。虞世南曾经谏阻太宗李世民不要作宫体诗，并且把问题提到影响诗风的理论高度①，然而积重难返，他本人的创作，却成为对自己主张的一种嘲讽。在七世纪上半期，六朝余风还笼罩着整个诗坛的时候，这种现象完全可以理解。像王绩、魏征那样古调独弹的诗人，在当时是文艺园地上极个别的新的萌芽，他们没有也不可能产生什么重大的影响。

正式揭开唐诗序幕的是七世纪下半期的诗人，其中最具有代表意义的是号称“初唐四杰”的王、杨、卢、骆和陈子昂。

文学发展的历史是割不断的，沿和革、创和因的关系是辩证的。六朝绮靡颓废的诗风必须变革，大力端正诗歌的方向，这是摆在初唐诗人面前新的时代课题，是问题的主要一面。可是六朝以来，这许多诗人在创作上所积累的丰富的艺术经验，特别是他们在声律上的讲求，已经取得了成绩，也不可简单地一概予以否定；这又是问题的另一面。姚铉在《唐文粹序》里说：

> 至于魏、晋，文风下衰；宋、齐以降，益以浇薄。然其间鼓

① 宋计有功《唐诗纪事》卷一载：“帝尝作宫体诗，使虞世南赓和。世南曰：‘圣作虽工，然体非雅正。上有所好，下必有甚，臣恐此诗一传，天下风靡，不敢奉诏。’”

曹、刘之气焰，耸潘、陆之风格，舒颜、谢之清丽，蔼何、刘之婉雅，虽风兴或缺，而篇翰可观。

把思想内容和艺术技巧等量齐观，相提并论，虽未免主次不分；但他看到六朝文学"风兴或缺"的同时，而"篇翰可观"，从而揭示出要扭转当时"衰"、"薄"的"文风"，存在着恢复"风兴"和继承技巧这两方面的问题，却也不为无见。

当文学史上处于重大的变革之际，艰巨而复杂的历史任务，往往要通过不同流派的作家群分途努力，才能逐渐完成。如果说，陈子昂的主要贡献是力崇汉、魏，鄙弃齐、梁，在诗歌发展方向上开辟了一条康庄大道的话，则"四杰"以及稍后于"四杰"的沈、宋的贡献，主要在于继承和发展了六朝的技巧，奠定了唐代"今体诗"的形式。一般说来，前者革新多而因袭少，后者革新少而因袭多。其成就虽有高低之分，贡献有大小之别；然而就其终极意义来说，则他们同样建立了开启一代诗风的不可磨灭的历史功绩。

"四杰"虽不满于上官体，但旗帜并不像陈子昂那样鲜明，他们的制作，也未尽脱六朝余习。他们的缘情绮丽的诗风，和陈子昂那种指陈时事，深切著明，不尚藻饰的风格也是各异其趣的。可是"四杰"的继承六朝，并不是陈陈相因，而是因中有变，在某种程度上也具有革新的意义。

首先，他们大多出身于中下层的知识分子，其阶级地位不同于宫廷贵族诗人，对社会矛盾，特别是他们这一阶层在政治上的苦闷，有切身的感受。他们有所向往，有所愤慨和不平，因此诗歌所反映的生活内容比较广阔，现实意义显然是加强了。同时，六朝以来，诗歌语言的精美工致，色彩的艳丽鲜明，音律的调协和婉，却为他们所吸收，而基本上扫除了纤巧堆砌的恶习；乐府歌行在他们手里有很大的提高；正在发展中的律诗体制，由于他们的大力创作，也更加纯熟而渐趋于定型。

“四杰”和陈子昂就是这样从不同的途径去解决继承和革新的问题的。这就使下一阶段许多大诗人有可能在这个准备好的基础上，把正确的方向和完美的形式进一步结合起来，形成了盛唐时代诗歌的高潮。论“四杰”本身的造诣，因为较多受到因袭六朝的束缚，还存在着许多缺点，在唐朝并没有达到第一流诗人的水平，特别是当唐代诗歌发展到高峰以后，回过头来一看，正如李商隐《漫成》所说：

> 沈宋裁辞矜变律，王杨落笔得良朋①。
> 当时自谓宗师妙，今日惟观对属能。

可是从诗歌发展的意义来衡量，他们仍不愧为开创时期的重要诗人。杜甫在《戏为六绝句》里曾指出“王杨卢骆当时体”，虽然是“当时体”，有着时代的局限，但却“不废江河万古流”。胡震亨认为“杜少陵自咏万古之四子”②。意思是说，这是万古的定评，因为他是把“四杰”放在特定的历史地位上而加以衡量的缘故。

“四杰”和陈子昂在初唐属于两个不同的诗派，他们在理论认识和创作实践上，都是有区别的。但他们并不是道不同不相与谋，

① 这里举“王、杨”以概卢、骆，是因为受到诗句字数的限制；不说“卢、骆”或“四杰”而说“王、杨”，是因为平仄声和对仗的关系。

② 见《唐音癸签》卷二十五。

而是在改革六朝诗风，开辟唐诗途径上殊途而同归的。过去有不少的诗论家把“四杰”和陈子昂截然对立起来，这样，就很难看清整个唐代诗歌发展的线索，由开创走向极盛时期的大途小径。有人又不适当地高抬“四杰”，甚至用来压倒李、杜；也有人对“四杰”的成就，一笔抹煞，把他们看作点染花草的无聊诗人，都是不符合于事实的。

“四杰”不仅是诗人，同时又是骈文名手。破骈为散，唐代文体的改革，陈子昂倡导于前，但“古文运动”的兴起，则是九世纪初韩、柳出来以后的事。“四杰”的文章虽然全部都是骈四俪六，可是在才华艳发，词采富赡之中，寓有一种俊逸清新的气息。无论是抒情、说理或叙事，都能够运笔如舌，挥洒自如，和陈、隋以来那些堆花丽叶，拖泥带水，略无生气的骈体文是有区别的。我们不妨把这种文体称之为唐代的新骈体文。最能够表现出这种特色的，那就要首推王勃《滕王阁序》、骆宾王《讨武曌檄》两篇脍炙人口的名作了。

二

王、杨、卢、骆排列的次序，寓有品鉴的意义。可是在当时就已引起了纠纷①，后人的看法也不一致。这说明他们四人功力悉敌，很难有高下之分。

“四杰”年辈不同，但论其主要创作时期，则他们四人是桴鼓相应的。四人在政治上都是失意之士，有着浪漫的性格。虽然在当时蒙受“浮躁浅露”之讥，可是他们生命中所迸射出来的火花，他们

① 杨炯曾有“愧在卢前，耻居王后”，卢照邻曾有“喜居王后，耻在骆前”的话。

的才华以及悲惨的身世遭遇，却赢得后代文人不少的同情。其中给人们印象最深，轶事流传最广的，那就是骆宾王。

骆宾王，义乌（今属浙江省）人。关于他的家世不可详考，只知道他父亲曾经做过博昌县令，死在任上。他在极端落魄无聊的岁月中度过了早年生活。高宗李治永徽（公元650—655年）年间，他为道王李元庆府导，道王叫他陈述自己的才能，辞不奉命。后以奉礼郎从军西域，久戍边疆。从塞外还，宦游蜀中。仪凤（公元676—678年）年间，由长安主簿入朝为侍御史。因事下狱，出为临海县丞，郁郁不得志。徐敬业起兵讨武后，他以衰暮之年①，毅然地参加了。敬业兵败，宾王下落不明。灵隐为僧的传说虽不可靠，但他留给人们的印象，却是个传奇式的不平凡的人物。

“四杰”的出身、所走的生活道路和他们的性格，有其共同之点。他们都怀才自负，充满着时代热情和积极向上的功名事业的意念。他们不肯安于庸俗的官僚生活，或者是俯首贴耳地作个统治阶级倡优同蓄的御用文人。王勃陵藉同僚；杨炯讥讽朝士为“麒麟楦”②，并发出“宁为百夫长，胜作一书生”③的慨叹；卢照邻忽而学道，忽而为儒，忽而仕，忽而隐，终于在无可奈何的矛盾与病魔缠绕的痛苦中用自杀方式结束了悲凉的一生；骆宾王做过市井的赌

① 《上吏部侍郎帝京篇启》中有“老不晓事，有类扬雄”的话，《帝京篇》作于上元（公元674—675年）年间，其时骆宾王任明堂主簿（见张鷟《朝野佥载》）。徐敬业起兵于光宅元年（公元684年）这时，宾王最少也是五十以上的老人。宋王谠《唐语林》说他年方弱冠，系传闻之误。

② 元辛文房《唐才子传·杨炯传》：“炯恃才凭傲，每耻朝士矫饰，呼为‘麒麟楦’。或问之，曰：‘今弄假麒麟戏者，必刻画其形复驴上，宛然异物，及去其皮，还是驴耳！’闻者甚不平，故为时所忌。”

③ 《从军行》中的句子。

徒,从军的浪子,囚系的南冠,最后卷入复杂的政治斗争,参加了极其冒险的军事行动,都是最明显的表现。但同时他们四人,仍然各自有其特色。

当唐、周政权将近交替之际,统治集团内部新旧势力的明争暗斗已经非常剧烈。武则天掌握政权以后,矛盾和斗争却更加复杂、更加扩大起来。武则天在政治上是很有才能的,在她统治期内,对内对外,都曾采取过某些英明的措施,这是不容否认的事实。但她为了排除异己,利用特务执行残酷的统治政策。严刑峻法,杀戮太重,株连太过,从而引起了许多人的反感,使他们对贞观、永徽之治,产生了更多的留恋。因此徐敬业以“皇唐旧臣、公侯冢胤”①的身份,用恢复旧政权作为号召,起兵反对武则天,振臂一呼,旬日之间,便集中了十多万人,也就不难理解的了。

骆宾王和徐敬业的身份不同,他之所以参加幕府,乃是由于长期以来侘傺失志,特别是亲身受到迫害和压抑,对武则天政权有所不满。因此,他的反抗行为,固然与“宝剑思存楚,金椎许报韩”②的维护李唐王朝的思想有关,同时也是一种个人感愤的爆发。后来有人单纯从封建正统观念来表彰他“心存故国,不忘旧君”的“忠义大节”,也有人只看到武则天在政治上进步的一面,而没有看到她残暴的一面,因而对骆宾王采取完全否定的态度,则都是把当时的矛盾和斗争理解得过于简单化了。

骆宾王在出狱以后,出任临海县丞以前,曾经北赴幽燕,再度

① 《讨武曌檄》里徐敬业的自述。

② 见《咏怀》。这诗是起兵失败后所作,说见本书《读两〈唐书·文艺(苑)传〉》一文。

厕身戎幕。他那首《于易水送人》绝句，就是在这时写的：

此地别燕丹，壮士发冲冠。
昔时人已没，今日水犹寒。

满腔热血，无处可洒；对古代英雄的深切向往，激昂慷慨的心情，在寥寥二十字之中，跃然纸上。他参加了徐敬业的幕府以后，有《在军登城楼》一绝：

城上风威冷，江中水气寒。
戎衣何日定，歌舞入长安。

看，这心情是多么爽朗，多么开阔，多么富于乐观幻想的色彩！这种性格以及诗歌的风格，“四杰”之中，骆宾王表现得最为突出，也是他在思想情调上最能突破六朝藩篱的代表作品。

骆宾王的《帝京篇》和卢照邻的《长安古意》，都是以当时首都长安的生活为题材的长篇歌行。两诗都染有六朝藻绘余习；思想上蒙着一层感伤色彩，有其消极因素。论韵致，卢胜于骆。但诗人通过自身感受，在繁华景象的描写中，大胆地暴露了统治集团的腐朽荒淫及其爪牙们的骄横不法和他们内部互相倾轧的真实情况，两篇都不失为富有现实意义的好诗。最后一段，作者自抒感慨，总结全篇，结构也相类似。《长安古意》云：

寂寂寥寥扬子居，年年岁岁一床书。
独有南山桂花发，飞来飞去袭人裾。

《帝京篇》云：

> 已矣哉，归去来！
> 马卿辞蜀多文藻，扬雄仕汉乏良媒。
> 三冬自矜诚足用，十年不调几邅回。
> 汲黯薪逾积，孙弘阁未开；
> 谁惜长沙傅，独负洛阳才！

一个寂寞自伤，措辞比较微婉，一个牢骚满腹，发泄得痛快淋漓。从这可以看出两人不同的情感色彩。陆时雍论“四杰”诗，曾说：“照邻清藻，宾王坦易。”[①]但这“坦易”并不是掉以轻心，出之于凡近，而是以一种权奇倜傥的精神和磊落嵚崎的气息为其基调的。

闻一多在《四杰》一文里指出：“卢、骆擅长七言歌行，王、杨专攻五律。”论其大较，这话是不错的。骆宾王集中除上引《帝京篇》在当时就已被称为绝唱外，[②]他如《畴昔篇》、《艳情代郭氏赠卢照邻》、《代女道士王灵妃赠道士李荣》等篇和卢照邻的《长安古意》、《行路难》都是具有时代代表意义的作品。这类长篇歌行不同于排比铺陈的排律。抒情叙事，间见杂出，形式非常灵活；可以运用典故，也可以运用比较通俗的语言，往往带有浓厚的民歌意味。这种诗体，从六朝后期小赋变化而来，它吸收了六朝乐府中像《西洲曲》一类辘轳辗转的结构形式以及正在发展中的今体诗的格律；它的

① 见《诗镜总论》。
② 见《旧唐书·文苑传》。

特点，在于音节和谐，言辞流利，声情并茂，感染力强，易于上口成诵。稍后如刘希夷的《代悲白头吟》、张若虚的《春江花月夜》，盛唐李颀的《古从军行》、王维的《老将行》、高适的《燕歌行》，中唐白居易的《长恨歌》、元稹的《连昌宫词》、晚唐郑嵎的《津阳门诗》、韦庄的《秦妇吟》等许多为人们所熟知的名篇，都是沿着这条线索发展下来的。李、杜长篇中如《猛虎行》、《洗兵马》等也还是采用了这种形式。在唐朝，它和破偶为奇，不入律句的古诗，始终是双峰对峙，二水分流，并行而不废。

骆宾王诗中，五言律体并不算少，总的说来，是抵不上王勃那样的清丽高华，也不如杨炯的精警凝炼，但其中却有个别的成功之作，如人们所熟知的《在狱咏蝉》：

西陆蝉声唱，南冠客思深。
那堪玄鬓影，来对白头吟！
露重飞难进，风多响易沉。
无人信高洁，谁为表余心。

托物寄兴，感慨无端，若即若离的笔意，真正勾画出“咽露哀蝉”的魂魄。这种境界，在王、杨两家集中是见不到的。又如《送郭少府》：

边烽警榆塞，侠客度桑乾。
柳叶开银镝，桃花照玉鞍。
满月临弓影，连星入剑端。
不学燕丹客，徒歌易水寒。

格高韵美，词华朗耀，居然是李白《塞下曲》一类律诗的先声；除了全首的平仄声调还不协调，形式尚未成熟外，比起杨炯的《从军行》、《紫骝马》等篇，也略无愧色。

综上所述，也就可以看出“四杰”在继承与发展六朝诗歌的形式和技巧上所作的重要贡献。可惜的是：当他们迍邅失意的时候，较多的是把忧愤停留在个人的遭遇上，这就影响到诗歌思想的深度；同时，也由于他们对变革的要求不够彻底，创作的方向性还不够明确，创作的方法又偏重于继承前人技巧，因而仍不免于“风兴或缺”。从这一意义说来，虽然“四杰”和陈子昂同样是负起时代使命的重要诗人，但仍然不能同陈子昂等量齐观。

三

流传的“四杰”诗文集，均系后人所辑，并非原本①。其中骆宾王集，是在他起兵失败以后，由郗云卿奉令编的。原序云：

> 文明中，（宾王）与嗣业于广陵共谋起义。兵事既不捷，因致逃遁，遂致文集悉皆散失。后中宗朝降敕搜访宾王诗笔，令云卿集焉。所载者，即当时之遗漏，凡十卷。

不难想象，从兵燹灰烬之余掇拾到的绝不可能是宾王作品的全部，可是就连这个比较早的辑本，现在也已看不到了。清《四库

① 参看《四库全书总目提要》别集类。

全书总目提要》著录《骆丞集》四卷，云：“云卿所编百余篇，今已久佚，此本盖后人所重辑。”明、清两代流行的骆集有各种不同的本子，除四卷本外，也有分为六卷或十卷的，但所收篇目，大致相同。陈熙晋笺注的《骆临海全集》后出，最为完善。

凡旧本漏收的骆宾王诗文散见于《全唐诗》、《全唐文》、《文苑英华》以及有关书籍中的，都被辑入；旧本佚去篇题及文字上脱漏的地方，都很谨慎地做了校补工作。骆集原有明朝颜文的注解，疏略弇陋，参考价值不大，陈氏的新注，则完成了一项极其艰巨的工程。

“四杰”在当时虽然负有才名，但沉沦下僚，关于他们生平的事迹，《旧唐书·文苑传》、《新唐书·文艺传》所载略而不详，见于他书的也不多。明胡震亨专研唐诗，就有“四子轶事，不少概见”[①]之叹。骆宾王在“四杰”之中年辈最长，阅历较多，比起王、杨、卢三人还要复杂一些。在文献不足征的情况下，笺注他的诗文，那就更加困难了。

陈氏本知人论世的精神，运用以意逆志的方法，在分体编年，逐篇笺释之中，首先贯串了一条历史的线索。我们读了他的《续补唐书骆侍御传》之后，再读全书，不但比较完整地了解了骆宾王的生平，而且从其中可以看出一个时代的影子。原注例有云：

> 临海一生涉历，诗文所传，尚可略见其概。今从本集证以新、旧《唐书》及初唐人集，借以考见时事。其所不知，付之阙如。

这确实不是容易事，而他的态度则是严肃认真的。但其中也有某些勉强牵合的地方。例如骆宾王的下狱，据《旧唐书》本传说

① 见《唐音癸签》卷二十五。

是“坐赃”。证以《狱中书情通简知己》所说“绝缣非易辨，疑璧果难裁”，《在狱咏蝉》所说的“无人信高洁，难为表余心”的话看来，所谓“赃”，当然是受到诬陷。至于别人为什么要诬陷他，却难以查考。据《狱中书情》“三缄慎祸胎”之语，可知是因言语不慎，而招致了莫须有的打击。但言语不慎，不一定就是指上书朝廷，或者和当时统治集团新旧势力的明争暗斗有必然联系；上述两诗和《萤火赋》中，作者并未流露什么存君兴国的思想感情。而陈氏在《续补传》里据胡应麟等人说法，却作出了这样的推断：

> 时高宗不君，政由武氏，宾王数上章疏讽谏，为当时所忌，诬以赃，下狱。久系，尚未昭雪，作《萤火赋》以自广。

这是替宾王后来参加徐敬业的军事行动安一伏笔，并使自己的论点构成一个体系，但却缺乏充分的论据，是难以成为定论的。然而总的看来，他那苦搜冥索的精神，钩稽排比的工作成绩，是值得我们重视的。

此外，书中有关舆地、职官、典章制度以及典故和成语的出处，也都作了详尽的考订和阐述。引文忠实，绝少以讹传讹，辗转致误的地方。书后有附录一卷，辑录了不少历代有关骆宾王的题咏篇章，但参考价值并不大。令人感到不足的是：名家诗话、笔记中的材料，却未收入。

本书据骆祖攀的跋文说：“考订笺注，阅数十年而成帙。”功力之深，可以想见；但过去流传并不广泛，甚至连很多图书馆里都看不到；至于私人购求，那就更不容易了。中华书局上海编辑所这次重印这本书，并做了校勘和句读的加工工作，是有其必要的。

论《戏为六绝句》

以诗论诗,最常见的一种形式是论诗绝句。四句一首的绝句诗,每首可以谈一个问题;把许多首连缀成为组诗,又可以见出完整的艺术见解,运用起来,是最为灵活的了。

在我国诗歌理论遗产中,有不少著名的论诗绝句,如人们所熟知的元好问、王士禛、袁枚等人的作品;而最早出现,创造性地运用这一形式的则是伟大诗人杜甫的《戏为六绝句》(以下简称《六绝句》)。杜诗中有关论诗的话虽然不少,但都很零碎,有了《六绝句》,我们就不难观其会通,较全面地理解杜甫的文学思想、理论和他的创作实践之间的关系。

一

《六绝句》前三首评论作家,后三首揭示论诗宗旨。就内容来说,似乎两者有区别;可是它的精神,却前后贯通,互相联系,这六首诗是个不可分割的整体。

《六绝句》的第一首论庾信云:

庾信文章老更成,凌云健笔意纵横。

今人嗤点流传赋，不觉前贤畏后生。

杜甫在《春日忆李白》里曾说，“清新庾开府”。这诗指出庾信后期文章风格更加成熟①，健笔凌云、意境纵横开阖，不仅以“清新”见长。所谓“庾信生平最萧瑟，暮年诗赋动江关”（《咏怀古迹》），正可与此相印证。那么，当时那些指手画脚，嗤笑指点庾信的人，适足以说明他们的无知，根本不理解庾信；因而“前贤畏后生”这句成语，也只是讽刺的反话罢了。

第二、三两首论初唐四杰。前一首说：

王杨卢骆当时体，轻薄为文哂未休。
尔曹身与名俱灭，不废江河万古流。

初唐诗文，没有完全摆脱六朝藻绘余习，“轻薄为文”，是人们讥哂“四杰”之词。如《玉泉子》所说，“时人之议，杨（炯）好用古人姓名，谓之点鬼簿；骆（宾王）好用数对，谓之算博士”（见《九家集注杜诗》赵次公注引），即其一例。史炳《杜诗琐证》解此诗云：“言四子文体，自是当时风尚，乃嗤其轻薄者至今未休。曾不知尔曹身名俱灭，而四子之文不废，如江河万古长流。”

后一首说：

纵使“卢王操翰墨②：劣于汉魏近风骚”；

① “庾信文章”的“文章”，兼指诗、赋，第三句的“赋”，即首句的“文章”，也不是专指赋。因限于诗句的字数和声调的关系，故偏举以见义。

② 诗中的卢、王，即指四杰。因限于字数，故举卢以概骆，举王以概杨。

龙文虎脊皆君驭，历块过都见尔曹。

过去有关这诗的解释，极多歧异，我以为郭绍虞同志的说法最得原意。他说："此诗本承上一章言。时人之讥哂四子者，每谓其轻薄为文，正以其劣于汉、魏之近《风》、《骚》耳。四子之劣于汉、魏之近《风》、《骚》，……当时文体如是，固非四子之病也。……龙文虎脊，自有其不废江河者在，固非身与名俱灭之尔曹所能望尘追及矣。""纵使"是杜甫的口气，"卢王操翰墨，劣于汉魏近风骚"，则是时人哂笑四杰的话。杜甫引用了他们的话而加以驳斥，所以后两句才有这样的一个转折。意谓即便如此，然而四杰能够以纵横的才气，驾驭瑰丽的文辞，他们的作品，仍然是经得起时间的考验的①。

这三首诗，用意很明显：第一首是说，观人必观其全，不能只看到一个方面，而忽视了另一个方面。第二首是说，评价作家，不能脱离其时代的条件，必须把他们放在一定的历史地位上。第三首指出任何一个作家的成就，从相对的意义来说，都有大小高下之分；然而秋菊春兰，各自芬芳，彼此原不相掩。所谓"作者皆殊列，声名岂浪垂？"（《偶题》）我们应该具体地给以评价，要善于从不同的角度向前人学习。

这些观点，无疑是正确的；可是这三首诗的意义，绝不仅仅停留在这上面。

为什么在古往今来大量的作家中，杜甫单单提出庾信和初唐

① "龙文"和"虎脊"都是毛色斑驳的骏马，用以比喻瑰丽的词彩。"历块过都"，语本王褒《圣主得贤臣颂》："过都越国，蹶如历块。"吕延济注："言过都国，急如行一小块之间。"这里略变其意，是说历田野，（"块"，可作土地解。《庄子·齐物论》："大块噫气，其名为风。"）过城市，指长距离的奔驰。"见尔曹"，意谓相形之下，就能见出高低。

四杰呢？为什么在评论庾信和四杰的时候，一则曰，“不觉前贤畏后生”，再则曰，“尔曹身与名俱灭”，三则曰，“历块过都见尔曹”，措辞如项庄舞剑，意有所指呢？这话的背后，显然有个对立面的存在；而它的性质，则关系到对我国古代诗歌的发展，对六朝文学等一系列问题的看法。

魏、晋、六朝这个漫长时期，是我国文学由质朴而趋向华彩的一个转变阶段。丽辞与声律，在这个时期内得到急剧的发展，诗人们对诗歌形式及其语言技巧的探求，取得了很大的成绩。正如颜之推所说：“古人之文，宏才逸气，体度风格，去今实远；但缉缀疏朴，未为密致耳。今世音律谐靡，章句偶对，讳避精详，贤于往昔多矣。”（见《颜氏家训·文章篇》）。“踵事增华”，本是文学发展中一种必然的现象，演进的痕迹，非常明显。正因为在魏、晋、六朝有了这种演进，才给下一阶段唐代诗歌的全面繁荣创造了条件。我们试想：没有永明的新体诗，到唐朝，就不可能有今体的出现；没有六朝人积累的丰富的艺术经验，唐代各体诗歌在语言艺术上也就不可能达到如此成熟的境地。其间传统继承关系，也是十分清楚的。

然而从另一个方面来看，六朝文学，一般地说来，又有重形式、轻内容的不良倾向。刘勰在《文心雕龙》里就曾反复地讨论到情和文、文和质的问题。等到齐、梁宫体出现之后，诗风就更加淫靡而萎弱了。

完美的形式，应该说，可以更好地表现充实的内容。六朝的某些诗人，其作品内容贫乏，甚至腐朽空虚，自有其社会、阶级的根源，和整个六朝文学在艺术上的成就，并不是一回事；可是过分重视形式技巧，也往往会导致忽视思想内容，两者又是容易有所偏废的。因此，唐代诗论家对于前一时期文学的接受与批判，是极为艰巨而复杂的课题,经过了长期反复的过程,由于各个时期的具体情况不同,人们所强调的往往也就难免偏于某一个方面;而认识得最为全面的,则是杜甫。

当齐、梁余风还统治着初唐诗坛的时候,陈子昂首先提出复古的主张,明确地指出了唐代诗歌发展的方向。李白继起,完成了廓清摧陷之功。陈、李对于六朝文学,是不惜加以猛烈地抨击的。矫枉必须过正,在积重难返的情况下,不如此,就不足以扭转一时的风气。陈、李之所以能够取得成功,正在于此。陈子昂说:“文章道弊五百年矣!汉、魏风骨,晋、宋莫传。”(见《与东方左史虬修竹篇序》)李白说:“自从建安来,绮丽不足珍。”(见《古风》)这类过激的言论,在当时来说,是有其现实的战斗意义的;然而却也不可避免地要产生一种流弊。这流弊,即元稹所说的“好古者遗近,务华者去实”(《唐检校工部员外郎杜君墓系铭》)。“务华去实”的风气纠正了,有些人又不免走向“好古遗近”的另一极端,把六朝文学全盘加以否定,而且对新兴的今体诗不感兴趣。例如和杜甫晚年曾经有过接触的《箧中集》中的诗人孟云卿,就是只知道学习李陵、苏武,而无取于建安以下的作者①。不仅孟云卿如此,一部《箧中集》根本就没有选律诗,而且入选的诗篇,全都是质朴有余,词彩不足,读起来,使人索然乏味。杜甫的《六绝句》作于上元二年(公元761年),元结的《箧中集》编于前一年的乾元三年(公元760年),元结在书的序言里认为“风雅不兴,几及千载”,极力反对声律,指斥当时流行的“指时咏物,会谐丝竹”的诗歌为“污惑之声”。尽管他有

① 《解闷》:“‘李陵苏武是吾师’,孟子论文更不疑。”“孟子”,据自注,即孟云卿。所谓“论文不疑”,指“李陵苏武是吾师”而言。一本,“孟子”句在上。

他的看法，然而这种“好古遗近”的态度，总不能说不是一种偏向。

这正可以看出当时诗坛的风气，也可知道《六绝句》是有的放矢，有感而发的。当然，杜甫所说的“后生”、“尔曹”，指的是那些胸中并无定见，以耳代目的寻声逐影之徒。

了解了这点，则《六绝句》开宗明义的第一章，为什么就以庾信为讨论的对象；杜甫的用意，也就不难窥测了。

庾信总结了六朝文学的成就，特别是他那句式整齐、音律和谐的诗歌以及用诗的语言写的抒情小赋，对唐代的律诗、乐府歌行和骈体文都起有直接的先导作用。在唐朝人心目中，他是最有代表性的近代作家了。不难想象，正因为影响大，所以是非毁誉也就容易集中到他的身上。杜甫当时的人是怎样嗤点庾信，限于现存文献资料，无法具体地知道；可是，从初唐令狐德棻所说，“子山之文，……其体以淫放为本，其词以轻险为宗，故能夸目侈乎红紫，荡心逾于郑卫”（见《周书·王褒庾信传论》），简直把他看作词坛祸首，文苑罪人。可见对“好古遗近”者来说，以庾信为攻击的主要对象，是非常明显的。至于初唐四杰，虽然不满于以“绮错婉媚为本”的“上官体”，而他们主要的贡献，则是在于对六朝艺术技巧的继承和发展，今体诗体制的建立和巩固。当陈子昂、李白提出“建安风骨”，复古的风气盛行以后，回过头从另一角度来看，王杨卢骆的“当时体”，自不免有其时代的局限；而就给“好古遗近”者以“劣于汉魏近风骚”讥笑的口实了。

二

从庾信到四杰，这条线索非常分明，是当时诗坛上论争的焦点所在。杜甫抓住了这个焦点，针锋相对，提出了自己的意见。这意见在《六绝句》的后三首里正面说了出来：

才力应难跨数公，凡今谁是出群雄。
或看翡翠兰苕上，未掣鲸鱼碧海中。

不薄今人爱古人，清词丽句必为邻。
窃攀屈宋宜方驾，恐与齐梁作后尘。

未及前贤更勿疑，递相祖述复先谁？
别裁伪体亲风雅，转益多师是汝师。

“今人”，指的是近代的作家，亦即前面三首所说的庾信和四杰这一类的人。他之所以爱古而不薄今，是从“清词丽句必为邻”出发的。“为邻”，即引为同调的意思；“必为邻”，反之，也就是说，不应该加以疏远、菲薄。在杜甫看来，文学是语言的艺术，而诗歌的语言尤其是最精粹的语言，诗歌的艺术锻炼，首先得从语言下功夫，“清词丽句”，不可废而不讲。六朝诗人的经验是值得借鉴的。所以杨万里说：“忽梦少陵谈句法，劝参庾信谒阴铿。”（《书王右丞诗后》）杜甫在《偶题》里说：“前辈飞腾入，余波绮丽为。后贤兼旧制，历代各清规。”诗歌的语言随着内容而日益丰富，日益精美，飞腾的气势，自然会动荡为绮丽的余波。历代作者之所以自成体貌，自具规模，就是在不断地吸取前人的成果中使得诗歌的体制日益完善的。他在《宗武生日》一诗里，告诉他的儿子要“熟精《文选》理”。“理”，指的是行文之理，亦即萧统在《文选序》里所说的“沉思”“翰藻”之义。这些,都可看出,他对诗歌的语言艺术是如何地重视!

"清词丽句","余波绮丽",指在六朝时候发展起来的丽词和声律而言。在这个问题上,杜甫和李白的态度有着显然的不同。李白说:"一曲斐然子,雕虫丧天真。"(《古风》)他所向往的是"郢客吟白雪,遗响飞青天"(同上);"清水出芙蓉,天然去雕饰"(《经乱离后天恩流夜郎忆旧游书怀赠江夏韦太守良宰》)。杜甫则"遣辞必中律"(《桥陵诗三十韵》),"觅句新知律"(《又示宗武》),"晚节渐于诗律细"(《遣闷戏呈路十九曹长》),对诗律的研究,从不丝毫放松。两人持论的不同,由于着眼点的各异:李白以起衰自任,所谓"梁、陈以来,艳薄斯极,沈休文又尚以声律。将复古道,非我而谁欤?"(见孟棨《本事诗》引)有些话,是箭在弦上,不得不发的。其实,尽管他的诗如天马行空,不受一切格律的束缚,尽管他说,"自从建安来,绮丽不足珍";然而他又何尝不有取于"清词丽句",不借鉴于六朝文学的新成就?杜甫就看出了他在理论和创作上这一矛盾,所以一则曰:"李侯有佳句,往往似阴铿。"(《与李十二白同寻范十隐居》)再则曰:"清新庾开府,俊逸鲍参军。"(《春日忆李白》)比拟的都是六朝诗人。虽然李、杜论文没有留下记录,可是从上面这些话里,杜希望和李"重与细论文"(同上)的言外之意,却完全可以体会。

李白的着眼点在于破,破则放言高论,冲决藩篱,扫除障碍,不能有所顾惜;杜甫的着眼点在于立,立则必须把理论建设在一个更全面、更细致、更为广博而坚实的基础上,因此,首先强调的是诗歌的语言及其艺术形式的问题。他密切地注意到今体诗发展到他那个时代,即将定型而结成丰硕的果实,古、今体诗并行不废,将更好地表现不同的内容,丰富诗歌的式样;而"贯穿古今,䙰缕格律",则是落在他身上的艰巨的历史任务。基于这样的认识，所以他力崇古调，兼取新声。“不薄今人爱古人，清词丽句必为邻”，是应该从这个意义上去理解的。

那么，杜甫之不废六朝，是不是仅仅有取于其“清词丽句”，或者说，杜甫对诗歌艺术的要求，仅仅停留在“清词丽句”上呢？则又不然。

“汉、魏风骨，晋、宋莫传。……彩丽竞繁，兴寄都绝。”这话是就一般情况来讲，是从六朝文学不良倾向的一面而加以否定的；但具体地分析一下，实际情况又何尝都是如此。清朝的包世臣说得好：“六朝虽尚文彩，然其健者，则缓急疾徐，纵送激射，同符《史》、《汉》，貌离神合，精彩夺人。”（《再答杨季子论文书》）就拿人们所极力嗤点的“其体以淫放为本，其词以轻险为宗”的庾信来说，大家所能够看到的只是绮縠纷披，宫商靡曼；而杜甫在《六绝句》里，则明确地指出除了“清词丽句”而外，他还有“凌云健笔意纵横”的一面；四杰的“龙文虎脊”，词彩也不仅止于清丽。举一反三，这话是足以发人深省的。

在这种启示下，杜甫提出他对诗歌艺术风格的看法。

由本以达末，杜甫不主张“好古遗近”，废弃六朝；循末以返本。他认为，仅仅学习六朝，一味追求“清词丽句”像“翡翠戏兰苕，容色更相鲜”①，写出的只不过是词彩鲜艳、格律精妍的诗篇，虽然也足以赏心悦目，然而风格毕竟是浅薄的。必须是恢宏气度，扩展心胸，纵其才力之所至，有如掣鲸鱼于碧海，创造出一种雄伟非常的意境。这样，于严整体格之中，见气韵飞动之妙，不为篇幅所窘，不

① 左思《咏史》诗中句。“或看翡翠兰苕上”，语即本此。

为声律所限，从容于法度之中，而神明于规矩之外，自足以跨越前人，压倒当世了。杜甫所祈向，乃在于此。所谓“沈郁顿挫”（见《进雕赋表》），所谓“思飘云物外，律中鬼神惊”（《敬赠郑谏议十韵》），所谓“意惬关飞动，篇终接混茫”（《寄彭州高三十五使君适虢州岑二十七长史参三十韵》），就是指这种风格而言的。他说，“诗看子建亲”（《奉怀韦左丞丈二十二韵》），所以自比于子建，正因为“文章曹植波澜阔”（《追酬故高蜀州人日见寄》）的缘故。

要想达到这种艺术境界，杜甫认为只有上攀屈、宋，才能自铸伟辞。他在《偶题》里慨叹“骚人今不见”；在《咏怀古迹》里，追慕宋玉的“文彩”，低徊于其“江山故宅”；此诗谓“窃攀屈宋宜方驾”，更指出《楚辞》的精彩绝艳，是六朝“清词丽句”的导源，也是千古词人不祧之祖。由六朝而上追屈、宋的逸步，正如刘勰所说，“酌奇而不失其真，玩华而不坠其实，则顾盼可以驱辞力，咳唾可以穷文致”（《文心雕龙·辨骚》），就不至沿流失源，堕入齐、梁轻浮侧艳的后尘了。

从上所述，可以看出杜甫对诗歌艺术的要求，把“清词丽句”提到怎样的高度；而在肯定六朝“清词丽句”的同时，也贯彻着批判的精神。这精神充分地表现在“别裁伪体”、“转益多师”两句话里。

伪和真相对而言，是个抽象的概念。在文学艺术方面，何者为真，何者为伪，人们总是按照自己的主观理解，很难找出一个具体衡量的客观标准。杜甫说的“伪体”，自然有所实指，可惜我们无法知道；然而他所提出的原则，则表现一种卓越的见识，是探本穷源，一针见血之论。

《六绝句》的最后一首，过去也有各种各样的说法，我以为原诗的语意，非常明白：“未及前贤”的“前贤”，泛指前代有成就的作家，也包括庾信和四杰在内。“递相祖述”，意谓因袭成风。正因为如此，所以黄茅白苇，弥望如一，大家都是一样，谁也不比谁占先，无疑地“未及前贤”了。“未及前贤更勿疑，递相祖述复先谁”二句，指出伪体之伪，症结在于以模拟代替创造。真伪相混，则伪可以乱真，所以下文紧接着说，要加以“别裁”。很显然，创造和因袭，是杜甫看成真和伪的分界线。只有充分发挥创造力，才能直抒襟抱，自写性情，写出真的文学作品。尽管人的才力不同，风格各异，然而“就使一滴露珠，照映在太阳光里，也呈现无限多样的色彩”，它那新鲜活泼的精神，是不可汩没的。庾信之“健笔凌云”，四杰之“江河万古”，乃在于此；反之，拾人唾余，傍人门户，无论剪彩的纸花或复制的赝鼎，同样是没有生命力的东西。那么，堆砌辞藻，落入齐、梁后尘的，固然是伪体；而高谈汉、魏，优孟衣冠，又何尝不是伪体？在杜甫心目中，只有真伪的分别，而无古今的成见。钱谦益说：“自古论诗者，莫精于少陵‘别裁伪体’之一言。”（《徐元叹诗序》）这话是探骊得珠之论。

“别裁伪体”和“转益多师”是一个问题的两面。“别裁伪体”，强调创造；“转益多师”，重在继承。继承和创造，在杜甫看来，两者之间的关系是辩证的。“转益多师是汝师”，既无所不师而无定师。这话有好几层意思：无所不师，故能兼取众长；无定师，则不囿于一家之言，一偏之见，虽然继承传统或借鉴别人，但并不妨害自己的创造。此其一。只有能“别裁伪体”，才谈得上“转益多师”；否则真伪不分，胸无定见，根本就不知何所师，更不知如何“转益”。这是二。无所不师而无定师，必须是善于从不同的角度学习别人的成就，那么吸取的同时，也就有所扬弃。这是三。批判与接受、创造和继承相结合，熔古铸今，把自己的艺术修养建筑在一个广博深厚的基础上，这乃是“转益多师”的精神之所在。杜诗中评论到古代和近代以及同时的作家，不胜枚举，其“乐取于人以为善”的态度，无一不是从“转益多师”出发的。然而从对不同对象的不同的提法中，不难看出节而取之的微意。杜甫不是全盘接受论者。他说：“读书破万卷，下笔如有神。”（《奉怀韦左丞丈二十二韵》）这“下笔有神”，正是“转益多师”，含英咀华的结果。作诗到了“下笔有神”的境地，则七宝楼台，弹指既现，无论“翡翠兰苕”的清丽，抑或“鲸鱼碧海”的瑰奇，如地涌泉，遇境即际，无施而不可了。

陈子昂、李白以及后来的白居易的反对六朝，也是为了“别裁伪体”；但他们惩羹吹齑，不免将整个六朝文学的成就一笔抹煞。杜甫和他们持论不同，就在于“转益多师”这一点上。然而他们之所以不惜全盘否定六朝文学，其用意则在于提倡以风雅为典范的反映现实的文学传统；《六绝句》的结论，也是归于“亲风雅”。从终极的意义来说，不同的艺术见解，却又殊途而同归。不过杜甫的途径，要比他们广阔得多。

三

杜甫的诗歌在思想上和艺术上达到高度的统一，这是大家所公认的。杜甫论诗，则多半是艺术经验的总结，谈到艺术方面的比较多，谈到思想方面的比较少，《六绝句》就是这样的情况。但这是否意味着杜甫重形式而轻内容，把艺术放在第一位呢？当然不能如此机械地去理解。理论不是个什么架空的东西，绝不能离开具体的人和具体的创作来看问题；而且理论可以从不同的角度去阐明，没有理由要求嵌在一个统一的格式里。那么，在《六绝句》里，杜甫全面阐述了他的艺术见解之后，归之于“亲风雅”，其宗旨所在，也就无容费词了。不过，以诗论诗，词简义精，限于体制，究竟不能像散文那样的明白晓畅，因而后来笺释纷纭，歧义百出。其中摭拾一端，割裂取义；甚至不顾原文，任意歪曲的也大有人在。如明朝的杨慎说杜甫所谓伪体，是指“以无出处之言为诗”（见《升庵诗话》），即其一例。

正因为《六绝句》是杜甫诗歌艺术经验的总结，所以《六绝句》里的理论和杜甫的创作实践也就结合得特别紧密；从杜甫的创作实践来印证他的理论，问题就会看得更清楚一些。元稹在《唐检校工部员外郎杜君墓系铭》里有一段话很重要。他说：“唐兴，官学大振，历世之文，能者互出。而又沈、宋之流，研练精切，稳顺声势，谓之为律诗。由是而后，文体之变极焉。然而莫不好古者遗近，务华者去实。效齐梁则不逮于魏晋，工乐府则力屈于五言；律切则骨格不存，闲暇则纤秾莫备。至于子美，盖所谓上薄《风》、《骚》，下该沈、宋，言夺苏、李，气吞曹、刘，掩颜、谢之孤高，杂徐、庾之流丽，尽得古今之体势，而兼人人之所独专矣！使仲尼考锻其旨要，尚不知贵其‘多乎哉’？苟以为能所不能，无所不可，则诗人以来，未有如子美者。”这里指出的杜甫在诗歌创作上的伟大成就，无异于给《六绝句》的时代意义作了很好的说明。张戒也说杜甫“在山林则山林，在廊庙则廊庙，遇巧则巧，遇拙则拙，遇奇则奇，遇俗则俗，或放或收，或新或旧，一切物，一切事，一切意，无非诗者。”（《岁寒堂诗话》）。钱谦益则认为，“自唐以降，诗家之途辙，总萃于杜氏。大历后，以诗名家者，靡不由杜而出。韩之《南山》，白之讽谕，非杜乎？若郊若岛，若二李，若卢仝、马异之流，盘空排奡，纵横诡谲，非得杜之一枝者乎？然求其所以为杜者，无有也。以佛乘譬之，杜则果位也，诸家则分身也。”（《曾房仲诗序》）杜甫全面地总结前人诗歌艺术的成就，奠定了各体诗歌的体制，创造出多种多样的风格，适应于各类各式的题材，给后代诗人以无穷的启发，这和他在理论上好古而不遗近，务华而不去实，明确地认识到必须“别裁伪体”，“转益多师”，而以方驾屈、宋，接近《风》、《雅》为指归是分不开的。

杜甫的时代，是我国古典诗歌发展到一个完全成熟的时期。殷璠在《河岳英灵集集论》里，曾用“文质取半，风、骚两挟，语气骨则建安为传，论宫商则太康不逮”来概括盛唐诗歌的成就。总的说来，这话是符合于实际的，虽然《河岳英灵集》里没有选录杜甫的诗①。但倘若运用这个标准来衡量每一个具体作家，则各有短长，互为伸屈。就拿和杜甫齐名的伟大诗人李白来说，在诗歌格律方面的建设，就是他理论和创作上薄弱的一环，虽然，我们并不能因此而降低对李白的评价。真正能够全面体现这个时代成就的只有杜甫一人。杜甫所以伟大，乃在于此。我们必须从他的理论来看他的创作实践，再从实践来印证他的理论；而《戏为六绝句》则是他诗论的论纲。

① 《河岳英灵集》里未选杜诗，这是因为此书编成于天宝十二载（公元753年），而杜甫的创作活动则稍迟于李白、王维等人，当时尚无篇什流传的缘故。

思飘云物动　律中鬼神惊

——论杜甫和唐代的七言律诗

一

洪迈《容斋随笔》评唐人传奇文，以为“与诗律可称一代之奇”。论唐诗，着眼在于律体。焦循《易馀籥录》卷十五也有这样一段话：

> 商之诗，仅有《颂》，周则《风》、《雅》、《颂》，载诸《三百篇》者尚矣。而楚骚之体则《三百篇》所无也，比屈、宋为周末大家；其韦元成父子以后之四言，则《三百篇》之余气游魂也。……至唐则专以律传。杜甫、刘长卿、孟浩然、王维、李白、崔颢、白居易、李商隐等之五律、七律，六朝以前所未有也。若陈子昂、张九龄、韦应物之五言古诗，不出汉、魏人之所范围。故论唐人诗以七律、五律为先，七古、七绝次之，诗之境至是尽矣。……余尝欲自楚骚以下至明八股撰为一集，汉则专取其赋，魏、晋、六朝至隋专录其五言诗，唐则专录其律诗……还其一代之胜。

吴淇则更进一步只取唐代的七言律诗。他在《古诗十九首定论》

里说：

> 汉诗体错出，惟五言纯乎一朝之制，亦犹诸体备于唐，而独七言律为唐之专制也。

是不是律诗、甚至仅仅是七律就能代表唐朝一代诗歌的成就呢？洪迈、焦循和吴淇显然都是单纯从形式来看问题的。然而律诗、特别是七言律诗是唐朝新兴的诗体，却是事实。

文学体裁是不断推陈出新的，文学的形式也有它自身发展的规律；第一，任何一种新的文学体裁的出现，它必然包含有某种新的因素。虽然新旧之间并不一定就互为代谢；新的体裁出现以后，旧体裁也不一定就成为“余气游魂”；可是，新体裁的涌现，形式品种的增多，一般说来，总是文学史上演进的现象，它和社会生活内容的日益丰富、人们艺术实践和要求的日益提高是分不开的。第二，任何一种新的文体从萌生到成长，都必然经过不少作家不断尝试，反复实践的过程，然后才能相对的稳定下来。正因为它是新的东西，本身蕴藏着无穷丰富的生命力，等待人去垦发；也正因为它等待人去垦发，因而在运用这一新形式的时候，最能表现出某一作家的艺术力量和独创精神。古代许多文艺巨匠，往往在这上面显示其卓越的成绩。如屈原之于骚，司马相如之于赋，司马迁之于传记文，曹、刘之于五言诗，徐、庾之于骈体，这样的例子，是不胜枚举的。

六朝文学的主要成就，在于“丽辞”和“声律”，这是形成唐代律体的新因素；而律诗在唐朝的出现，则是齐、梁“新体诗”发展的必然结果。关于前者，焦循所论，是符合事实的。不过由于他的着眼点仅仅在于形式，因而机械地理解为律体和七言歌行是代五言古诗而兴，错误地把唐代的五言古诗一笔抹煞①。关于后者，倘若从上述的意义来说，则我们虽不能像洪迈、焦循那样，把律诗看作唐代诗歌成就的最高表现，然而从律诗的创作来分析、衡量诗人的艺术特征及其造诣，也许更容易看出这一诗人在文学发展史上所起的推动作用。

杜甫是伟大的全能的诗人，他的诗歌在艺术上所达到的高度，除了绝句是较为薄弱的一环而外，其他各体同样是兼综众长，难以轩轾的。然而在文艺形式的运用上，最能见出杜诗独创性的，应该是他的律诗，特别是七言律诗。

"觅句新知律"（《又示宗武》），"遣辞必中律"（《桥陵诗三十韵》），"晚节渐于诗律细"（《遣闷戏呈路十九曹长》），杜诗中提到诗律的地方很多。在艺术的锻炼上，古、律之间，杜甫更多地在律诗方面下功夫。即如"清词丽句必为邻"（《戏为六绝句》），"为人性僻耽佳句"（《江上值水如海势聊短述》），"新诗改罢自长吟"（《解闷》），所谓"清词丽句""佳句""长吟"，虽兼指古、律，但侧重的则是律诗。这当然不意味着杜甫的古诗就不如律诗，然而他之所以如此，却说明了这样的一个事实：古体是已经成熟的诗体，有前人丰富的创作经验可以资藉；律诗是新生的幼芽，无旧贯可仍。在原有的基础上提高，固然不容易；褴褛开疆，创造一个新的局面，尤其困难。杜甫对比是看得非常清楚的。例如他那"即事名篇、无

① 王士禛《古诗选》于五古一体，断自六朝，唐代仅取陈子昂、张九龄、李白、韦应物、柳宗元五家，以为可"附于六代作者之后"（见凡例）。焦循所举，也只有陈、张、韦三家，不承认唐代自有其古诗，当是受王士禛的影响；而王士禛这种看法，又是从明七子演化而来的。

复依傍”的乐府叙事诗，像“三吏”“三别”之类；包含有大量叙事、议论成分的长篇抒情诗，像《自京赴奉先咏怀五百字》、《北征》之类，论其社会意义，自然是前掩古人，冠冕百代；可是从诗歌的体制来说，则有汉代的乐府（如《孔雀东南飞》）古诗（如《十五从军征》）以及某些文人的制作（如蔡琰《悲愤诗》）在前，渊源所自，并不是没有轨辙可寻的。

因为杜甫在诗律方面费了更多的钻研，所以他的艺术独创性在运用这一崭新的形式上就显得更为突出。杜甫之所自负者亦在此。

观存杜甫的律诗，五律多于七律；可是从文学史上发展的现象，就这两种诗体建设的过程来看，杜甫在七律方面所起的作用和影响，更超过了他的五律。

五律和七律虽然同是唐代新型的诗体，然而它们之间的发展情况并不平衡。沈德潜《唐诗别裁集凡例》有云：“五言律阴铿、何逊、庾信、徐陵已开其体，初唐人研揣声音，稳顺体势，其制大备。”至于七律，则在初唐之世，还是“英华乍启，门户未开”。

齐、梁“新体诗”中，具备五律雏形的触目皆是；而可以看作七律权舆的，仅仅有像庾信《乌夜啼》（“促柱繁弦非子夜”一首）极个别的几篇。初唐四杰大力创作五律，但并没有写七言。沈、宋以及杜审言、李峤等人在这方面是开始尝试了，但重点仍然放在五律上面。尽管“卢家少妇”一章（《独不见》），高振唐音，然而这乃是“英华乍启”的一种偶然现象。到了开元、天宝之际，是五言律诗全面繁盛的时期，七律的作者虽也逐渐多了起来，并取得一定的成绩，可是和五律相形之下，那就显得黯然失色。这从创作数量比例的悬隔上可以看出问题；同时，对这新出现的为数不多的七律，人们也还没有予以足够的重视。举个例子来说吧，殷璠的《河岳英灵集》是部盛唐人选的唐诗选集。选录的标准，选者说得非常明白，是“文质取半，风、骚两挟”，“声律”与“风骨”并重；企图通过这部选集，全面的体现唐诗的新成就。此书共选盛唐诗人二十四家，入选诗二百二十八首①，其中七律仅有崔颢《黄鹤楼》一首。从这，就可以看出他把这一新的诗体放在怎样的地位上。

律诗的发展，五律和七律之间是不平衡的，通过创造性的艺术实践，从各个角度把七律这一新的诗体全面地建设起来，把唐代诗歌的艺术大大向前推进一步，这不得不归功于杜甫。

二

衡量一个作家的成就，首先得把他放在一定的历史地位上。我们要确切地估价杜甫在七言律诗方面的贡献，必须了解盛唐律诗创作的一般情况，比杜甫稍早或同时的诗人所达到的水平。当时七律的作者，主要有王维、李颀、岑参、高适、崔颢、崔曙、祖咏、张谓等人，就中以王、李为最高。谢肇淛《小草斋诗话》曾说：“诗中诸体，惟七律最难，非当家不能合作。盛唐惟王维、李颀颇臻其妙。然颀仅存七首，王亦只二十余首；而折腰叠字之病时时见之，终非射雕手也。”其实，问题倒不仅仅在格律上面。盛唐七律中有少数

① 《四部丛刊》影明本《河岳英灵集》原叙作“诗二百三十四首”。岑仲勉《唐集质疑》“河岳英灵集”条：“明本所收诗确为二十四人，据卷目数之，共二百二十九首，然常建称十五首者实只十四首，则二百二十八而已。”

作品，如王维的《出塞作》、崔颢的《黄鹤楼》，尽管还有个别地方不完全合乎格律的要求①，但究竟不愧为千古绝唱。可是总的说来，七律在这个时期，还是早春的蓓蕾，并没开出绚烂的花朵。

七律一体，本是从应制诗中逐渐发展起来的；内容单薄，是它先天带来的毛病。到了盛唐时期，这情况基本上还未改变。一般的都是歌颂、唱酬、流连光景之作。描写广泛的社会生活题材，足以反映诗人复杂的思想情感的诗篇，并不多见；像张谓《杜侍御送贡物戏赠》那样的政治讽刺诗，更是绝无而仅有的。在艺术上，他们所追求的一味是秀丽融浑、匀称自然，以兴象超妙取胜。论其意境，有如七宝楼台，空灵缥缈，然而它终究是显现在云阶月地之中，而不是奠基在人间的土壤上。而且他们的作风，彼此大致相同，合起来，有个共同的时代风貌；分开来，就很难看出作家的个性特征。例如岑参、李颀经历塞垣之后，诗风都有显著的变化，可是这在他们的七律里却很难以得到证明。

姚鼐在《五七言今体诗钞序目》里，论述唐代七言律诗，把杜甫别出于盛唐诸家之外。他说：

> 杜公七律，含天地之元气，包古今之正变，不可以律缚，亦不可以盛唐限者。

这话颇为扼要，它触及到唐代七言律诗的发展，杜甫在掌握、运用这一诗歌形式从思想内容到艺术风格等一系列的问题。

杜甫是怎样突破时代的水平，“不可以盛唐限者”，在艺术实践

① 《出塞作》中“马”字重见；《黄鹤楼》三四一联失对。

上有其具体的过程；同时，就杜甫各体诗歌的创作情况来看，其间的发展，也是不平衡的。

倘若把杜甫七律的创作划为两期，则前期应以肃宗乾元二年（公元759年）避难入蜀为断限。

安史之乱前后，是杜甫诗歌创作的一个顶峰。首先，他在古体和歌行方面，已取得决定性的伟大成就。杜诗中具有划时代意义的名篇，十之六七都是这个时期的作品。即就律诗而论，这时，他的五律也已达到完全成熟的境地。翻开杜集一看，就是人们所熟悉的杜甫五律的代表作，如《房兵曹胡马》、《画鹰》、《春日忆李白》、《对雪》、《月夜》、《春望》、《喜达行在》、《收京》、《秦州杂诗》之类。这个时期，杜甫一共写了律诗二百一十二首，其中五律一百八十首，七律仅有二十一首（《钱注杜诗》分体编年九、十两卷）。这个不平衡的数字，说明了入蜀以前，杜甫的七律，还是处在尝试写作的阶段。

和其他诗人一样，杜甫这时期的七律，并没有描写什么重大的题材，和他同时期的五律，如《秦州杂诗》之类正好是个鲜明的对照。就艺术方面来说，情况更为复杂。其中有一部分，和一般的盛唐七律风貌大致相同，而且并没有超过其他诗人的水平。例如《奉和贾至舍人早朝大明宫》一诗，虽然比贾至的原唱略胜一筹，可是和王维、岑参的同题之作比较一下，就难免相形见绌。然而这只是问题的一面。

从另一方面来看，杜甫这时期的七律，其中确实有很大的一部分值得引起我们的注意。这些诗篇，有的极为优秀突出，可以置之杜甫后期七律之中而无愧，如《九日崔氏蓝田庄》：

老去悲秋强自宽，兴来今日尽君欢。

羞将短发还吹帽，笑倩旁人为正冠。
蓝水远从千涧落，玉山高并两峰寒。
明年此会知谁健？醉把茱萸仔细看。

杨万里曾说这诗“一篇之中，句句皆奇；一句之中，字字皆奇。”（见《诚斋诗话》）。的确，像这种劲健挺拔的笔力，而又表现得如此的清隽深稳，在其他各家中是看不到的。三、四两句，将一事翻腾作一联，杨氏以为“孟嘉以落帽为风流，少陵以不落为风流，翻尽古人公案，最为妙法”。其实，这话虽与“孟嘉落帽”的故事有关，但在杜甫只是借以写眼前实事，并不一定有意做翻案文章。用典使事，到了这样，才是不黏不滞，化腐朽为神奇。这是前所未有的。从造句用词来看，杜甫往往不拘常格。如《曲江》中的“且看欲尽花经眼，莫厌伤多酒入唇”，以“欲尽花”“伤多酒”入句中，变上四下三的七律句法为上五下二。律句如此奇兀而又妥帖，也是前所未有的。又如七言拗律一体，也是创自杜甫。一开始，他就在这方面开山辟路。如《郑驸马宅宴洞中》、《题省中院壁》、《崔氏东山草堂》等篇皆是。拗律之拗，不仅仅是个音节问题；和这种音节相适应的，必须是语言艺术的洗炼，从拗折之中，见波峭之致。如“落花游丝白日静，鸣鸠乳燕青春深”，“有时自发钟磬响，落日更见渔樵人”，都体现了这种特色。

这些，都表明了一个迹象：杜甫在七律的创作上，不肯俯仰随人，力图于盛唐诸家之外，自辟蹊径；而且已经取得不小的成绩。当然，其中还有些地方，风格未臻成熟。这乃是摸索过程中难以避免的现象。万里苍梧，此其发轫；全面收功，自然还有待于下一阶段。

入蜀以后，杜甫的七律在各体诗中的数量比重明显地增长了。

为什么会突然有这样的现象？问题的关键是在于他从诗歌的内容打开了七言律诗广阔的天地。

从这时起，杜甫已不仅仅用七律来描绘自然景物，用于赠答唱酬，而且以之抒写忧民忧国的情怀和漂泊支离的身世之感。不过是一首凭吊古迹的诗吧，“三顾频繁天下计，两朝开济老臣心。出师未捷身先死，长使英雄泪满襟。”（《蜀相》）已综括了诸葛亮一生心事，饱和着诗人的政治热情。咏史诗写到这样，无怪后来企图改革而失败的王叔文反复吟诵，为之流泪了①。再如“闻道河阳近乘胜，司徒急为破幽燕”（《恨别》），“寡妻群盗非今日，天下车书正一家”（《题桃树》），“惟将迟暮供多病，未有涓埃答圣朝”（《野望》），“花近高楼伤客心，万方多难此登临”（《登楼》），“新松恨不高千尺，恶竹应须斩万竿”（《将赴成都草堂途中有作先寄严郑公》），在极寻常的题目里，跳动着时代的脉搏，闪耀着诗人个性的光辉。不仅如此，到后来，像《诸将》、《咏怀古迹》、《秋兴》这类大型组诗终于在杜集中出现。其中《诸将》五首，指摘将帅，议论时事；《秋兴》八首，沈雄博丽，体大思精，更全面地反映了杜甫进步的政治见解和湛深的艺术造诣。到这时，凡杜甫在其他各体诗歌里所表现的思想感情，在七律里也同样得到表现。把这些诗和前期所作相比，发展的痕迹是非常明显的。

我们完全有理由说：唐代的七言律诗，到了杜甫，境界始大，感慨始深；而在杜甫来说，入蜀以后，才是他七律的全盛时期。七律在杜甫的创作中是一丛晚秀之花，这和这一诗体本身的发展历史有关；和杜甫其他各体诗歌的创作，不能混为一谈。

---

① 见《通鉴·唐纪》五十二，顺宗永贞元年（公元805年）。

三

杜甫诗歌是古典文学中思想性和艺术性相结合的典范。内容的扩大和加深,这就要求杜甫在已经取得的成绩的基础上进一步创造性地运用这一新的形式;把它的艺术提高到和思想同样的高度。杜甫就在这种情况下完成了他的七律的艺术风格;也就在这种情况下把唐代的七律全面建设了起来。

刘熙载《艺概·诗概》云:"律诗取吕律之义,为其和也;取律令之义,为其严也。"律诗和古体不同,它受到篇幅的限制,要有和谐的音调,整齐的句式,这是五律和七律所共同的。然而五律的艺术是不是就等于七律的艺术,人们在五律上所取得的艺术经验,是否就可以完全搬用到七律上来呢?这又不能。古代诗人中,两者不能兼长的大量事实,便是最好的说明。

严羽《沧浪诗话·诗法》有云:"律诗难于古诗,……七言律诗难于五言律诗。"吴可《藏海诗话》也有同样的说法。为什么难?王世贞在《艺苑卮言》里有这样解释:"五律差易雄浑,加以二字,便觉费力。"其实,哪种诗体最难,并没有绝对的标准;然而任何一种体裁,都有它自己的特点。姚鼐说:"夫文以气为主,七言今体,句引字赊,尤贵气健。"(见《五七言今体诗钞序目》)"句引字赊",确实是七言的特点,气势不足,便觉萎弱;而"七律束于八句之中,以短篇而须具纵横奇恣、开阖阴阳之势,而又必起结转折,章法规矩井然,所以为难"(方东树语,见《昭昧詹言》卷十四)。

前面说过,盛唐诸家七律,以兴趣情韵见长,由于他们所描写的是一般的题材,在一首八句之中,往复回旋,自有余地;加上他们在语言艺术上都掌握得极为纯熟,色彩的渲染,音调的配合,表现得风度端凝,仪容修整,容易给人一种“态浓意远淑且真,肌理细腻骨肉匀”的美感。然而这只能适应于这种内容。到杜甫,模写物象,抒发性情,“壮浪纵恣,摆去拘束”,于尺幅之中,运以磅礴飞动的气势,一变而为巨刃磨天,金鸡擘海的壮观。磅礴飞动的气势和精严的诗律融合在一起,构成了杜甫七言律诗的独特风格。这种风格,倘若用杜甫自己的话来形容,则“思飘云物动,律中鬼神惊”(《敬赠郑谏议十韵》),可以得其仿佛。试以《诸将》第二首为例:

韩公本意筑三城,拟绝天骄拔汉旌。
岂谓尽烦回纥马,翻然远救朔方兵!
胡来不觉潼关隘,龙起犹闻晋水清。
独使至尊忧社稷,诸君何以答升平?

“本意”,“拟绝”,“岂谓”,“翻然”,“不觉”,“犹闻”,“独使”,“何以”,一气旋转,任意挥斥,有如掣电流虹。说它是一篇议论文吧,不是,它是一首格律严整的律诗。三四两句,用流水对的方法,使人不感觉是对仗(杜诗中这样的对法极多);连句中的虚字,有的放在句首,有的放在句中(首尾四句,每句一变,中间四句,每联一变),都错综运用,以见变化之妙。严羽在《沧浪诗话》里反对“以议论为诗”,这诗是包含着绝大议论的,而且从正面说了出来;然而它却能震动读者的心弦,具有强烈的感染力,并不“堕入理趣”。为什么会如此?是值得深长思之的。

刘熙载《艺概·诗概》云:“律诗声谐语俪,故往往易工而难化。能求之章法,不惟于字句争长,则体虽近而气脉入古矣。”惟其运之以气，故能开阖排界，转掉自如，造成不平凡的体势；惟其深于律，所以同时又能在拏掷飞腾的气势中见出精细的脉络。杜甫七律所以“工而能化”，区别于盛唐诸家者，正在此等处。姚鼐所谓“不可以律缚”，意即指此。例如《送路六侍御入朝》：

童稚情亲四十年，中间消息两茫然。
更为后会知何地，忽漫相逢是别筵！
不分桃花红似锦，生憎柳絮白如绵。
剑南春色还无赖，触忤愁人到酒边。

久别重逢，乍逢又别，别后会见无期，诗中有这样几层意思。从“童稚情亲”，顺序写来，第三句忽然来个倒插，逆摄下句，全诗便有了主脑，显出血脉动荡，气韵深沉；而诗人感伤离乱的情怀，也就深刻地表现了出来。五、六两句阑入景物的描写，似与上文不相涉。读了结尾两句，才知道这“酒边”的“剑南春色”，正是“别筵”的眼前风光。“桃红似锦”，“柳白如绵”，这风光是明艳的，而诗偏说“不分”“生憎”，因为它“触忤”了“愁人”；它之所以“触忤愁人”，则是由于后会无期，离怀难遣，对景伤情的缘故。这样，“不分”“生憎”就不犯痕迹地把上半篇和下半篇联系起来，情和景就融成不可分割的整体。这诗句句提得起，而又处处打得通。论气势，是活虎生龙；论布局，是草蛇灰线。又如《秋兴》第六首：

瞿塘峡口曲江头，万里风烟接素秋。
花萼夹城通御气，芙蓉小苑入边愁。
珠帘绣柱围黄鹄，锦缆牙樯起白鸥。

回首可怜歌舞地，秦中自古帝王州。

中间四句，纯从空际着笔，写景不是真的写景，这景是远在“瞿塘峡口”的诗人的想象。诗人怎样把这想象写入诗里呢？开头一句，“瞿塘峡口”“曲江头”是两个地名，接着用“接素秋”的“接”字把它们连接起来，于是涌现出联翩的浮想，构成了鲜明的形象；最后用“回首”两字一笔兜回，表现了忧念时局，眷怀京国的无穷感慨。浦起龙评云：“瞿塘、曲江，相悬万里，次句钩锁有方。趁便嵌入‘秋’字，何等筋节！中四乃申写曲江事变景象，末以嗟叹束之，总是一片身临意象之神。”这话是颇能抉发诗人的艺术匠心的。

前面一诗，把主句放在篇中；此诗以首尾包举全局，都是大开大阖。它表现了诗人不可一世的气概和拔山扛鼎的笔力；而脉络分明，“钩锁”“嵌入”有法，则见诗律之精。

杜甫七律中最为人们熟悉的一种类型，如《将赴荆南寄别李剑州》：

使君高义驱今古，寥落三年坐剑州。
但见文翁能化俗，焉知李广未封侯？
路经滟滪双蓬鬓，天入沧浪一钓舟。
戎马相逢更何日？春风回首仲宣楼。

前四句写李，称颂他“能化俗”的政绩，为他“未封侯”而鸣不平。然而这不平乃是诗人有感而发的，就李本人来说，只见他勤勤恳恳替人民办事，哪里会计较个人官途的升沉得失呢？诗从“高义”和“寥落”生发出这两层意思，见出李思想境界之高，从而使人对他那沉沦州郡,得不到朝廷重用的坎坷遭遇,更加为之惋惜。文翁政绩流传蜀中,比拟李之官剑州刺史;而未封侯的李广,则和李同姓,典故用得非常贴切。然而诗人的能事,并不在此。于"文翁能化俗,李广未封侯"之上,着以"但见""焉知",运之以动荡之笔,精神顿出,人物形象就跃然纸上了。在历史上,李广对自己屡立战功,未得封侯,是耿耿于怀,终身引为憾事的。这里却推开来,说"焉知李广未封侯",这就在用典的同时,注入了新的意义,改造了典故,提高了诗的思想性。就语言艺术来说,从这种地方,可以看出杜甫把七言歌行中纵横挥斥的笔意,运用、融化于律体之中。像"但觉高歌有鬼神,焉知饿死填沟壑"(《醉时歌》),和这不正是波澜莫二吗?下半篇抒身世之感,离别之情,写的是意想中的自己将赴荆南的情景。"路经滟滪",见瞿塘风涛之险恶[①],"天入沧浪",状江汉烟水之微茫。在这里,诗人并未诉说其迟暮飘零的悲哀,而是通过"一钓舟"与"沧浪"、"双蓬鬓"与"滟滪"鲜明的形象对照,展示出一幅扁舟出峡图。倘若说,这是诗中有画,那么,这画意,便可借用杜甫另外两句诗"亲朋无一字,老病有孤舟"(《登岳阳楼》)来作为说明。尾联用"仲宣楼"点出将赴之地。诗人清楚地意识到自己到了那里,也还像当年避乱荆州的王粲那样,仍然是漂泊他乡,托身无所;而当此时,回望蜀中,怀念故友,想到兵戈阻隔,相见无期,那就会更加四顾茫茫,百端交集了。

这类的诗,往往劈空而来,一起既挺拔而又沉重,有笼罩全篇

---

① 《太平寰宇记》卷一百四十八:"滟滪堆周回二十丈,在(夔)州西南二百步蜀江中心瞿塘峡口。冬水浅,屹然露百余尺;夏水深,没数十丈。其状如马,舟人不敢进。……谚曰:'滟滪大如马,瞿塘不敢下;滟滪大如襆,瞿塘不可触;滟滪大如鳖,瞿塘行舟绝;滟滪大如龟,瞿塘不可窥。'"

的气势。写到第四句，似乎诗人要说的话都已说完了，可是到第五、六二句忽然又转换一个新的意思，喷薄出更为汹涌、更为壮阔的波澜。然而它又不是一泻无余；收束处，总是荡漾萦回，和篇首遥相照映，显得气固神完。此诗便可看着这一类型的标本。他如《野人送朱樱》、《野望》、《白帝》、《阁夜》、《登高》……都是脍炙人口的名篇，就不一一枚举了。

另一种类型的诗，如《和裴迪登蜀州东亭送客逢早梅相忆见寄》：

东阁官梅动诗兴，还如何逊在扬州。
此时对雪遥相忆，送客逢春可自由?
幸不折来伤岁暮，若为看去乱春愁。
江边一树垂垂发，朝夕催人自白头。

对着似雪的梅花而伤感迟暮，这诗是因裴逢早梅相忆见寄诗触动了自己的心情。首句的"梅"，牵引出一条线索，一直贯串到最后一句。"东阁官梅"是裴迪诗中的梅；"江边一树"，是自己朝夕相对的梅，从梅生发出许多意思，表现得极为深曲。诗中并没有掀起浩瀚的波澜，而是潜气内转，有如独茧抽丝。这类的诗在杜甫七律中占有相当数量，如《所思》、《九日》、《白帝城最高楼》、《滟滪》、《又呈吴郎》……皆是。其中有的是拗体。虽然它们的表现手法，并不完全一样，然而它们的意境，是同样拗折而峻峭的。

杜甫的七律，多半是精心刻意之作，特别是那些大型组诗，炼意创格，如孙、吴布阵，真能见出作者惨淡经营的艺术构思。然而并不能说，这就足以尽杜律之妙，我们不应忽略他那意兴横逸的一面。如《即事》：

暮春三月巫峡长，皛皛行云浮日光。
雷声忽送千峰雨，花气浑如百和香。
黄莺过水翻回去，燕子衔泥湿不妨。
飞阁卷帘图画里，虚无只少对潇湘。

从阴云到暴雨，从深山到江面，信手拈来，顺序写去，不费安排，对仗也很突兀。绳以律法，诚如黄生所说，有些“不衫不履”，可是它却是一首难得的好诗，是一幅绝妙的暮春巫峡看雨图。再如《十二月一日》：

寒轻市上山烟碧，日满楼前江雾黄。
负盐出井此谿女，打鼓发船何郡郎？
新亭举目风景切，茂陵著书消渴长。
春花不愁不烂熳，楚客唯听棹相将。

写的是眼前景，抒的是心中情，直起直落，而真意盎然。这类的诗，多半出现在杜甫晚年。他自述创作变化的过程有云：“为人性僻耽佳句，语不惊人死不休。老去诗篇浑漫与（一作兴），春来花鸟莫深愁。”“浑漫与”的诗篇，有的如前面所说，潜气内转，还有筋节可寻；有的则略无润饰，如画家写意，连笔墨全都化去。

律诗达到了这样的境地，真如黄庭坚所云：“不烦绳削而自合矣。”（见《与王观复书》）是杜甫“晚节渐于诗律细”的另一种表现。仇兆鳌解《遣闷戏呈路十九曹长》云：“公尝言‘老去诗篇浑漫与’此言‘晚节渐于诗律细’，何也？‘律细’言用心精密，‘漫与’言出乎纯熟：熟从精处来，两意未尝不合。”（《杜诗详注》卷十八）把两者结合起来看，这话完全不错；然而就具体作品来说，两种不同的表现，也与题材有关："浑漫与"，写眼前情景，契机所发，脱口成吟；而《诸将》、《秋兴》之类鸿篇巨制，则来尝不"事出沉思，义归翰藻"，两者又当分别看待。前者金声玉振，后者流水行云；而从容于规矩之中，神明于法度之外，则两者是一致的。

律诗的语言艺术，是建筑在骈偶藻丽的基础上的。综缉词采，错比文华，盛唐诗人朝着这个方向发展，到杜甫集其大成。关于这，前人已有定论，无待赘述。而在七律里运用口语，则是杜甫的独创。"黄莺过水翻回去，燕子衔泥湿不妨"，"负盐出井此谿女，打鼓发船何郡郎"。从上引的诗里，就可以看出这种特点。再如《见萤火》：

巫山秋夜萤火飞，疏帘巧入坐人衣。
忽惊屋里琴书冷，复乱檐前星宿稀。
却绕井栏添个个，偶经花蕊弄辉辉。
沧江白发愁看汝，来岁如今归未归？

通篇到底，简直口语化。我想，在唐代，这就该是白话诗。杜甫在提炼口语上所取得的惊人成就，本不用说；然而值得注意的，这是"声谐语俪"的律诗，而且是"句引字赊"的七言律诗！这类诗，在"林花着雨燕脂落，水荇牵风翠带长"（《曲江对雨》），"锦江春色来天地，玉垒浮云变古今"（《登楼》），"丛菊两开他日泪，孤舟一系故园心"（《秋兴》），"沧海未全归禹贡，蓟门何处尽尧封"（《诸将》），"胡骑中宵堪北走，武陵一曲想南征"（《吹笛》）……之外，是杜甫七律语言艺术的另一个重要方面。

四

杜甫七律多方面的成就,所遗留下来的丰富多彩的艺术成品,是最好的说明;要想在一篇文章里,作出较详备的阐述,是不可能的。但有一点可以看得很明白,那就是他在七律这一诗体发展历史上所起的作用和影响。

在律体诗的范畴内,五律的发展,到盛唐已达到了全面繁荣的阶段。诚如姚鼐所说:“盛唐人诗固无体不妙,而尤以五律为最。”(见《五七言今体诗钞序目》)过此虽嗣响有人,但就总的情况而论,则发展不大。王、孟、李、杜而后,拿唐、宋两代来说,以五律擅场的有刘长卿、大历十才子、姚合、贾岛、马戴、司空图等人;在宋代,有永嘉四灵及江湖派诗人。尽管他们的清词丽句,不废流传;然而他们的五律,却不能算是代表时代最优秀的诗篇;这些诗人,也不能算是第一流的作者。可是七律的情况,却大大不同。中唐以来,它就后来居上,成为律诗中主要的体裁,人们普遍采用的形式。杰出的诗人中,如刘禹锡、柳宗元、白居易、李商隐、王安石、苏轼、黄庭坚、陆游、元好问等都是七律的著名作者。虽然他们五、七言兼攻,但代表他们律体的成就,则在此而不在彼;元、明、清基本上也是这样:这是文学史上不可否认的客观事实。

律诗五、七言起伏盛衰的消息,固然有它本身的内在因素,而杜甫创造性的艺术实践,从多方面起了示范作用,为这一诗体进一步发展开拓了广阔的道路。

杜甫而后,七言律诗的艺术,有如百花争艳,发展得非常繁荣:刘、柳以精警凝炼见长;白居易以纡徐坦易取胜;苏轼则运之以纵横豪宕之气，黄庭坚则耽于奇峭幽奥之思，陆游雄浑健拔，元好问沉痛激昂。他们的生活感受不同，风格各异，都能自成面目；而在传统继承关系上，无不可看作杜的支流。关于这，前人已有很多的具体论述。至于李商隐的七律，是唐代殿军，演出了王安石一派。若论其渊源所自，则虽兼备众体，而瓣香则在少陵，更是不烦词费的。

谈杜甫七言绝句的特色

杜甫的绝句，历来诗论家都颇有微词；表现得最露骨的要算是胡应麟了。他在《诗薮》内篇干脆地说：

> 子美于绝句无所解，不可法也。
>
> 盛唐长五言绝，不长七言绝者，孟浩然也；长七言绝，不长五言绝者，高达夫也；五七言俱工者太白；五七言俱无所解者少陵。

应该承认：在杜甫诗中，绝句确实是个比较薄弱的环节。然而这只是和他的其他各体诗歌比较而言的，并非“无所解”或“不可法”。

绝句在杜诗中占的比重并不大，但这里面的情况却很复杂。不加区别而笼统地作出任何一种结论，或者强调某一方面而无视于另一方面，都是错误的。反之，若能本着实事求是的精神，较全面地进行具体分析，则不难作出恰如其分的评价，同时还会给我们在研究唐代诗歌风格流派的发展上以重要的启示。

绝句来自民间，到唐朝的八世纪上半期，在文人创作领域里发展得十分繁荣。和杜甫同时的如李白、王昌龄、王之涣、王维、高适、岑参、崔国辅都是这方面的名手。他们的风格，各不相同，有的雄浑，有的秀丽，有的高华，有的清微淡远。他们所描写的题材，有宫怨、闺情、思乡怀友、览古登临，而更多的则是沿用乐府旧题，如《采莲歌》、《出塞曲》、《从军行》等，也是五光十彩的。盛唐绝句，流传万口的名篇，真是不少。它们共同的优点，在于形象单纯，声调和谐，富有民歌气息。它们主要是以情致见长，韵味取胜的。

杜甫是我国古代伟大诗人之一，他之所以伟大，在于创造性地继承了《诗经》以来优良的诗歌传统，全面地总结了前人的创作经验，扩大和加深了诗歌的内涵，把诗歌和现实的关系联系得更为密切。为了适应于表现新的更复杂、更丰富的时代内容，有关各体诗歌形式的运用，他都曾大力地在已有的基础上分别予以巩固、革新和提高。古体是如此，歌行是如此，律诗是如此，绝句也是这样。

他本来是想扩展绝句的功能的，但在艺术实践中，却没有能够完全实现他的理想。姑举一诗为例：

> 秋风嫋嫋动高旌，玉帐分弓射虏营。
> 已收滴博云间戍，欲夺蓬婆雪外城。
>
> ——《和严郑公军城早秋》

代宗李豫广德二年（公元764年），严武击败内侵的吐蕃七万多人，收复当狗城和盐州城。战争从秋天开始，到冬天结束。严武写了一首《军城早秋》，这是杜甫的和作。这首诗从表现内容和艺术结构看都较完整，然而我们读了之后，总有一种歉然不足的感觉，它好像不是一首绝句，而是一首未完成的七言律诗，这就不能不说是美中不足了。

再看严武这首《军城早秋》原作：

昨夜秋风入汉关，朔云边月满西山。
更催飞将追骄虏，莫遣沙场匹马还。

在实写战争过程中，笔意是如何的酣畅，气韵是如何的飞动！“更催”“莫遣”，如脱弦的疾箭，如闪光的流星，就不像“已收”和“欲夺”那样见出人为的痕迹。这不是虚中有实，而是实中见虚。

再看李白的《上皇西巡南京歌》十首之一：

莫道君王行路难，六龙西幸万人欢。
地转锦江成渭水，天回玉垒作长安。

从表面看来，诗的结构，与《和严郑公军城早秋》完全一样，但这位“笔底银河落九天”的李白，却另有匠心。从渭水到锦江，以玉垒作长安，是西巡南京（指成都）的事实，可诗中着一“转”字，着一“回”字，由“转”到“成”，由“回”到“作”，便化实为虚，显得气机流畅，转运无痕。此之谓虚实相参，以虚带实。而杜甫的绝句如《承闻河北诸道节度入朝欢喜口号绝句》十二首中的“周宣汉武今王是，孝子忠臣后代看”，“始是乾坤王室正，却教江汉客魂销”，“神灵汉代中兴主，功业汾阳异姓王”等，其病都在于语意太实，语气太重。五绝中，像《武侯庙》《八阵图》也是如此，不一一枚举。

从这个角度来看，绝句似乎不是杜甫的本色当行。这算是杜甫绝句的一种情况。

但我们不应只看到他失败的教训，同时也应看到他的成功的经验。下述两种类型的绝句，便可说明这个问题：

首先在杜甫集里，出现了一种杂感式的谈艺论文，评今鉴古的组诗,如《戏为六绝句》、《解闷》十二首之类者皆是。这类的诗,在前代或同时人的古体中虽偶然一见,然而用绝句来表现这种内容,则是杜甫的创举。

王杨卢骆当时体,轻薄为文哂未休。
尔曹身与名俱灭,不废江河万古流。

——《戏为六绝句》之一

陶冶性灵存底物?新诗改罢自长吟。
孰知二谢将能事,颇学阴何苦用心。

——《解闷》十二首之一

上面引的两首,前一首是针对当时流行的谬论,给予"初唐四杰"以历史的评价,后一首是诗人自道作诗的甘苦的。在短短四句之中,有精辟的分析,有明确的结论,也有批评和讽刺,见出诗人独特的见解,给人以明快和亲切之感。倘若把它意译出来,就是一篇绝妙的杂文。

这类的诗,是随意成吟的,但诗人却能寓深刻的用意于轻松笔墨之中,不矜才情、不使气力地写了出来。它的内容很复杂,涉及的问题很广泛,而组织得又非常灵活。像《戏为六绝句》,有的是谈诗歌创作的原则,批评的标准和尺度,有的是谈诗的风格和意境,有的是对具体作家的评价。分开来看,可以划成几个单元(前一首意有未尽的,后一首可作补充,如"杨王卢骆当时体"一首后,接着就是"纵使卢王操翰墨"一首,"不薄今人爱古人"一首后,接着就是"未及前贤更勿疑"一首);合起来看,又是一个不可分割的整体,是一篇杜甫的诗论之纲。再如《解闷》十二首,则是想到哪里,说到哪里，每一首各自成篇。然而读了之后，人们对于杜甫晚年流寓夔州时的生活和心情，他那忧时念乱，抚今思昔，漂泊无依之感，和热爱生活，热爱创作，追怀旧友，奖掖后进的情怀，却得到了完整的理解。这些都在内容上扩充了绝句的容量，而又是适应于绝句的形式的。

这类的绝句，它可以围绕着一个主题，分别从不同的角度去着笔；也可以把一时所感触到的并没有紧密联系的散杂小诗组合在一起。绝诗只有四句一首，用来表明一个意思，非常集中，非常便当。当然这短小的形式，是有限制的；可是把它集合起来，作为组诗，篇数可多可少，是不受任何限制的。这样，就充分地发挥了绝句这一形式的作用，而在相对的意义上克服了它形式上的局限性。

这类绝句的特点，在于抒情和说理的密切结合，敏锐地反映了诗人的一些片断的思想和零星的见解；它给后人的启发是很大的。后来许多论诗的绝句，如李商隐的《漫成》三首，元好问的《论诗绝句》三十首等，都是《戏为六绝句》的滥觞。其他一些杂感式的小诗，也在不同程度上受到杜甫的影响，那就更不用说了。

人们都知道，晚唐绝句好著议论，下启宋人诗风；殊不知开辟晚唐途径的，却是杜甫。

杜甫的绝句，大半是入蜀以后的作品；入蜀以前的绝句，在杜集中，现存仅有《赠李白》"秋来相顾尚飘蓬"一首。倘用题材区分，就中占绝大多数的，是描写当地风景和风俗人情的。如《春水生二绝》、《绝句漫兴》九首、《江畔独步寻花七绝句》、《三绝句》、《绝句》四首、《夔州歌十绝句》等（上面引的《解闷》十二首，也杂有写景的诗）。

这类题材，在绝句中是最常见的，然而读了杜甫的诗，却有异样的感觉。

第一，在表现手法上，和盛唐一般的绝句不同，它是细致刻画，曲折达意的。如《江畔独步寻花七绝句》之一：

黄师塔前江水东，春光懒困倚微风。
桃花一簇开无主，可爱深红爱浅红？

后两句是说：江岸一簇无主桃花，临风开放，深浅相间，绮彩缤纷，分外显得可爱，真叫人不知爱哪种好。还是深红的可爱，还是浅红的可爱呢？诗人以诘问之语出之，笔意就显得深曲，更为传神。

第二，在音调上，也不像盛唐绝句那样的和谐铿锵。如《夔州歌十绝句》之一：

中巴之东巴东山，江水辟开流其间。
白帝高为三峡镇，夔州险过百牢关。

开头一句，七个字都是平声，第二句的平仄也不合一般的规格（第三字应该用平声，第五字应该用仄声）。这位"老去渐于诗律细"的诗人，难道不知道要谐音韵吗？当然不是。原来他于调声之术，已运到"从心所欲"的神化的境地；是有意从拗中取峭的。他有拗体的律诗，为什么就不能有拗体的绝句？《夔州歌》、《漫兴》、《江畔独步寻花》之类的绝句，大半都是拗体。

第三，在语言的运用上，较之盛唐其他各家的绝句，更多的杂有当时流行的口语。如《绝句漫兴》九首之一：

孰知茅檐绝低小，江上燕子故来频。

衔泥点污琴书内，更接飞虫打着人。

“孰知”（即“熟知”，前引《解闷》：“孰知二谢将能事”的“孰知”同）、“更接”、“打着”这类的词语一连串的运用，在别人近体诗里是很少看到的。

第四，在句法上，有通篇用骈句的（如《绝句》四首中“两个黄鹂鸣翠柳”一首），也有通篇用散句的（如前引《江畔独步寻花七绝句》中“黄师塔前江水东”一首）；有骈散相参，前两句用骈句，后两句用散句的（《少年行》“巢燕养雏浑去尽”一首），更多的是前两句用散句，后两句用骈句（如前引《夔州歌十绝句》中“中巴之东巴山东”一首）可以说是极变化之能事。在章法上往往劈空而来，屹然而止，尤其显得突兀而不平常。

这些诗，和前面说的有关谈艺论文的诗，题材虽有不同，但风格是一致的。它们表现了杜甫绝句的艺术特色。过去有不少选家选录杜甫七绝，独取《赠花卿》、《江南逢李龟年》。应该承认，这两首小诗一唱三叹，婉而多风，确是佳作。然而这在盛唐绝句中是正声，而在少陵，则为别调；真正代表杜甫绝句成就的，在彼而不在此。王世贞在《艺苑卮言》里论盛唐七绝，指出杜甫是“变体”，他抓住问题主要的一面，看出了矛盾的特殊性。杜甫这类绝句艺术风格的特征，借用王安石评张籍诗所说的“看似寻常最奇崛，成如容易却艰辛”（见《题张司业集》）来形容，是最恰当不过的了。“老去诗篇浑漫与”，所以平易；“语不惊人死不休”，所以奇崛。它的妙处，在于活跃着诗人盎然的生活情趣。其中虽也有滞累的句子和晦涩的地方，然而老树着花，枯枝败叶，无损于它的美。

若问这种风格是怎样形成的呢？我以为，首光应该看到的是：

自然之美和生活之美在诗人的艺术构思中得到了融合无间的表现；同时，也不应忽略，它是受到当地民歌的深刻影响的。

杜甫始终是一位关心现实的诗人，遭遇天宝之乱以后，他并没有消极下去；相反地，他的思想是愈来愈深沉了。处于万方多难，避地天涯的岁月里，他那股忧时念国的激情，无从宣泄，出现在他生活周围的一切事物，包括自然界的水流花落，燕语莺啼，都动荡着他心底的微澜，成为他消散苦闷郁悒的寄托。“一物有情皆入赏”，在他的笔底，一一赋予这些客观景物以活泼的生意。

倘若不是把某一首诗孤立地来看，杜甫的热爱生活、热爱自然，总是和忧念时局、忧念人民的心情联系在一起的。其他各体诗是如此，绝句也是这样。杜甫对草堂景物的描写，和“晚年惟好静，万事不关心”王维的辋川题咏，有着实质的不同。

蜀中山水，巉削险峻，别有一天。精雕细刻的现实主义手法，随着杜甫晚年对生活细致的观察，运用得更为纯熟，这就要求他在短小的绝句里洗剥得峭拔劲净，表现出一种刻露清奇的意境。自然之美和艺术之美相结合，是形成杜甫绝句独特风格的客观条件。

民间歌谣在盛唐文人绝句中产生影响最广泛的，是长江中下游的《吴声》、《西曲》。只要翻开一部《乐府诗集》来看，其间痕迹，异常鲜明。当时，由于中外接触的频繁，西北边地的《伊州歌》、《凉州歌》等，在中原也极盛行，朴质刚健的调子，多为文人们所喜爱。这些，都哺育了盛唐绝句极一时之盛。吸取民歌的丰富营养，杜甫和其他大诗人是相同的，然而他却在宽阔的民歌领域中寻找到另一条道路。

明人李东阳《怀麓堂诗话》云：“杜子美《漫兴》诸绝句有古《竹枝》意，跌宕奇古，超出诗人蹊径。”《竹枝》是巴蜀民歌的一种，它是最优美的民间歌调之一，中唐时候，曾经引起一部分诗人的爱好，像顾况、白居易、刘禹锡都有仿作，这是大家都知道的。但却很少有人注意到，第一个勘探、发掘这矿藏的，则是大诗人杜甫。《竹枝》音调的特点是“咽”和“怨”，它有别于江南民歌的柔缓悠扬，也不同于西北民歌的宏阔嘹亮。现今流行的西南的民间歌曲，仍然是在这种传统的音调中，洋溢着浓厚的地方色彩。

《竹枝词》的形式，也是七字一句，四句一首，和七言绝句并无区别。所有文人的仿作，都是这样。它不同于七言绝句的是在音调。音调必须通过歌词的具体语言显示出来。依声作歌的刘禹锡的《竹枝词》是从拗中取峭的，杜甫绝句中的拗体，也是从拗中取峭的。所不同者，杜甫没有直接仿作，不是沿用传统的民歌题材而已。

试把杜甫这类的绝句和刘禹锡等人的《竹枝词》互相印证，它们的来龙去脉，便可以看得线索分明了。李东阳又说，这种意境，“韩退之亦有之”（见《怀麓堂诗话》）。可见这一流派，在盛唐已开其端；在中晚唐，就逐渐扩大了它的影响。这一线索，对我国七言绝句的发展，有重大关系，是值得文学史家密切注意的。

清人沈德潜选《唐诗别裁》，对杜甫这类的绝句一概不入录，理由是“少唱叹之音”（见“凡例”）。确实，杜甫的绝句，并不以反复咏叹，一语百情取胜；然而这只不过是风格上的异同，它又有什么不好呢？譬之嫩蕊繁花、姹紫嫣红的春色，和水清石瘦、橙黄橘绿的秋光，是各有境界，互不相掩的。

古代许多批评家，往往以停滞的眼光，去看待发展中的文学现象；往往看到问题的一面，而不看问题的另一面；不是从作品的本身去加以具体地分析，而是拿着一个固定不变的标准和尺度去进行评价。这样，自然就方凿圆枘，格格不入了。

或问:同样是入蜀以后的作品,为什么说,杜甫的绝句也有失败的教训呢?答曰:内容决定形式,但作为一个既定形式出现,它又有其相对的独立性,适应于一定的内容和一定的表现手法。绝句究竟是抒情的短歌,它只可能抒写一些片段的生活感受和发表些零碎的见解;虽然它同样有强烈的思想倾向性,但对重大的主题,它只可能侧面地反映,而不能正面地叙写;也不可能运用长篇诗歌里那种排比铺陈的表现手法;它在各体诗歌中,毕竟是形式短小的一种。文各有体,虽"尽得古今文人之体势,而兼文人之所独专"的杜甫,在绝对意义上,也无法打破这一形式本身的局限性。

李商隐和他的政治诗

提起李商隐，人们就会很自然地和他的爱情诗联系起来。元好问《论诗绝句》云："风云若恨张华少，温李新声奈若何！"似乎儿女之情，就可以概括一部《李义山诗集》的内容。这显然是片面的，然而它却代表一种较为普遍的看法。人们对李商隐的政治诗，往往是视而不见，或存而不论的。

与此相反，朱长孺笺注义山诗，则强调"托芳草以怨王孙，借美人以喻君子"的比兴之义。他据商隐"楚语含情俱有托"（《梓州罢吟寄同舍》）一语，把所有《无题》之类的诗，都看成是言在此而意在彼，认为有政治上的寓意①。这又走向了另一个极端。

事实上，政治诗和爱情诗同样是李商隐抒情诗的重要组成部分。由于爱情诗中，确有一小部分是别有寄托（究竟是那些篇，过去聚讼纷纭，目前也还不可能完全得出结论），因而在两者之间，就很难划出截然的界线，统计出一个具体数字，但大体说来，他的政治诗在数量上的比重，绝不少于爱情诗。

这大量的政治诗在李商隐创作中应该占怎样的地位，人们的看法又是怎样呢？

《蔡宽夫诗话》说王安石晚年爱读李商隐诗，认为"唐人知学老

---

① 见《李义山诗注序》。

杜而得其藩篱者,惟义山一人而已。"从举的例句看,知其着眼点在于政治诗。沈德潜也认为李商隐的近体诗,"长于讽谕,中有沉着顿挫,可接武少陵者"①。他在《唐诗别裁》七律一体中,录商隐诗至二十首之多,而有关爱情的却一首不选。

然而一般读者的兴趣,则显然在彼而不在此;因此近年来报刊上发表了不少关于李商隐的研究论文,也是多谈他的爱情诗,而少谈政治诗。

我认为:既然政治诗和爱情诗同样是构成李商隐诗的主要内容之一,则代表他创作上的成就的也绝不可能在彼而不在此,或在此而不在彼;重视了某一个方面,而忽视另一个方面,都是偏而不全的;何况两者之间,有其紧密的内在联系,不可割裂开来,更不能对立起来;但由于题材的不同,两者又是有区别的。就研究的程序来说,先从直接表现政治态度的作品着手,弄清作家创作思想的基础及其倾向性,然后由彼及此,互相印证,对进一步进行全面的探讨,将会起着开启关键的作用。

本文试图就这方面,提出一些不成熟的意见。

一

李商隐的先代,从高祖到祖父,都是县令、县尉以及州郡佐贰官;父亲也只做到殿中侍御史。从家庭的社会政治经济地位来看,他是出身于统治阶级的中下层。他那怀州河内(今河南省沁阳县

① 见《唐诗别裁》卷十五。

附近)的李姓,并不是皇室宗支,但他却攀龙附凤地认为"我家在山西"(《戏题枢言草阁三十二韵》)①,而且时时流露出一种"系本王孙"的优越感。夸耀门阀本是唐代士人的结习,但在李商隐,结合他后来畸零不偶的遭遇,却没由来地给自己思想上打下了一个没落贵族的阶级烙印。

商隐早年,不仅风华文采,倾动一时;而且确实怀有"欲回天地入扁舟"(《安定城楼》)的远大抱负。这是"少有大志"的封建知识分子的共同特点,和那些仅知追求富贵利禄的庸俗之徒,是有区别的。

他十六岁时,开始从事文学和政治活动,就受到名公巨卿的赏识。这时,他的心情是单纯而开朗的,正如他在《初食笋呈座中》那首托物寓意的诗所描写的一样:"嫩箨香苞初出林,於陵论价重如金。皇都陆海应无数,忍剪凌云一片心!"然而这积极向上的心情,并没有得到正常的发展,"一杯春露冷如冰"(《谒山》)的现实,把他折磨得像一株从石缝里伸出的倾斜屈曲的畸形的小树;而浮沉幕僚的漂泊生涯,悲剧的遭遇和忧郁感伤的心情,使得他的创作,在文艺园地里开放出风姿绰约、但却是憔悴可怜的病态的花朵。

李商隐所生活的四十七年(公元812—858年)②,已不是唐王朝欣欣向荣,封建统治者还在一定程度上重视人才的时期,而是处于阶级矛盾异常尖锐,统治阶级内部朋党斗争空前剧烈的混乱局面。以宦游为生的知识分子们,总不免要和这一派系或那一派系发生直接或间接的联系。有的人,固然可能因为某种偶然的机会

① 唐朝皇帝自称是汉名将李广子孙中的一支,李广是陇西成纪人,所以唐时皇室的李姓都以陇西标郡望。这里的"山西"即陇西,因陇西郡在陇山之西。

② 关于李商隐的生卒年,有不同的说法,此从张采田《玉谿生年谱会笺》。

而扶摇直上;但同样也可能由于某种原因而遭受排挤打击,以至坎坷失意,沦落终身。特别是具有正义感,有独立政治见解,而不愿只把自己作为某一派系工具的人,更容易遭到这种不幸。

当李商隐在政治生活的海洋里游泳了不久的时候、充满理想的头,就狠狠地碰了现实的壁。

李商隐是处在牛、李党争的夹缝中而成为被牺牲的小人物。这两个基于封建关系的政治集团,同样是通过派系活动以达到其争夺政权的目的的;而牛党之排除异己,尤为无所不用其极。商隐早年受知于令狐父子,但同时他又是与李党有关的王茂元的女婿;所经历的幕府的府主中,则有郑亚、卢宏正等人都属于李党。宣宗朝,牛党代替李党执政,令狐绹做了十年宰相,商隐就在他的压抑下,始终不曾得志过。史称令狐绹掌权后,“招权受贿”,“忌胜己者”。在他的心目中,商隐是个“背家恩,放利偷合”的“小人”,自然应该成为打击的对象,这是无足怪的;可是过去历史上,也把商隐出入于两党之间,作为政治道德的污点来看待,那就失去公正的判断了。

假若李商隐真的是个投机取巧、趋炎附势之徒,则他以爱婿的身份,做了泾原节度使王茂元的幕客的时候,应该是踌躇满志,得意忘形,为什么反有“鸱枭腐鼠”之叹呢?当大中初,李党失势的时候,他满可以翻云覆雨,取好于新上台的牛党,为什么他反而对贬死崖州的李德裕表示无穷悼念之情,而称颂他的功业不置呢①?《旧唐书·文苑传》说令狐绹当国之后,商隐“屡启陈情”。故交新贵,自伤分隔云泥,穷困落拓之中,有望于一为援手,这也是人之常

① 参看《太尉卫公会昌一品集序》(见《李义山文集》卷七)及集中有关诗篇。

情，在所难免。《寄令狐学士》、《钧天》等篇，正是这种心情的表现。至如冯浩所说“哀词祈请，如醉如迷”①，则是由于误解某些《无题》诗所致，就未免言之过甚了。孙光宪《北梦琐言》说：商隐题《九日》诗于令狐绹厅事，“绹睹之惭怅，乃扃闭此厅，终身不处”。轶事流传，虽未必可信，然而商隐在政治上对令狐绹的不满，“不学汉臣栽苜蓿，空教楚客咏江蓠”二语，谴责他不能为国家建立功业，只知嫉贤害能，则用意极为明显。令狐绹不愿看到这样的诗，是可以想象的。

从这一系列的事实看来，李商隐性格中有其耿直的一面。处在如此复杂多变的政治环境里，这种性格，和当时士人中所习以为常的只有门户之见而无是非之分的社会风气，是格格不入的。在《咏怀寄秘阁旧僚二十六韵》里，商隐已作了自白。他的一生遭遇，许多客观因素的凑合，是偶然的；然而他之所以到处碰壁，困顿终身，又有其必然性。

李商隐的世界观是异常复杂的。他那“欲回天地”的壮志，也只是希望在挽回唐王朝衰落的命运中，发挥个人的才能和作用。在一定程度上，他也同情水深火热中的苦难人民，但始终和人民保持着很长的距离；他痛心于权奸当道，朝政日非，但又缺乏反抗精神和斗争勇气；他对统治者不重人才，心怀不满；但又始终怀抱着“燕雁迢迢隔上林”（《写意》）的眷恋之情；“啼莺如有泪，为湿最高花”（《天涯》），往往是乞怜之心多于决绝之意。在“薄宦梗犹泛”的漂泊依人的生涯里，他何尝不是“万里忆归元亮井”（《二月二日》）？然而“无文通半顷之田，乏元亮数间之屋”（《上尚书范阳公

① 见《玉谿生年谱》。

启》），又有求为隐士而不可得的悲哀。这重重的矛盾，如春蚕作茧，纠缠在他的灵魂深处，始终未能解脱，而且也无法解脱。

积极关心现实和消极逃避现实的互相矛盾着的心理交织在一起，构成了李商隐诗歌意识形态的复杂性。就作者思想发展的过程来看，原来居于次要方面的消极因素，逐渐扩大，到后来便成为主导的一面了。过去有人孤立地、静止地只看到其积极的一面，而加以夸大。如朱长孺就认为他“指事怀忠，郁纡激切，直可与曲江老人相视而笑。”①显然是不恰当的；但无视或忽视于这积极的一面，也是错误的。

二

在李商隐大量政治诗中，特别引人注目的，是那首长达二百句的《行次西郊作一百韵》。

这诗以距长安不远鄠县附近的一个破落村庄为背景，描写了甘露之变三年后（公元 837 年），在兵祸旱灾严重摧残下民不聊生的情况；历史地阐述了百余年来社会政治、经济一系列的巨大变化，把今和昔作了鲜明的对比。诗人追溯致乱之源，指出唐朝由盛转衰的转折点——安史之乱之所以爆发，是由于“因失生惠养，渐见征求频”；而安史之乱后，那就“国蹙赋更重，人稀役弥繁”了。“民为邦本、本固邦宁”的儒家仁政思想，贯串了这首长诗；这就是诗人认为救疗唐王朝衰落命运最有效的药方。但他意识到处于

① 见《李义山诗注序》。“曲江老人”指杜甫。

“使典作尚书，厮养为将军”的时代，自己的政治理想是行不通的，因而对黑暗现实中某些令人不能容忍的现象，感到“冤愤心如焚”，而采取了揭露和批判的态度。

《引次西郊作一百韵》较系统地反映了李商隐的政治思想；它所接触到的问题，也比较广泛。倘若以此诗为纲，那么我们会在其他许多诗里，进一步地分别看出他对当时发生的某些重大政治事件的态度和见解。

首先是对宦官专政的猛烈抨击。

前后延续四十多年之久的牛、李党争，只是统治阶级内部矛盾的一个方面；主要而且表现得更为尖锐的另一方面，则是出身于社会中下层的知识分子、新进官僚和宦官的斗争。关于前者，商隐对他们党同伐异的宗派活动是不满的；然而对两党中某些具体的人，他们在政治上某些具体的措施，则采取区别对待的态度。由于切身遭受到宗派活动的打击，而其中人与人之间的复杂关系，又多有难言之隐，于是商隐憔悴自怜的心情，往往是通过咏物诗或爱情诗的形式，隐约其词地表现出来。关于后者，他曾正面地表示过态度。

安史之乱后，朝廷大权逐渐落入宦官手里。宦官在幕后支配着皇帝，成为统治集团中最黑暗、最凶暴的特权势力。外廷官僚依附宦官，无耻地奔走于宦官门下，已成为数见不鲜的事。牛、李两党在宗派活动中，也往往不择手段地勾结宦官，用来打击政敌，取得权位。敢于同宦官正面展开生死搏斗的，前有顺宗朝的王叔文集团，后有文宗朝的李训集团。他们都是代表当时统治阶级中积极要求革新政治的激进派。但他们的两次斗争，都不幸失败了。

太和九年（公元 835 年）的甘露之变，不仅首谋的李训、郑注被杀了，连未曾预谋的宰相王涯、贾悚、舒元舆等人也遭受池鱼之殃。

宦官不仅大批屠戮官僚，而且率领禁军，到处烧杀掳掠老百姓，造成长安一带“伏尸万户，流血千门”的浩劫。然而这一事件发生以后，在封建士大夫中，舆论却极为混乱。李训和郑注是新进的官僚，平素被人轻视，和王叔文的失败一样，他们被人骂为奸贼；而对宦官的横行，则谁都不敢说一句话。就连写过《宿紫阁山北村》、《轻肥》的白居易，也只是慨叹王涯等人的“白首同归”，而庆幸于自己“青山独往”①，明哲保身而已。当时的环境气氛，是异常令人恐怖的。因作《月蚀》诗而得罪宦官的老诗人卢仝，在这次事变中的惨死，就是个现实的教训。但年轻的李商隐却毫无顾虑地写了《有感》二首和《重有感》。

《有感》二首，于李训虽不无偏见，然而作者对这次斗争的政治意义，是肯定的；对他的死，是同情的。诗中真实地反映了事变的情况，斥宦官为“凶徒”，表示了莫大的愤慨。在《重有感》里，他进一步寄希望于上疏声讨宦官罪行的昭义军节度使刘从谏，要他以实际军事行动，实现“清君侧”的诺言，以扫清长安一带“昼号夜哭”的人民灾难②。

值得注意的是：李商隐的义愤，并非激于一时，而是基于明确的思想认识。这从他和刘蕡有关的几篇诗以及其他文章里，就可得到证实。

太和二年（公元828年），刘蕡于贤良方正考试对策中，因痛斥宦官专权而落第，直声震动一时。商隐在令狐楚幕中，与刘一度相

① 见《白氏长庆集后集》卷十三《九年十一月二十一日感事而作》（其日独游香山寺）。

② 当时，刘从谏上疏朝廷，有云：“谨当修缮封疆，训练士卒；……如奸臣难制，誓死以清君侧。”

识。会昌三年(公元841年),刘被宦官陷害,迁谪柳州,路过洞庭,与商隐相遇,商隐作有《赠刘司户蕡》一诗;次年,刘蕡死在柳州,商隐哭他的诗共有四首。把这些诗综合起来看,商隐对刘蕡的崇敬与同情,是和刘的政治观点密切联系着;他们之间的交谊是有共同的思想基础的。在这些诗里,商隐结合刘蕡的遭遇,反复地阐明了一个中心思想:他认为唐朝之所以不能振兴,是由于贤人的失位;而贤人的失位,则是由于宦官的一手遮天;不去宦官,一切政治改革都谈不上。他在《为郑州天水公言甘露事表》中有云:"宰相王涯等,或久服显荣,或超蒙委任,徒思改作,未可与权。"①从"改作"一语中,也可看出商隐认识到李训等之谋诛宦官,是为了企图革新政治。

在当时,能有这样的认识是不可多得的。张采田说:"以韩昌黎之学识,尚罪(王)伾、(王叔)文;杜牧之辈,更无论焉。义山持论,忠愤郁盘,实有不同于众论者。"②这话并非溢美之谈。

在商隐政治诗中,另一个突出的思想,则是对国内和平统一的深长向往。

内则宦官和官僚盘踞朝廷,外则野心军阀割据州郡,两者互相联系,两种恶势力经常是勾结在一起的。藩镇割据,是安史之乱的延续。在兵连祸结的长期混战中,生产受到破坏,人民大量死亡,到处都出现了"积骸成莽阵云深"(《隋师东》)的悲惨景象。商隐坚决主张健全唐王朝的国家机器,加强中央政权的统治力量,以重现和平统一局面。他一方面痛心于朝廷的姑息养奸;认为这种混

① 原文已佚,见《邵氏闻见后录》引。其中"超蒙委任",系指李训而言。

② 见《玉谿生年谱会笺》卷一,开成元年(编年诗)"重有感"条。

乱情况的存在,是朝廷的莫大耻辱。“列圣蒙此耻,含羞不能宣;朝臣拱手立,相戒无敢先。”(《行次西郊作一百韵》)对中唐以来,统治者的庸懦无能加以讽刺;另一方面,他严正地警告那些凭依险阻、拥兵自雄的野心军阀们。《井络》一诗,在描写蜀中地形、咏叹过去建国蜀中而终于不免灭亡的史实之后,结尾的地方,诗人意味深长地说:“将来为报奸雄辈,莫向金牛访旧踪!”这一当头棒喝,是多么富于震动力!

这种思想,也不是偶然出现的,同样是构成商隐政治诗内容的核心之一。了解了这点,则那首为人所传诵的《韩碑》的现实意义,也就轩豁呈露了。这诗以咏史形式出现,旧本向不编年。我从诗中所流露的强烈的感情色彩,印证史实以及商隐其他有关诗文,初步论断为会昌三年唐朝平定泽、潞时所作。

安史乱后,宪宗李纯曾一度努力于削平藩镇叛乱,虽未能竟其全功,但总算给久病不支的李唐政权打了一针强心剂。穆宗和敬宗、文宗三朝,河北叛乱继起,又出现了不可收拾的局面。武宗时,李德裕执政期间,昭义军节度使刘从谏死,他的侄儿刘稹按照军阀割据的老例,先行继立,造成既成事实,然后迫使朝廷追认。但在李德裕的坚决主张下,终于用武力平定了这次叛乱。

泽、潞五州,近在腹心之地,这和元和时吴元济之据淮西,形势是相类似的;武宗力排众议,独任李德裕,卒成大功,与宪宗之于裴度,其情况又是相同的。《韩碑》中热情歌颂了宪宗和裴度,实际是赞美武宗和李德裕。作者借歌咏历史事实,以表达其现实的政治观点。

《平淮西碑》的作者韩愈,是极力主张用武力平乱的。征淮西时,他任行军司马,淮西平定后,“咏神圣功书之碑”的也是他。商隐和韩愈的身份不同，当时，他只是参加战役的河阳节度使王茂元幕下，写了《为濮阳公与刘稹书》、《行次昭应县道上送户部李郎中充昭义攻讨》之类的诗文，然而他的思想，和韩愈是一致的。他之所以如此地重视这篇《平淮西碑》，正因为它所记述的功业和所表现的思想，给后代指出了巩固政权的道理，关系到国运的兴衰。故此诗结尾处云："愿书万本读万遍，口角流沫右手胝。传之七十有二代，以为封禅玉检明堂基。"卒章显志，语重心长，耐人寻绎。

国内的情况如此混乱，边境又常受到回纥、党项和吐蕃的侵扰，这也是诗人所时刻关怀的，《骄儿》里说："况今西与北，羌戎正狂悖。诛赦两未成，将养如痼疾。"这诗作于大中三年（公元849年）。据历史记载：会昌末，党项攻陷盐州边界的城堡，唐朝发诸道兵抵御，连战无功，一直拖到大中四五年，还没有平定。商隐在《汉南书事》里说："文吏何曾重刀笔，将军犹自舞轮台！"我国是个多民族的国家。民族之间的矛盾纠纷，是难以避免的历史现象。形成这种矛盾纠纷的原因很复杂，但在多数情况下，往往是由于汉族统治者处理失当之所致。像这次党项的入侵，就是因边将抢掠他们的牛马，乱杀他们的人民而引起的，因而不能完全依靠武力解决。"几时拓土成王道？从古穷兵是祸胎！"商隐在这里不仅斥责了"文吏"和"将军"的腐朽贪婪，而且说出了自己的政治见解，表现了忧深思远的心情。

在李商隐诗里，较为常见的是对统治者的腐朽昏庸及其侈奢糜烂生活的冷嘲热讽。他那犀利的笔锋，甚至可以直接指向皇帝，而无所顾忌。例如唐玄宗和杨玉环的故事，是唐人经常歌咏的题材。人们对玄宗色荒乱政，也多表示不满；然而关于杨玉环入宫的一段丑史，则采取回避的态度，"为尊者讳"。如白居易在《长恨歌》里所叙写的“天生丽质难自弃，一朝选在君王侧”那样，只能兜个圈子绕过，是不敢正面触及的。李商隐《龙池》末二句则云：“夜半宴归宫漏永，薛王沉醉寿王醒。”其大胆揭露精神，在当时真能使人瞠目咋舌。商隐的政治讽刺诗，有的就是这样单刀直入；有的则结合个人遭遇，从亲身感受着笔；而更多的则借咏史的形式表现出来；也有一小部分，则托之于云阶月地的游仙之词。

例如《任宏农尉献州刺史乞假归京》末二句云：“却羡卞和双刖足，一生无复没阶趋。”寓辛辣的讥刺于沉痛心情之中。这诗是商隐初释褐任宏农尉时因活狱忤观察使孙简所作。在另一首《贾生》里，他慨叹于贾谊的怀才不遇，虽然贾谊处于历史上所称为有道明君汉文帝的时代，然而他所能得到于皇帝的，也只是“不问苍生问鬼神”令人啼笑皆非的政治际遇。两诗一是对现实的愤懑，一是对历史的感慨，然而它们同样揭示了一个客观真理：封建统治者是不可能真正重视人才的。

义山咏史在创作上的特色，如他在《李长吉小传》里说李贺，“未尝得题然后为诗，如他人思量牵合以及程限为意”一样，他也不是为咏史而咏史，而是以古鉴今、思古慨今或托古讽今；都是密切结合当前政治现实，有感而发的。

其借咏怀古迹以抒发政治感慨的，如《潭州》、《宋玉》、《筹笔驿》、《汉宫词》等篇，托意都很深远。其针对现实，提出历史教训的，笔意尤为警策。如唐朝皇帝中，因求仙饵药而致死的极多，宪宗服李泌之丹而为宦官所杀；穆宗和武宗也是误服丹药而促寿的。商隐《瑶池》云：“八骏日行三万里，穆王何事不重来？”《华岳下题西王母庙》云：“莫恨名姬中夜没，君王犹自不长生。”尖锐地指出，求的是长生，而得到的却是短命，真无异给他们兜头浇了一瓢冷水。再如《隋宫》的“春风举国裁宫锦,半作障泥半作帆”,《马嵬》的“君王若道能倾国,玉辇何由过马嵬”? 都善于即事微挑,从大处着眼,从小处入手,在无多的笔墨之中,发人深省,给人以集中而明快的感受,达到了语言敏锐性和思想深刻性的统一。

在李商隐诗中,更有一类是讽刺现实,有所专指,仅仅借咏史为题的。这类的诗,内容和标题往往并不完全相吻合,词意隐约,若即若离,然而读了以后,使人感到并不只是在咏史。如《览古》、《南朝》、《北齐》、《咏史》、《隋宫》、《茂陵》之类,都是有具体的现实的人和事在。

例如,《富平少侯》和《陈后宫》都作于宝历年间(公元825—826年),是讽刺敬宗李湛的童昏失政。“富平少侯”的标题,虽然令人难以捉摸,但诗一开头就说:“七国三边未到忧,十三身袭富平侯。”隐括内忧外患,把整个时局系在这人身上,知所指绝非一般贵族。结尾处云:“当关不报侵晨客,新得佳人字莫愁。”突出了沉迷女色,荒废朝政的主题,也就是“从此君王不早朝”的意思。据苏鹗《杜阳杂编》载:宝历时,浙江贡舞女飞鸾、轻凤二人,入宫后,极使敬宗颠倒。印证有关史实,就会发现这类诗篇都是有的放矢,诗人笔锋所指,都是有着落的。当时朝政紊乱已极,而敬宗的荒淫,却有加无已。后来终于变起宫禁,他在酒醉夜猎之中,被人杀害。诗人在《陈后宫》里比之为号称“无愁天子”的北齐后主高纬;齐和陈是两不相涉的,看来似乎用事脱离了题目,然而它却比拟得确切异常。

李商隐的游仙诗,绝大部分描写爱情,但也有一些是影射宫闱秘事的。例如《碧城》三首,前人索解纷纭,但从最后一首末二句“武皇内传分明在,莫道人间总不知”看来,显然指的是宫廷荒淫生活,不过我们难以确知其本事而已。这类的诗,艺术上极为成熟,奇妙的想象,绵邈的情思,构成一种隐约朦胧而又绚丽多彩的神秘意境,有如海市蜃楼,空灵缥缈,万景毕呈,给人以应接不暇的美的感觉,最能看出商隐诗的独特风格。这也属于政治讽刺诗的一类。

三

把政治上的感触和生活上的抒情紧密地联系在一起,通过个人的身世遭遇,通过日常生活的歌咏而表现出自己对现实一系列重大问题的肯定或批判,这是李商隐大量政治诗中的主要内容;从这可以看出他在思想上所能达到的高度。然而这仅仅是问题的一面,我们不能忽略其另一面,那就是他诗歌中所表现的浓厚的消极感伤情绪。

如前所说,商隐早年的诗,并不乏活泼轻快之作,但其中也时常流露出一种伤感年华的病态心情。“夕阳无限好,只是近黄昏”(《乐游原》),“日向花间留返照,云从城头结层阴”(《写意》),时代和阶级没落的投影,到后来在他的创作里,阴暗面就愈来愈扩大了。如人们所熟悉的《杜工部蜀中离席》,是大中五年(公元 851 年)商隐由梓州赴西川时所作。当离筵别席之间,对酒听歌之际,诗人慨叹于“雪岭未归天外使,松州犹驻殿前军”,说明他关心国事,并没有忘怀现实。然而怎样对待这些现实呢,则是采取虚无主义的态度,诗里表现的是惆怅不甘的低徊情绪,最后,流露出无可奈何而托之于醇酒妇人的颓废思想;其基调是忧郁而低沉的。这类的诗,在商隐后期作品中最为常见。我们不免要问,他初期的那种敢于面对现实、敢于干预生活的批判精神到哪里去了呢?这就不得不从诗人具体的社会实践和艺术实践,即他的生活道路与创作道路去理解。

前面说过,李商隐在封建知识分子中,尚不愧为一个有理想、有抱负的人;然而,他始终缺乏实际的锻炼,对生活体验不深,因而他的生活道路总不能不说是较为狭窄的。

早年他以文士的身份,游历公卿之间"浪迹江湖白发新"(《赠郑谠处士》),到老仍然是个弹铗依人的幕客。人们赏识他的是文采和才华,使用于他的是笺启章奏之类的文字之役。谁也没有从政治上给以应有的重视,就连他的岳丈王茂元以及后来待他最厚的柳仲郢也不例外。处于这样一个政治生活异常复杂、阶级矛盾和统治阶级内部斗争十分剧烈的时代,他的内心是深感苦闷的。他曾经不止一次地企图在政治上奋发有为,然而事与愿违,理想都一一归于幻灭了。软弱的阶级本质,使得他并没有通过个人遭遇,进一步与统治集团决裂,从而深入生活,加深和扩大自己的认识。相反地,当他在朋党倾轧中被抛出政治轨道之后,他就找不到生活的出路,看不见个人的前途,"欲问孤鸿向何处,不知身世自悠悠"(《夕阳楼》),"回头问残照,残照更空虚"(《槿花》)。孤独和寂寞的魔爪,紧紧抓住了他的心灵,他觉得"浮云一片是吾身"(《赠郑谠处士》),连自己都成为多余的了。这就是李商隐所不愿走而又不能自主地走上的一条生活道路,也就是他诗歌星所表现的消极感伤情绪的社会根源和阶级根源。

从创作方面来讲,其初他还是敢想敢说,敢于嬉笑怒骂的,然而"途穷方结舌","逢薾即便吹"(《咏怀寄秘阁旧僚二十六韵》),

能够说、愿意说、敢于说的话越来越少，不能说、不愿说、不敢说的话越来越多，创作的领域，自然就愈来而愈狭隘了。另一方面，他在诗歌的艺术技巧上，却愈来而愈成熟，他自己也满足于“声名佳句在”（《崇让宅东亭醉后沔然有作》），而钻进了象牙之塔，逐渐地重技巧而轻内容；甚至在某些诗篇里，有着绨章绘句、玩弄技巧的不良倾向。这是生活面不够广阔的诗人往往走上的一条创作道路。生活和创作是统一的，对李商隐来说，这就使得他的诗呈现出前期和后期、思想和艺术之间发展不平衡的现象。

总的说来，作为李商隐政治诗的思想基础，是统治阶级内部的矛盾，而不是阶级的矛盾；他对现实所采取的批判和揭发的态度，是从个人不满这个立足点出发的。即使他前期政治性较强的诗，其进步意义，也并没有超出这个范畴。虽然诗人在评述这些事件时，总是在某种程度上表现了同情人民的思想，然而如杜甫《三吏》、《三别》之章，白居易《秦中吟》、《新乐府》之作，在李商隐诗里是找不到的。

商隐有些反映重大政治事件的诗，感时伤乱的诗，如《隋师东》、《有感》二首、《重有感》、《曲江》、《汉南书事》等篇，开阖纵横，沉郁顿挫，笔意确实有些近似杜甫。王安石认为他“知学老杜”，是不错的。然而为什么仅能“得其藩篱”，而不能入其堂奥呢？这就是思想基础的问题了。正因为思想基础的单薄，所以在某些诗篇里，倾向性就不够鲜明。例如《少年》一首，讽刺了骄姿色荒的贵族，是确有所指的。此诗前六句纯是客观的描写，结尾二句“灞陵夜猎随田窦，不识寒郊自转蓬”才“曲终奏雅”，揭开隐藏在重重帘幕里的诗的主题。然而这微弱的不满，并不能说明诗人对于这种不合理现象有什么强烈的憎恨，从而引导人们进一步认识造成当时这种现象的罪恶本质;相反地,从那带有欣赏意味的描绘中,倒可以看出作者思想深处和这富贵豪华的生活有着某些割不断的丝丝缕缕的联系。

这类的诗,诗人的情感是模糊的,因而他的批判,也就显得有些有气没力。

四

归纳以上所述,我有以下几点看法:

第一,政治诗是李商隐全部诗的重要内容之一,无论从质量或数量上看,它们在文学史上以及诗人创作中所应占的地位,都并不低于他的爱情诗。过去有部分人忽视了这个主要方面,以致在一般读者中造成了一种只知李商隐有爱情诗而不知有政治诗的带有普遍性的错觉。这对理解李商隐的整个面貌是有妨碍的,是不能见其全人的。

第二,九世纪三十至五十年代里所发生的许多重大的政治事件,凡在李商隐诗里有所反映的,诗人都表示了自己的态度和意见,较深刻地揭露和讽刺了当时的统治阶级的昏庸和腐朽,并表现了某些关怀人民疾苦、同情人民的思想。从政治诗来看李商隐,他虽不能和稍早的张籍、白居易等诗人相提并论,但却高出于与他齐名的杜牧和温庭筠。

第三,李商隐的政治诗,并不是个简单的统一体。诗中积极因素和消极因素的互相渗透,反映了诗人世界观的矛盾的复杂性。从创作的发展过程来看,有前期和后期的差异,但他的生活道路和创作道路却是统一的。从题材来看,有意义大小的不同;从思想和艺术来看,两者之间也存在着不平衡的现象。我们既不能一概肯定,也不可一概否定,必须从作品的客观实际出发,采取区别对待的态度,予以实事求是的评价。

玉谿生诗中的用典

文学是不断向前发展的。唐代诗歌在语言艺术方面,杜甫之后有了李商隐,才发展到一个更成熟的境地。这首先表现在典故的运用上。

商隐诗中有一部分是用白描手法来直接写景或抒情的,也有一部分是用典。对于这些用典的诗,过去有人把它比成獭祭鱼①,认为"用事深僻,语虽工而意不及"②。但也有人赞叹其"精切不移,横绝前后"③的。

其实诗歌中的用典,是很自然的趋向。从语言艺术的角度来说,它正是文人制作的特色;在客观上是适应于唐代所通行的今体诗的形式而发展起来的。所谓用典,实质就是借古事来表现现实生活内容的一种手法。现实生活内容至为繁复,而诗歌的语言则要求精粹,特别是今体诗。如何概括最繁复的现象和感受,纳入于精粹的语言之中,安置在固定的短短篇幅之内,使之平匀妥帖,内容和形式统一起来,用典是重要技巧和手段之一。因为任何一个典故,都必然有其具体的情节过程,它可以通过作者和读者的共同理解来说明与之相类似的作者所需要说明的问题,大大提高了语

① 见黄鉴《杨文公谈苑》。

② 见《蔡宽夫诗话》。

③ 见辛文房《唐才子传》。

言的暗示作用;同时,典故的本身,是社会历史现象的集中和概括。社会历史事件不一定都能成为典故;成为典故的必然有它的典型意义。运用在诗歌里,可以丰富和扩大艺术形象的思想内涵,加强其感染力。典故的运用,必须以广博的文化知识为基础。文人诗歌都喜欢用典,特别是唐代五、七言今体诗的体制定型以后,这种风气尤为普遍。在精益求精的语言艺术锻炼中,我以为李商隐确实是达到登峰造极的地步。

关于这,我们可以从下列几方面去体会:

商隐诗中的用典,在组织结构的严密性上是突过前人的。他往往把他所需要表达的意思,在一首律诗的主要部分里完全通过典故来把它表现出来。值得注意的是:这些典故经诗人恰当安排,立刻系统化起来,成为一个有机的整体,使我们看到的不是片断拼凑的七宝楼台,而是思维织成的天机云锦。如《隋师东》:

东征日调万黄金,几竭中原买斗心。
军令未闻诛马谡,捷书惟是报孙歆。
但须鸑鷟巢阿阁,岂假鸱鸮在泮林?
可惜前朝玄菟郡,积骸成莽阵云深!

诗中所写是太和三年(公元829年)沧景乱后情况。中间四句,每句一典,但通过诗人的组织,它们便发生了不可分割的内在联系,系统地表达了诗人完整的思想感情。对于李同捷叛乱不能迅速平定的原因,以及由于兵连祸结而造成人民深重的灾难,表示了他的看法和感慨。而它所用的典故,都是有着典型意义的。例如三、四两句是指斥讨沧景诸军的。按:《通鉴·唐纪》五十九太和二年(公元823年)有这样的记载:

> 时河南、北诸军讨同捷,久未成功。每有小胜,则虚张首虏以邀厚赏。朝廷竭力奉之,江、淮为之耗弊。

证以史籍,诗人确是真实地描绘了客观现实,所以下面就进一步指出了根本问题的症结所在,归结到中央政府的不能够任用才能,因而地方上只落得“积骸成莽”的惨状了。诸葛亮斩马谡以肃军纪①,王濬的虚报战功闹成笑话②,这样的典型事例,在这里通过“未闻”、“惟是”从正反两面把它们串联为一个意思。不但运笔如舌,转掉自然;而且当时这些骄兵悍将军纪弛废,邀功冒赏达到怎样的程度,也就不难想象了。这些地方,正由于用典而丰富了诗歌的形象。葛立方《韵语阳秋》载杨亿爱商隐诗不忍释手,认为“包蕴密致,演绎平畅。味无穷而炙愈出,钻弥坚而酌不竭”。西昆诗人之宗尚商隐,主要在此。至于他们是否能继承这种精神,则是另一问题。

商隐诗中的用典,另一种情况是:他往往以最轻灵的笔触,从侧面或反面即事微挑,引导读者自己去思考问题,使全诗意境显得活泼生动、透彻玲珑,而不黏滞于他所征引的事实的本身现象。例如《宫妓》是一首揭露宫廷秘密的诗篇。一开头,他说:

> 珠箔轻明拂玉墀,披香新殿斗腰支。

这种歌舞场面,是足以使人沉醉于其中的。但诗人并没有继

---

① 诸葛亮伐魏,攻祁山,使马谡督诸军在前。谡违反调度,败于街亭。亮斩谡以谢三军,并自贬三等。事见《蜀志·诸葛亮传》。

② 晋伐吴,杜预虏吴都督孙歆。事前,水军将领王濬报功时,列有孙歆首级,及至孙歆被俘,洛阳传为笑谈。事见《晋书·杜预传》。

续描写下去,突然一转道:

不须看尽鱼龙戏,终遣君王怒偃师。

为什么不能看下去呢?原来唐代宫闱的防闲,并不严肃,这种热闹场合,正是宫中男女间发展爱情最好的机会。诗人不把它正面地说出来,只是借"偃师"的典故轻轻地点一下,聪明的读者就会从典故的具体内容①,参透个中消息了。周穆王之怒偃师,出于误会;宫禁中的秘密事件,传自风闻。典故这样的运用,不但活跃了诗歌的语言,而且给整个的艺术形象蒙上了一层烟雾般的轻纱,显示出一种隐约深微、是耶非耶的意境,画龙点睛,表现得恰到好处。

又如《瑶池》一诗,是讥刺唐代君主求仙的愚妄的②。全诗写周穆王会见西王母的神话故事。最后两句说:

八骏日行三万里,穆王何事不重来?

用反诘语气来点明主题,用意极为深长。按:《穆天子传》载,穆王与西王母分别时,西王母作歌曰:

白云在天,山峻自出。道里悠远,山川间之。将子毋死,

① 《列子》:"周穆王西巡狩,越昆仑下还。道有献工人名偃师。偃师所造能倡者……锁其颐则歌合律,捧其手则舞应节。千变万化,惟意所适。王以为实人也,与盛姬内御并观之。技将终,倡者瞬其目而招王之左右侍妾。王大怒,立欲诛偃师。偃师大慑,立剖倡者以示王,皆傅会革木胶漆白黑丹青之所为。"

② 唐代君主多好长生之术。宪宗、穆宗均为方士所愚弄,武宗也是服金石药致疾而死的。

尚能复来!

穆王答复说:

予归东土,和治诸夏。万民平均,吾顾见汝。比及三年,将复而野。

原来这里的“不重来”,是和歌辞的内容密切相联系着的。“重来”是穆王的主观愿望,有了日行三万里的八骏,也可以克服“道里悠远,山川间之”的困难。但他为什么“不重来”呢?无可奈何的是西王母歌辞里所说的“将子毋死”的问题,假如死是不可避免的话,那就什么也就谈不上了。周穆王会见西王母本来是荒唐无稽的传说,而周穆王并没有成仙则是事实。最高统治者的服食求仙,无非是为了不死。诗人抓住了他们心理中的主要一环,给以命中的一击,像发人深省的暮鼓晨钟一样。典故如此的运用,真已达到融浑无迹的神化境界了。

再如《马嵬》一诗,是讥刺唐玄宗对杨贵妃的爱情不够坚贞的。五、六两句说:

此日六军同驻马,当时七夕笑牵牛。

上句即白居易《长恨歌》所咏“六军不发无奈何,宛转蛾眉马前死”的事实,下句即《长恨歌》所咏“七月七日长生殿,夜半无人私语时”的事实。七夕是牵牛和织女相会的日子,为什么要“笑牵牛”呢?原来他们“私语时”的誓言,是“在天愿为比翼鸟,在地愿为连理枝”，一刻也不能分离。对牵牛和织女一年一度的会期，也感到不满足，因而觉得这样的神仙眷属是可笑的。可是当马嵬六军不发的时候，唐玄宗就经不起考验，把对方当作牺牲品了。两句各咏一事，一今一昔，两两对照，不但把诗人对问题的看法，表达得明白如话，特别是句中着一“笑”字，使得通体超脱空灵，连诗人的情感也活跃纸上了。和商隐同时的温庭筠《苏武庙》诗有句云：

回日楼台非甲帐，去时冠剑是丁年。

上下句之间的结构，属对的工巧，和这两句大致相同。但温诗仅仅是从正面描绘了苏武从奉使以前到回国之后十九年羁留异域的沧桑之感，而李诗则从侧面着笔，像点水的蜻蜓一样，轻轻一掠，便划破波痕，揭露了最高统治者爱情的虚伪。比较起来，就不得不令人有所轩轾了。

这样的手法，在商隐诗里是纯熟地被运用着，例子不胜枚举。如《隋宫》中的“于今腐草无萤火，终古垂杨有暮鸦”一联，不也是给我们以同样的感觉吗？

商隐诗中的用典，不仅如上所述是一个艺术技巧的问题；更值得注意的是它表现了深刻的思想意义。姑以《筹笔驿》为例，筹笔驿在四川北部，三国时，诸葛亮伐魏，尝驻驿于此，筹划军事。这诗是凭吊古迹之作。五、六两句云：

管乐有才真不忝，关张无命欲何如？

上句以管仲、乐毅比诸葛亮，下句慨叹于关羽和张飞的不幸身死，似乎并无深意，而且两句之间，也没有什么关联。可是再想一想，就不是这样的简单。“管乐”句并非泛指，是诸葛亮在未出山以前用来自拟的，见《蜀志·诸葛亮传》。管仲佐齐桓公成霸业，乐毅为燕昭王破强齐，诸葛亮替刘备筹划并实现了鼎峙三分的局面，比之于管、乐，当然是“不忝”的。但为什么不能挽救蜀汉危亡的命运呢？这和关、张之死有着极大的关系。我们知道，自刘备死后，诸葛亮当国以还，蜀、魏斗争的形势逐渐有了变化，蜀汉渐渐走下坡路。这固然由于经济力量的对比，但人才的消长也是重要因素之一。所以诸葛亮在《后出师表》里十分慨叹于“关羽毁败，秭归蹉跌”，认为是蜀汉兴衰的一个关键性问题。这里的“欲何如”，就诸葛亮而言，意思说，大厦将倾，一木是难以撑持的。诗人在第四句里提出了“终见降王走传车”，这里便就蜀汉终不免于灭亡的原因作出这样的分析。不但说明了对历史问题的正确理解，而且连诸葛亮在当时那种“鞠躬尽瘁，死而后已”的艰苦奋斗精神，和风雨飘摇，四顾苍茫的感慨，也都表现得深情若诉。对诸葛亮的歌咏，是古典诗歌中经常看到的题材，我们试把这两句和温庭筠的“下国卧龙空寤主，中原得鹿不由人”①比较一下，高下立见；甚至连传诵千古的“伯仲之间见伊吕，指挥若定失萧曹”②杜甫的名句，也不得不为之减色了。因为杜诗还只是一般的赞叹、比拟，这两句则紧密地联系到诸葛亮的平生和具体的客观历史条件。因而不但使我们读起来，分外感到亲切有味，同时，它所表现的思想意义，也就更为深刻。而这和典故的运用，是分不开的。

---

① 《经五丈原》中的句子。

② 《咏怀古迹五首》中的句子。

综上所述，我们可以看出李商隐是怎样在诗歌的语言艺术中创造性地发挥了典故的作用。当然这并不是说，所有商隐用典的诗都是好诗，事实上他也有不少的堆砌排比、未能免俗的应酬之作；更不是说，所有商隐不用典的诗都不好，同样在白描手法上，《玉谿生诗集》里，“羌无故实使人思”[①]的妙句触目皆是；在李、杜、韩、白之外，也是自立一宗，各不相掩的。关于这，过去论者已多阐发，这里就不再说了。

① 王士禛《戏仿元遗山论诗绝句三十五首》中的句子。

从严羽的《沧浪诗话》到高棅的《唐诗品汇》

我国古代诗歌的发展，由唐入宋，是个转变的关键。宋诗自苏、黄出，开启了一种“以文字为诗，以才学为诗，以议论为诗”的风气，语言渐趋于散文化。到江西派盛行，诗风就更加生硬僻涩了。江西而后，永嘉四灵和江湖派继起，规抚姚合、贾岛，作风和江西不同，而取径愈狭。正如俞文豹《吹剑录》所云：“局促于一题，拘挛于律切，风云色泽，轻浅纤微，无复浑涵气象。求如中叶之全盛，李、杜、元、白之瑰奇，长篇大章之雄伟，或歌行之豪放，则无此力量矣。”所以严羽在《沧浪诗话》里大声疾呼地指出，“推原汉、魏以来，而截然谓当以盛唐为法。”（《诗辨》）元代诗风，好奇诡，尚纤巧，沿着新变的道路，每下而愈况。变极思复，到明朝初期，力宗盛唐，倾向于复古，就成为诗坛普遍的风气。

闽中十子以林鸿为首，而这一诗派的诗歌理论则具体地体现在高棅的《唐诗品汇》里。

《唐诗品汇》成于洪武年间，凡九十卷，共选录六百二十家，诗五千七百六十九首，又拾遗十卷，补录六十一家，诗九百五十四首。是一部比较全面的、有着广泛影响的大型唐诗选本。《四库全书总目提要》云：“明初闽人林鸿始以规仿盛唐立论，而棅实左右之，是集其职志也。”此书凡例之前，有一段很重要的自述：

> 先辈博陵林鸿尝与余论诗，上自苏、李，下迄六代：汉、魏气骨虽雄，而菁华不足；晋祖玄虚；宋尚条畅；齐、梁以下，但务春华，殊欠秋实；惟李唐作者，可谓大成。然贞观尚习故陋；神龙渐变常调；开元、天宝间，神秀声律，粲然大备，故学者当以是为楷式①。余以为确论。……及观沧浪严先生之辨，益以林之言可征，故是集专以唐为编也。

这里不仅揭出了编选的宗旨，而且可以看出高氏的诗学渊源，是推衍沧浪之绪论的。

沧浪谓论诗之法有五，一是体制，二是格力，三是气象，四是兴趣，五是音节（见《沧浪诗话·诗辨》）。《唐诗品汇序》一开头就说："有唐三百年诗，众体备矣。故有往体（即古体）、近体、长短篇（即长短句）、五、七言律、绝句等制。莫不兴于始，成于中，流于变，侈之于终。至于声律、兴象、文词、理致，各有品格高下之不同。"也是从辨体入手，而进一步评论作家和品藻作品的。全书分体编次，以类相从；每类目录之中，将入选作家分别归纳为各种不同的类型，并缀以短论，品第其高下。其论纲则概括在序言里。它所论述的主要是唐诗的分期问题，以及各个时期各体诗歌的特色。

《沧浪诗话·诗体》曾说，"以时而论"，唐代的诗歌有"唐初体"，（原注："唐初犹袭陈、隋之体。"）"盛唐体"，（原注："景云以后，开元、天宝诸公之诗。"）"元和体"，（原注："元、白诸公。"）"晚

① 把开元、天宝年间，作为唐诗发展的全面成熟阶段，是殷璠最早提出来的。《河岳英灵集序》云："自萧氏以还，尤增矫饰。武德初，微波尚在；贞观末，标格渐高；景云中，颇通远调；开元十五年（公元727年）后，声律风骨始备矣。"后来各家的论述，虽微有出入，而大体相同。唐诗"初""盛"之分，就是以上述情况作为依据的。

唐体”。高棅在沧浪旧说的基础上，用历史的眼光，把唐诗发展明确地划分为初、盛、中、晚四个阶段。凡例云：“大略以初唐为正始，盛唐为正宗、大家、名家、羽翼，中唐为接武，晚唐为正变、余响。”至于宗教徒、妇女以及生平失考的作者则列入“傍流”，不以时期论。这样的分法，其中贯串着一个总的精神，即正和变的关系。高棅是意图通过正和变的辩证来阐明唐诗的发展规律的。

何谓正？正是正格，正体，正调，指唐诗尽变六朝绮靡之习，复归于雅正而言的。这当然以开元、天宝的盛唐之诗作为代表了。开、天以前为初唐。以初唐为“正始”，指的是诗风转变之际的良好开端，说明初唐诗歌在“袭陈、隋之体”而外，还有开启盛唐的另一个方面，因而把这将近一百年的时间划作唐诗兴盛的准备阶段。正和变是相对而言的。有“正风”就有“变风”，有“正雅”就有“变雅”；由正到变，牵涉到思想内容和艺术风格一系列的问题。以“正变”连缀成词，是说由正以观变，虽变而不失其正；亦即序文所谓“本乎始以达其终，审其变而归于正”的意思。他以元和作为中唐和晚唐的分界线，而把唐诗之变断在自元和以后，分体系之于韩愈、孟郊、张籍、王建、李贺、李商隐、杜牧等人。其论韩愈、孟郊的五古，有云：“今观昌黎之博大……其诗骋驾气势，崭绝崛强，若掀雷决电，千夫万骑，横骛别驱，汪洋大肆，而莫能止者。又《秋怀》数首及《暮行河堤上》等篇，风骨颇逮建安，但新声不类。此正中之变也。东野之少怀耿介，龌龊困穷，晚擢巍科，竟沦一尉。其诗穷而有理，苦调凄凉，一发于胸中而无吝色。如古乐府等篇，讽咏久之，足有余悲。此变中之正也。”举此以概其余，可以看出高棅所谓“正变”精神实质之所在。“余响”则是于极尽变态之中，多少还能看出一些盛唐的流风遗韵。“正始”和“接武”属于正的范畴，“余响”属于变的范畴；而正与变又是互相联系着的。

序云："观诗以求其人，因人以知其时，因时以辨其文章之高下，词气之盛衰。"高棅唐诗分期之说，是在这种理论认识上提了出来的；其所分的四个阶段，基本上符合于唐代诗歌发展的实际情况。为了阐明唐诗发展的过程，每个阶段不可能不有个大致的时间断限。然而各个阶段又不是可以截然划断的。凡例云："间有一二作家特立与时异者，则不以世次拘之。"从个别的作家来看，其间又有互相交错之处。如陈子昂的五古和李白同列"正宗"，即其一例。这样，就比较明确而又圆通地解决了唐诗的分期问题，而且把各个阶段贯通为一个整体。所以王士禛称赞这部书说："宋、元论唐诗，不甚分初、盛、中、晚，故《三体》[①]、《鼓吹》[②]等集，率详中、晚而略初、盛，览之愦愦。杨士宏《唐音》始稍稍区别，有正音、有余响，然犹未畅其说，间有乖谬[③]。迨高廷礼《品汇》出，而所谓'正始'、'正宗'、'大家'、'名家'、'羽翼'、'接武'、'正变'、'余响'皆井然矣。"（见《香祖笔记》）

序文中有一大段论述唐诗风格，从初唐到晚唐，涉及的作家很多。虽然品题有些不够确切之处，但他颇能注意到每一个时期总的趋向和共同的风貌；但同时又十分强调同一时期不同作家的艺

---

① 《三体唐诗》六卷，宋周弼编。是书所选，限于唐人的七言绝句和七言、五言律诗，故名。

② 《唐诗鼓吹》十卷，不著编选者姓名。据赵孟頫序，称为金元好问所编。书中所选，皆唐人七言律诗，共九十六家，诗五百九十六首。

③ 《唐音》十四卷，元杨士宏编。"始音"一卷，录王、杨、卢、骆四家诗。"正音"六卷，诗以体分，而以初唐、盛唐为一类，中唐为一类，晚唐为一类。"遗响"则诸家之作咸在，而附以僧道女子之诗。这书对高棅有很大的影响。《四库全书总目提要》说："高棅《唐诗品汇》即因其例而稍变之。冯舒兄弟评韦縠《才调集》，深斥棅杜撰排律之非，实则排律之名，亦因此书，非棅创始也。"

术特色。在各个时期中,突出“盛唐之盛”;而在盛唐里,又有“正宗”、“大家”、“名家”和“羽翼”的区别;并且这种区分,是因体而异的。如王维在五、七言律及五言绝句为“正宗”,在五、七言古为“名家”,在七言绝句则为“羽翼”,即其一例。

毫无疑义,“正宗”是高棅认为最能代表盛唐风格的典型。其五古一类,列陈子昂、李白为“正宗”,并释之曰:“使学者入门立志,取正于斯,庶无他歧之惑矣。”这也就是沧浪在《诗话》中开宗明义所强调的“入门须正”,“不失正路”,“以汉、魏、晋、盛唐为师”(《诗辨》)之意;而高棅则就不同的诗歌体制,分别举出最能代表盛唐诗风的作者作为楷模,这就把沧浪的理论具体化了。

《唐诗品汇》里,各体诗都列入“正宗”的仅李白一人,而唯一标为“大家”的则是杜甫。为什么于“正宗”之外另立“大家”呢?这两者并无高下之分,而是两种不同属性的概念。所谓“正宗”,固然寓有评价作家的用意,但侧重的是作品所代表的风格,因而李白之外,还可在不同的诗体中列入其他诗人,如陈子昂、王维、孟浩然、王昌龄、高适,岑参、李颀、崔颢乃至崔国辅、祖咏、张谓、贾至、崔曙、万楚等。尽管这些诗人造诣的深浅不同,在文学史上影响的大小、地位的高低各异,然而就某一诗体而言,他们同样是能够代表盛唐诗风的。至于“大家”,则纯是就这一诗人的成就而言,所以李、杜而外,就不容有第三人分棚角立了。既然青莲各体都列入“正宗”,“大家”一席就为少陵所独占。高棅之所以这样安排,其用意包括两个方面:

自从中唐以来,李、杜优劣的问题聚讼纷纭,高棅认为无论扬杜抑李或抑李扬杜,都是不公正和不全面的。《品汇》论李白七古云:“虽少陵犹有让焉。”论杜甫五律云:“杜公律法,变化尤高。”论五言排律云:“排律之盛,至少陵极矣! 诸家皆不及。”意思是说,李和杜各有短长,互不相掩。这种李、杜并崇的态度,在理论上也不难从《沧浪诗话》里找到它的来龙去脉。《诗话》云:“李、杜二公,正不当优劣。太白有一二妙处,子美不能道;子美亦有一二妙处,太白不能作。”“子美不能为太白之飘逸,太白不能为子美之沉郁。”太白《梦游天姥吟》、《远别离》等,子美不能道;子美《北征》、《兵车行》、《垂老别》等,太白不能作。(《诗评》)严羽在并崇李、杜的前提下,阐明两家风格的异同,指出其偏胜独至之境;高棅推衍沧浪余绪,其着眼点则在诗歌形式的运用方面。后来王世贞在《艺苑卮言》、胡应麟在《诗薮》里续有论述,都是沿着这条线索向前发展的。

问题的另一个方面是:高棅虽然并崇李、杜,但却认为最能代表盛唐诗风的是李而不是杜。这也是从沧浪那里得到启示的。沧浪论诗,宗主盛唐。在他看来,盛唐之所以为盛唐,其时代风格的特征,乃在于:“盛唐诸人惟在兴趣,羚羊挂角,无迹可求。”(《诗辨》)用这个标准来衡量李、杜二家,天马行空的李白,自然“无迹可求”;而“尽得古今之体势,而兼人人之所独专”,集大成的杜甫,则体裁明密,格局精严,是有规矩法度可以窥寻的。他说:“少陵诗法如孙、吴,太白诗法如李广。少陵如节制之师。”(《诗评》)就是这个意思。高棅于杜甫五古引元微之与沧浪之说,于七古引王介甫之说,于“正宗”之外,表而出之,推为“大家”。以“正宗”属李,以“大家”属杜,而有时又并称李、杜为“大家”,于以见两人俱臻极诣,不容轩轾;而两家诗风各异,又不容混同。这些地方,正体现了沧浪微旨。

“名家”及“羽翼”和“正宗”、“大家”相对而言;“大家”和“名家”有高下之分;“正宗”、“大家”和“名家”、“羽翼”又有主次之别。既有“正宗”、“大家”，又有“名家”和“羽翼”，就更全面地反映出盛唐诗歌的全貌以及风格流派间的相互关系。

沧浪教人学诗，“以李、杜二集枕藉观之，……然后博取盛唐名家，酝酿胸中，久之自然悟入。虽学之不至，亦不失正路。”高棅通过唐诗的编选，确立名目，把各个时期、不同类型、不同成就的诗人安放在一定的位置上，从而清楚地指出了学习唐诗的万户千门，大途小径；而要其指归，则以盛唐为宗，李、杜为主。从这个意义来说，《唐诗品汇》无异于是《沧浪诗话》的示意图。

沧浪以禅喻诗，主张妙悟，从气象证入。高棅谓论诗，“苟非穷极精微，超神入化，玲珑透彻之悟，则莫能得其门而臻其壶奥矣。”（见《序》，下同）。沧浪《答吴景仙书》自诩“于古今体制，若辨苍素，甚者望而知之”（见《沧浪诗话》附录）；高棅也强调必须“辨尽诸家，剖析毫芒，方是作者”。这些地方，都可以看出两者之间继承和影响的关系。高棅所得，较沧为肤浅；《唐诗品汇》所收的诗歌，广博有余，精深不足，也由于他在艺术见解上吸取和承用别人的多，而自己的真知灼见较少的缘故。但沧浪之论，有时不免蹈入玄虚，令人难以捉摸；高棅此书，从辨体入手，以时为经，以人为纬；用理论作为指导，从编选的方式方法具体地体现理论，反而显得切实一些。因而，它就成为一部有理论体系、有严密组织，自具特色的选本。《四库全书总目提要》说：“《明史·文苑传》谓终明之世，馆阁以此书为宗。厥后李梦阳、何景明等摹拟盛唐，名为崛起，其胚胎实兆于此。平心而论，唐音之流为肤廓者，此书实启其弊；唐音之不绝于后世者，亦此书实衍其传。功过并存，不能互掩。后来过毁过誉，皆门户之见，非公论也。”提倡盛唐，在这一点上，说高棅此书开李、何之先河，是不错的；然而高棅并没有主张摹拟之说。倘若我们把它和清代代表格调派的唐诗选本——沈德潜的《唐诗别裁》联系起来,似乎更能看出此书对后世的影响。

我国古代的诗歌选集,内容是异常丰富的。能够流传久远,具有一定质量的选本,其中必然贯串着一条理论批评的线索。编选的方式方法,也是多种多样的。我以为《唐诗品汇》不仅是研究唐诗的重要选本之一,而且这种编选的方式方法,在今天也还有值得借鉴和吸取之处。

略谈明七子的文学思想与李、何的论争

以李梦阳、何景明为首的明七子是个政治集团，又是重要的文学流派。七子反对宦官权贵的专横，反对明朝建国以来极端严格的思想统治；反对台阁体阿谀粉饰的文风，振起茶陵派的萎弱；这些，正如茅盾同志在《夜读偶记》里所说，是有其进步意义的。然而从另一方面来看，七子又是拟古主义者，他们在文学思想史上曾起过不良的影响，这是谁也不否认的事实。

我以为这二者不能混为一谈。就七子的文学理论来说，李与何也应该有所区别；而李梦阳的思想，又有前期和后期的不同。

"文必秦汉，诗必盛唐"之说，倡自李梦阳（见《明史·文苑传》）。就复古这一总的倾向来说，李、何是一致的；但在一系列的具体问题上，他们之间却存在着很大的分歧。李梦阳曾有一书致何景明，讥其为诗，有乖古法。《大复集》卷三十二有《与李空同论诗书》，是针锋相对的答辩。《李空同全集》卷六十二《驳何氏论文书》、《再与何氏论文书》，则是李对何的反击。论争的结果，"两家坚垒，屹不相下"，从此就"互相诋諆"成为水火[1]。

---

① 见钱谦益《列朝诗集》丙集卷十二《何景明小传》。

一

《驳何氏论文书》云:“前览君作,颇疑有乖于先法,于是为书敢再拜献足下,冀足下改玉趋也。乃足下不改玉趋也,而即摘仆文之乖者以复我。”李氏的原信虽已不存,据此可知这场剧烈的争辩,是从法的问题引起的。李、何同以复古为号召,都主张从法古入手。照说,两人在这个问题上不应该有矛盾。然而何景明讥讽李梦阳“刻意范古,铸形宿模”,说他的诗文,“高处是古人影子”①;李梦阳也说何景明所作,如“抟沙弄泥,散而不莹”,“鲜把持”,“少针线”。说来说去,彼此攻击的矛头,都集中在法的一点上。这又是什么原因呢?

任何一种艺术,都有其自身的规律,亦即有其法。法是从事物内在关系引申出来的客观存在着的东西。为文必有所法而后能,正如李梦阳《答周子书》所说:“文必有法式,然后中谐音度,如方圆之于规矩。古人用之,非天生之也。”强调法的重要性,主张继承和学习古人,本来无可非议。《驳何氏论文书》本《孟子》“不以规矩不能成方圆”之义,反复加以阐明,似乎何景明是蔑弃法度的。但其实不然,《与空同先生论诗书》也曾说“诗文有不可易之法”。可见问题的关键,在于两人对法的具体内容理解有所不同,因而也就产生了一系列的意见分歧。这是我们应该首先弄清的一点。

① 今本《大复集》作“其高者不能外前人也”。此据《驳何氏论文书》所引原文。两本文字不同,可能是何氏编集时有所修改。

李梦阳之所谓法，究竟指的是什么？《驳何氏论文书》里以极大的篇幅从原理原则上谈论法之不可废弃，很少说到法的具体内容。乍一看来，有些摸不着头脑。然而《再与何氏论文书》里却揭开这个谜底：

> 古人之作，其法虽多端，大抵前疏者后必密，半阔者半必细，一实者必一虚，迭景者意必二。此余之所谓法，圆规而方矩者也。……且仲默"神女赋"、"帝妃篇"、"南游日"、"北上年"四句接用，古有此法乎？"水亭菡萏"、"风殿薜萝"，意不一乎？盖君诗徒知神情全处，下笔成章为高，而不知如搏长蛇，驾风螭，步骤即奇，不足训也。

至于何景明之所谓法，《与李空同论诗书》里说得很清楚：

> 仆尝谓诗文有不可易之法者，辞断而意属，联类而比物也。上考古圣立言，中征秦、汉绪论，下采魏、晋声诗，莫之有易也。

宗秦、汉，法盛唐，两人的出发点相同，但他们对法的理解，却又有着如此大的差异。倘若我们进一步去研究，就会发现形成这种差异的原因。

《明史·文苑传》称李梦阳"才思雄鸷"，有北方刚健的气质；其论文，主功力，重在气象和格调；气象和格调是不可捉摸的东西，所能看到的只是具体的语言文字，于是他就认为古人诗文中，"翕辟顿挫，尺尺寸寸"，都有法度可寻。所谓法，不过是"前疏而后必密”之类的艺术表现手法而已。至于何景明则偏重于才情的一面，因而他所看到的法，主要是“辞断而意属，联类而比物”，指诗文的体势而言的。故云：“法同语不必同。”其论陆机、谢灵运诗，说一个是“语俳体不俳”，一个是“体语俱俳”，正说明了他的着眼点，在“体”而不在“语”。

由于对法的具体内容理解不同，因而对法所采取的基本态度也不一样。《与李空同论诗书》说出了其间的异同：

> 追昔为诗，空同子刻意范古，铸形宿模，而独守尺寸；仆则欲富于材积，领会神情，临景结构，不仿形迹。《诗》曰：“惟其有之，是以似之。”“以有求似”，此仆之愚也。

从“领会神情”入手，神情是随时、随事、因地、因人而变的，可以临景结构，所以他把法看得比较灵活。所谓“以有求似”，也就是由表及里，因内符外，灵活运用的意思。由于把法看得比较灵活，所以主张“不仿形迹”。在他看来，“声以窍生，色以质丽”，过求形似，反而汩没了才情，束缚了自己；无异于“实其窍，虚其质”；其结果必然是“求之于声色之末”，终于无所得了。至于李梦阳仅仅把法看成文字语言上的一些艺术表现手法，而且这些表现手法又是静止地停留在古人的成法上。其《与周子论文书》有云：“今人之法式古人也，非法式古人也，实物之自则也。”可见他所谓“物之自则”，已尽于古人法式之中。那么，要掌握这个法，就必须模形拟迹，而且必须尺尺寸寸地模拟古人的形迹。《驳何氏论文书》虽一再为自己辩解，但《再与何氏论文书》里把作文比成模临古帖，才是他的真解之所在。

《与李空同论诗书》云:“近诗以盛唐为尚。宋人似苍老而实疏卤,元人似秀峻而实浅俗。今仆诗不免元习,而空同近作,间入于宋。”又说:“夫意象应曰合,意象乖曰离。……空同丙寅间诗为合,江西以后诗为离。……试取丙寅间作,叩其音,尚中金石;而江西以后之作,辞艰者意反近,意苦者辞反常,色澹黯而中理披慢,读之若摇鞞铎耳。”这里说明了两点:第一,“苍老”指尽洗铅华,以意格取胜,是艺术上一种最成熟的高境,“疏卤”只是个空架子;“疏卤”而似“苍老”,亦即所谓“影子”,是真伪的问题。至于“峻秀”和“浅俗”,不过是艺术水平的高下而已。第二,意是内在的感受,像是外在的客观事物,意与象合,即所谓“神情会处”;意与象乖,则是拟迹遗神。其所以造成两者的原因,都是由于把法看得太死,太一成不变,求之太过,太认真。这样,就会走向它的反面,似真而实伪,愈即而愈离了。

《明史·文苑传》称:“华州杨维桢以为七言律自杜甫以来,善用顿挫倒插之法惟梦阳一人;而后有讥梦阳诗文者,谓其模拟剽窃,得史迁、少陵之似而失其真云。”一誉一毁,倘合起来看,则他法古甚勤,确实学到了古人的一些艺术技巧;但成绩也仅仅表现在这“顿挫倒插之法”的空头气派上,只能袭其形貌,而不能得其精神。毁和誉,提法虽不同,但实质上却是一回事。钱谦益指摘他集中著名的《石将军战场歌》,中间插入的“杨石齐名”一句,以为“突兀不相照应”,和前文脱节①,更从具体的例证中说明了他是如何地学习古人(此诗全学杜甫),又是如何运用横插倒插之法的。

模拟文字,把法看得太死,从古人入,就很难从古人出,规杌神

① 见《列朝诗集》丙集卷十一。

情，把法看得比较灵活，从古人入，却不妨从古人出，于是从法的问题而引申出来的，是继承与创新的关系。

《与李空同论诗书》里有这样一段：

> 仆观尧、舜、周、孔、子思、孟氏之书，皆不相沿袭，而相发明，是故德日新而道广。……今为诗不推类极变，开其未发，泯其拟议之迹，以成神圣之功，徒叙其已陈，修饰成文，稍离旧本，便自杌陧。如小儿倚物能行，独趋颠仆。虽由此即曹刘，即阮陆，即李杜，且何以益于道化也。佛有筏喻：言舍筏则达岸矣，达岸则舍筏矣。今空同之才足以命世，其志金石可断，又有超代轶俗之见。……自创一堂室，开一户牖，成一家之言，以传不朽者，非空同撰焉，谁也？

"推类"是学古，"极变"是创新。能"推类极变"，是从学古中求创新；而"开其未发"，亦即后来叶燮所说"人之智慧心思，在古人始用之，又渐出之，而未有穷尽者"①的道理。诗歌是社会现实生活的反映，是诗人艺术构思的智慧结晶，借鉴古人只是入门的途径，而不是终极的目的。目的在于"自创一堂室，开一户牖，成一家之言"。所谓"舍筏则达岸矣，达岸则舍筏矣"，意思是说，无筏不能登岸，而登岸就必须舍筏；舍筏才说明得登彼岸，才有自己的立脚地，否则还是漂浮在中流而无所归宿。倘若像李梦阳那样，老是尺尺寸寸，墨守成规，正如"小儿倚物能行，独趋颠仆"一样，就不可能在艺术上发挥其独创精神。这是极其中肯的批评，同时也是学古与拟古

① 见《原诗》内篇。

最明确的分界线。我们看，李梦阳是怎样答复这个问题的。《驳何氏论文书》云：

> 夫筏我二也，犹兔之蹄，鱼之筌，舍之可也；规矩者，方圆之自也，即欲舍之，乌乎舍？子试筑一堂，开一户，措规矩而能之乎？措规矩而能之，必并方圆而遗之可矣。何有于法，何有于规矩？……阿房之巨，灵光之岿，临春、结绮之侈丽，扬亭、葛庐之幽、之寂，未必皆倕与班为之也，乃其为之也，大小鲜不中方圆也。何也？有必同者也。获所必同，寂可也，幽可也，侈以丽可也，岿可也，巨可也。守之不易，久而推移，因质顺势，融熔而不自知。于是为曹，为刘，为阮，为陆，为李，为杜；即今为何大复，何不可哉？此变化之要也。故不泥法而法尝由，不求异而其言人人殊。《易》曰："同归而殊途，一致而百虑。"谓此也。非自筑一堂奥，自开一户牖，而后为道也。

看来似乎也说得头头是道，但其中却存在着一个无以自圆其说的绝大漏洞：他说阿房宫、灵光殿、临春楼、结绮阁、子云亭、诸葛庐的结构不同，而各有其独特的建筑风格，是由于工师的艺术匠心；而工师的艺术匠心，则具体地表现在善于运用规矩方圆，用以说明任何一个天才的诗人都不能离开共同的艺术法则，这话是不错的。然而阿房之所以为阿房，灵光之所以为灵光……正由于"自筑一堂奥，自开一户牖"，否则还谈什么独特的建筑风格呢？他一方面承认建筑风格各有不同，另一方面又否定了"自筑一堂奥，自开一户牖"。用最简单的逻辑推理，这话也是说不通的。遁辞知其所穷。因为何景明在这个问题上实在击中了他的要害，使得他招架不住,枪法乱了,于是把规矩方圆和堂奥户牖混为一谈,陷于矛盾而不自知。但在《再与何氏论文书》里,却图穷而匕首见,说出了真话:

> 夫文与字一也,今人模临古帖,即太似,不嫌,反曰能书,何独至于文而欲自立一门户耶?自立一门户,必如陶之不冶,冶之不匠;如孔之不墨,墨之不杨。此亦足以类推矣。

很显然,这就是以模仿古人来代替自己的创造。只要善于模拟,那么,既可以模拟李白,也就可以模拟杜甫;既可以为陶,也就可以为冶、为匠,当然无须"自立一门户"了。

二

由于对法的理解有所不同,引起了李、何一系列的意见分歧,而问题的归根结底,则进入到艺术风格的争论。

李、何的诗,同样是宗主盛唐的,但两人的气质和生活环境并不相同,作风也就不一样。大约李重气魄,一味追求雄奇豪放;何重才情,偏于清俊响亮。李第一次致何书里,就是贬低这种诗风,而劝之改途易辙的。何氏《与李空同论诗书》指出:一种艺术风格的形成,必须是包含各种不同的因素,互相调剂。"譬之乐,众响赴会,条理乃贯;一音独奏,成章则难。故丝竹之音要眇,木革之音杀直。若独取杀直,而并弃要眇之声,何以穷极至妙,感精饰听也?"他讥讽李梦阳只知其一,不知其二,结果是雄奇变为粗犷,豪放流于肤廓。读之“若摇鞞铎”,只有“杀直”之音而已。薛蕙诗云:“俊逸终怜何大复,粗豪不解李空同。”①评李为“粗豪”,也就是何氏所谓“疏卤”的意思。

李梦阳以文坛盟主自居,当时只有何景明可以与之抗行,而意见又不一致,这就形成了晋、楚争霸的局面。他之所以写信给何景明,目的在于要求何氏舍己从人,和自己步调一致,用以巩固其在动摇中的文坛统治地位。何氏《与李空同论诗书》反复强调不能强不同以为同,主张风格多样,异曲同工。这一方面是他重才情、尚变化所必然得出的结论;同时也是针对李的用心而发的。

由于这场辩论,牵涉到文坛霸权的争夺,双方都不免有些意气用事;但同时双方也都全力以赴,把自己的理论主张毫无保留地加以阐发,用来攻击对方。这样,就使我们比较清楚地看到明七子文学思想的完整体系以及七子内部的矛盾。代表拟古主义的当然是李梦阳,而何景明则是对拟古主义的修正。李、何本是同路人,何景明的诗文实际上又何曾突破了模拟的一关:倘若我们把《大复集》和《空同集》对照一看,就会感到何之不满于李,也不过是以五十步笑百步罢了。然而创作的实践,并不等于理论上的认识。王士禛曾比何景明为“姑射仙人”②,他毕竟是聪明的,因此这封在李梦阳看来是“入室操戈”的应战书,我们不妨把他当作迷途知返的自白。后来许多攻击明七子的言论,他早已都看到了。然而这仅仅是个不远而复的开始;可惜他只活了三十九岁,还没有来得及把这种理论付之于实践,真正地从模拟中解放出来。

---

① 见《戏作五绝句》。

② 见《戏仿元遗山论诗绝句》。

三

在这场文艺问题的大论战中，李梦阳是表现得异常顽固的，然而这并不说明他的思想就始终处于停滞不前的状态，因而我们就必须注意他后期的转变。

这里特别值得提出的，是他那篇《诗集自序》。此文述王仲武之言，认为“真诗乃在民间”，其中有这样一段精辟的阐发：

> 王子曰：“诗有六义，比兴要焉。夫文人学子比兴寡而直率多，何也？出于情寡而工于词多也。夫途巷蠢蠢之夫，固无文也，乃其讴也，号也，呻也，吟也，行呫而坐歌，食咄而寤嗟，此唱而彼和，无不有比焉，兴焉，无非其情焉，斯足以观义矣。故曰，诗者，天地自然之音也。”李子曰：“虽然，子之论者《风》耳，《雅》、《颂》不出文人学子手乎？”王子曰：“是音也，不见于世久矣！虽有作者，微矣！”

把民歌与文人诗分别系之于《国风》和《雅》、《颂》；指出民歌得《风》诗比兴之遗意，而文人则徒然以韵言为诗，并不能继承《雅》、《颂》的传统。他告诉我们：文生于情，要解决文人诗“出于情寡而工于词多”的根本问题，就必须“入《风》出《雅》”，吸取民间文学的真实精神。这种论调，和把文学创作比作模临古帖的拟古论对照一下，简直是南辕北辙，背道而驰。何景明在《明月篇序》里也曾强调“六义首乎《风》”，重视比兴之义。我想，倘使当时何氏还没有死，李梦阳对他是会尽释前嫌，作会心之一笑的。我们再看《诗集自序》的结尾：

> 自录其诗藏箧笥中，今二十年矣，乃有刻而布者。李子闻之，惧且惭。曰："余之诗，非真也，王子所谓文人学子韵言耳，出之情寡而工之词者多也。"……每自欲改之以求其真，然今老矣！曾子曰"学有所不及"，时之谓哉！

这是发自内心的忏悔之音，也是晚年的见道之语。他居然勇敢地承认自己的诗"情寡词工"，不是真诗；而慨叹于今是昨非，追悔不及。这比何景明"古人影子"的批评，就更为深刻，更进一步接触到问题的实质。

为什么李梦阳后期在认识上会有这样大的转变呢？据我想，可能是下面的两个原因：

第一，李、何的复古运动，是有其历史政治背景的，他们的思想不可能完全脱离现实。为了刺激处于麻痹瘫痪状态中的人心，振起文坛的风气，所以倡为"文必秦汉，诗必盛唐"的高论。但因持之过偏，求之过甚，复古而错误地走上了拟古的道路。模拟的桎梏，虽不如钱谦益所说"字则字，句则句，篇则篇，毫不能吐其胸中所有"①如此之甚，然而在很大程度上是会影响到诗文的内容的。试翻开李、何两家的集子一看，其中有不少反映现实的题材，表现了他们对现实的时刻关怀。但思想性却不够深刻，这不能说不是受到拟古的限制的缘故。只要是一个不把自己思想和现实隔绝的人，误入歧途，总会有废然知返的一天。李梦阳性情

① 见《列朝诗集》丙集卷十一《李梦阳小传》。

比较固执，早得大名，气概不可一世。当李、何论争之时，正是他自圣余雄之日；可是等到晚年心气渐平，回头猛省，自然也就大彻大悟了。

第二，任何一种文学思想，都必然盖有鲜明的时代印记；任何一个文学思想家，都不可能不在某种程度上受到时代文艺思潮的支配和环境的影响。宋、元以后，是民间文学由兴盛以至全面繁荣的时代。这富有生命力的生活内容及其崭新的艺术形式，相形之下，使文人制作显得黯然失色。它逐渐引起了文人的重视，促使他们的目光转向于民间。《诗集自序》谓"礼失而求之野"，正说明了时代文艺思潮的动向。历代以来，文人重视民间文学的虽不乏其人，但一般的都是高谈《诗三百篇》中的《国风》和汉、魏、六朝乐府，崇古而陋今，取远而遗近。此文慨叹于风诗不采；而把当时民间流行的歌曲比之于《国风》。认为同是发自性情之真，因俗成声，只有古今之殊，而无雅俗之辨。这种大胆而有真知灼见的言论，足以振聋发聩，使人耳目一新。从这个意义来说，我们不妨把李梦阳看作李卓吾、冯梦龙的先声。

钱谦益《王元昭集序》云：

> 古今作者之异，我知之矣：古之作者本性情，导志意，谰言长语，客嘲僮约，无往而非文也；涂歌巷舂，春愁秋怨，无往而非诗也。今之作者则不然。矜虫鱼于香草，骈枝而俪叶，取青而妃白。以斯为陈羹象设，斯已矣，而情与志不存焉。昔有学文于熊南沙者，南沙教以读《水浒传》；有学诗于李空同者，空同教以唱《琐南枝》。二公于古学不知为如何，而其言则可以教世。呜呼，是可为今人道哉！

这话正可与《诗集自序》相发明；而教人读《琐南枝》的轶事记载，更能说明李梦阳晚年论文旨趣之所在。钱谦益对李梦阳的攻击是不遗余力的，说他是“粗材笨伯”，“讹种流传”，然而他并不把理论和创作、主张拟古和重视民歌混同起来，正是他的识力过人处。

这是我们研究李梦阳的文学思想所必须注意的另一个方面。

王世贞的《艺苑卮言》

明代前、后七子之论诗，主格调，讲法度，以汉、魏、盛唐为第一义。其弊病在于食古不化，模拟古人之形貌而失去其精神，不免流为肤廓，甚至以借鉴代替创造，成了复制的赝鼎，以此招来公安、竟陵和钱谦益的诋毁和讥笑。这是人们所熟知的。然而前、后七子不可一概而论：倘若具体地分析一下，也很难以一笔抹煞。他们的认识和作风并不完全相同；他们的理论也非一成不变，完全处于停滞不前的僵化状态中。前七子中，李梦阳和何景明为了“舍筏登岸”的问题已有过激烈的论争[①]；到后七子就更有所发展。后七子中，最早提出论诗纲领的是谢榛[②]。谢榛主张出入于盛唐十四家之中，兼取众长，自成一家，取径已较为宽广。他认为“非养无以发其真，非悟无以入其妙”（见《四溟诗话》卷一），持论也不过于拘泥。谢榛的文学思想，就不完全是前七子所能范围了。王世贞在后七子中声望最高，成就最大，其《艺苑卮言》是一部最能代表后七子论诗、文的著作。此书成于中年，相传后来曾有追悔之意，可见他的认识还在不断地提高之中。然而即就《卮言》而论，也还有不少真知灼见。这里略谈它的几个主要方面。

王世贞认为一切见于文字记录的书面语言，都应该看成是史。

---

① 见李梦阳《驳何氏论文书》、《再与何氏书》及何景明《与李空同论诗书》。

② 参看钱谦益《列朝诗集小传》丁上。

《卮言》卷一云：

> 《六经》史之言理者也；曰编年，曰本纪，曰志，曰表，曰书，曰世家，曰列传，史之正文也；曰叙，曰记，曰碑，曰碣，曰铭，曰述，史之变文也；曰训，曰诰，曰命，曰册，曰诏，曰令，曰教，曰札，曰上书，曰封事，曰疏，曰表，曰启，曰笺，曰弹事，曰奏记，曰檄，曰露布，曰移，曰驳，曰喻，曰尺牍，史之用也；曰论，曰辨，曰说，曰解，曰难，曰议，史之实也；曰赞，曰颂，曰箴，曰哀，曰诔，曰悲，史之华也。

这也就是说，所有上述各种文体，名目虽殊，无非都是社会生活的反映。而其中有“实”有“华”，这“华”乃是构成文学作品的要素。他说：“物相杂，故曰文。文须五色错综，乃成华采；须经纬就绪，乃成条理。”（同上卷）文质相待，华实相成，是王世贞对文学的基本认识，他所深切向往并作为最高艺术标准的，是汉、魏和盛唐诗歌中精深而又华妙的境界。

《卮言》卷三云：

> “问君何为尔？心远地自偏。”“此中（原引作“还”，误。据《陶集》校改）有真意，欲辨已忘言。”（上引四句，均见陶潜《饮酒》二十首中“结庐在人境”一首）清悠淡永，有自然之味。然坐此不得入汉、魏果中，是未庄严佛阶级语。

很显然，他对陶诗所感到不足的，是过于质朴了一些①。那么，他是

① 所谓“是未庄严佛阶级语”，指华采不足。《华严经探玄记》：“庄严有二义：一是具德义，二是交饰义。”这里取后一义。

否一味追求词采呢？则又不然。其论曹氏父子有云："曹公莽莽，古直悲凉。子桓小藻，自是乐府本色。子建天才流丽，虽誉冠千古，而实逊父兄。何以故？材太高，辞太华。"（同上卷）可见华过于实，同样是他所反对的。参证两者，便可知道他的旨趣之所在了。

王世贞之论诗歌艺术，仍然以格调说为中心，但是，对于格调，他却有自己的理解。《卮言》卷一说：

才生思，思生调，调生格；思即才之用，调即思之境，格即调之界。

离开了人的社会实践而谈才、思，就其立论的基点来说，当然带有唯心主义色彩。然而这话却有其合理的因素。它说明了两点：第一，"才生思，思生调，调生格"，离开了才和思，即无所谓格与调。这样，格调因人而异，既不是个什么固定不变的程式，也不是任何人都能套用的空架子，显然不能求之于模拟之中了。这和何景明所说的"富于材积，领会神情，临景结构，不仿形迹"（《与李空同论诗书》），颇有些相近似；然而他把人的才思和表现在作品里的格调联系起来，从理论上一语破的，比何景明看得更深，阐发得更透。第二，"思即才之用，调即思之境，格即调之界"，从才思来谈格调，就进一步深入到艺术境界的探讨。《卮言》卷四说：

乐府之所贵者，事与情而已。张籍善言情，王建善征事，而境皆不佳。

"事"和"情"，指诗歌的内容，"境"，则是就艺术方面来讲的。何谓"佳境"？他在评论阮籍《咏怀》诗一条中说得很清楚："阮公

《咏怀》,远近之间,遇境即际,兴穷即止,坐不着论宗佳耳。”(卷三)他之所谓“境”,是一种成熟的艺术构思在适当情况下恰到好处的表现。意境离不开才思,而不以骋才极思为能事。要不露机锋,不落言诠,能融化一切材料,而不着迹象。同这样的眼光来看,则张、王乐府,“专以道得人心中事为工”①,务求尽意,意尽诗境就不能佳了。其评苏轼诗文,谓:“读子瞻文,见才矣,然似不读书者;读子瞻诗,见学矣,然似绝无才者。”(卷四)照他看来,矜才炫学,都足以损害艺术的境界,也是从这一点着眼的。

如何才能达到佳境?他不反对由功力以求工;但必须“由工入微,不犯痕迹”(同上卷)。也不否认法。他说:“《风》、《雅》三百,《古诗十九》,人谓无句法,非也。极自有法,无阶级可寻耳。”(卷一)要“由工入微”,就必须悟得这无阶级可寻的法,而不是尺尺寸寸,停留于一字一词的用法。所谓“极自有法”,指的是语言艺术的浑成。他说:“渊明托旨冲淡,其造语有极工者,乃大入思来,琢之使无痕迹耳。”(卷三)又说:“‘东风摇百草’(《古诗十九首》“回车驾言迈”一首中句),‘摇’字稍露峥嵘,便是句法为人所窥。‘朱华冒绿池’(曹植《公宴诗》中句),‘冒’字更捩眼耳。‘青袍似春草’(《古诗》‘穆穆清风至’一首中句),复是后世巧端。”(卷二)从举的这些例子中,可以看出,他认为造语之工,在于“琢之使无痕迹”。倘若于一字中见精彩,便是有“阶级可寻”,便破坏了完整的诗的意境。循是以求,就会落入于纤巧的一路。“巧端”尚不可开,襞积词华,以藻绘为工,当然更是他所鄙弃的了。

和前七子一样,王世贞也是主张从学古入手的;然而他强调必

① 张戒语。见《岁寒堂诗话》。

须“渐渍汪洋”,而最后归之于“一师心匠”(见卷一,下同)。他认为只有这样,才能“气从辞畅,神与境合”,随物赋形,因事寄兴,无施而不可。否则即便是善学古人,能够左右逢源,取之而无碍;然“招之而后来,麾之而后却”,终究是古人的东西,“已落第二义矣”。这些地方,辨析得颇为精微,突破了前七子的拟古论。王世贞识力之高出于前七子者,正在此等处。至于他在创作上是否能实践自己的理论,则是另一问题;不过他确是朝着这个方向去努力的。

然而“文必秦、汉,诗必盛唐”的古今成见①仍然顽固地盘踞在王世贞的头脑中,他所师法的古,只是指汉、魏和盛唐。他曾说:“李献吉劝人勿读唐以后文,吾始甚狭之,今乃信其然耳。”(卷一)他所不同于前七子和李献吉的是眼光比较要开阔一些。《卮言》卷一即揭橥此旨云:

> 世人选体,往往谈西京、建安,便薄陶、谢。此似晓不晓者。毋论彼时诸公,即齐、梁纤调,李、杜变风,亦自可采;贞元而后,方足覆瓿。大抵诗以专诣为境,以饶美为材,师匠宜高,捃拾宜博。

“师匠宜高”,指“以专诣为境”。从这个意义来说,必须“由工入微”,达到浑然绝迹的境地。即便是汉、魏作者,如曹植及不知名的古诗,也不无可议,也有不足师法之处。“捃拾宜博”,指“以饶美为材”。从这个意义来说,取精用宏,贪多务得,则虽齐、梁纤调,亦有

① “文必秦、汉,诗必盛唐”二语,是李梦阳提出来的复古的口号。见《明史·文苑传》。

可取。在他看来,两者是应该统一起来的。不过他之谓“捃拾宜博”,还是有个不可逾越的时代的界线。盛唐以前,均有可采;“贞元以后,方足覆瓿”。这话说得再清楚不过的了。

王世贞到了老年,思想渐渐有一些转变,才悟到“代不能废人,人不能废篇,篇不能废句”(见《宋诗选序》,下同),而有取于宋、元之诗,并慨叹地说:“自北地(指李梦阳)、信阳(指何景明)显弘、正间,古体乐府非东京而下至三谢,近体非显庆而下至大历,俱亡论也。二季(指宋、元两代之诗)繇是屈矣!”但是,他却又说,他之有取于宋、元,“此语于格之外者也”。“以彼为我则可,以我为彼则不可。”所谓“我”,指的是汉、魏、盛唐的高格。文中转述何景明“宋人似苍老而实疏卤,元人似秀峻而实浅俗”二语,认为是确切不移的评价,对宋、元诗格,仍然是卑视的。不过“医师不以参苓而捐溲勃,大官不以八珍而捐胡禄障泥”,把宋、元纳入于捃拾的范畴之内,而不是认为“方足覆瓿”罢了。

“才生思,思生调,调生格。”既然格调源于才思,难道说,宋、元人就没有才思,不能自成其格调吗?由于时代的成见,贵远遗近的思想牢不可破,所以王世贞就陷于矛盾而不自知。如《卮言》卷四有云:

> 六朝之末,衰飒甚矣。然其偶俪颇切,音响稍谐,一变而雄,遂为唐始;再加整栗,便成沈、宋。人知沈、宋律家正宗,不知其权舆于三谢,橐钥于陈、隋也。诗至大历,高、岑、王、李之徒,号为已盛。然才情所发,偶与境会,了不自知其堕者,如“到来函谷愁中月,归去蟠溪梦里山”(岑参《暮春虢州东亭送李司马归扶风别庐》诗中句),“鸿雁不堪愁里听,云山况是客

中过”(李颀《送魏万之京》诗中句),“草色全经细雨湿,花枝欲动春风寒”(王维《酌酒与裴迪》诗中句),非不佳致,隐隐逗漏钱、刘出来。至“百年强半仕三已,五亩就荒天一涯”(高适《重阳》诗中句),便是长庆以后手段。吾故曰:衰中有盛,盛中有衰,各含机藏隙。盛者得衰而变之,功在创始;衰者自盛而沿之,弊繇趋下。又曰:胜国之败材,乃兴邦之隆干;熙朝之佚事,即衰世之危端。此虽人力,自是天地间阴阳剥复之妙。

在这里,他从大量的文学发展的现象中,看出了盛和衰对立统一的辩证关系,目光是相当锐利,思想是相当深刻的。然而这话却出诸“贞元而后,方足覆瓿”论者之口,岂不是辛辣的自我嘲讽?类似这样的矛盾,贯串在一部《卮言》里。他的后期,虽然态度有所改变,但这矛盾始终并没有得到解决。

王世贞才气颇高,在前、后七子中,学问也最为渊博,《艺苑卮言》一书涉及的方面很广,其中不乏精辟的艺术见解,在今天对我们可能还有启发的意义。如上所述,足见一斑。可是另一方面,王、李在当时主盟文坛,是以继承李、何为号召的。门户既立,习气自深;在某些关键的问题上,又未能摆脱前七子的影响。这是造成他理论上的矛盾的原因之所在,也是我们读《艺苑卮言》所必须加以分辨的。

《薑斋诗话》中论自然景物的描写

一

王夫之论诗要旨，见于《诗译》及《夕堂永日绪论》内篇，丁福保编为《薑斋诗话》，收入《清诗话》中。最近人民文学出版社出版的夷之整理的《薑斋诗话》，扩大了它的内容，增添了《绪论》外编（是论时文的）及《南窗漫记》（是交友遗诗的摘录）两种。把两本比较一下，新出版的一本，材料当然丰富得多，然而循名核实，似乎有杂而不纯的缺点，反不如丁本体制之谨严。我想，两本是可以并行的。此外，船山还有一些零碎的诗评，见于其《古诗评选》、《唐诗评选》、《明诗评选》之中，可与《诗话》相参证。这三个选本也都收在《船山遗书》里（民国二十二年排印本）。

船山是明末清初重要的诗论家，可惜《船山遗书》到清朝末年才刊行，这之前，很少有人注意到他。在标榜成习，坛坫自雄，闹得乌烟瘴气的明代，船山举门户陋说一扫而空之；反对"求模拟，求形似，求词采，求故实"；反对一切足以桎梏人的性灵的死法，猛烈地抨击高廷礼、李献吉、何大复、李于鳞、王元美、锺伯敬、谭友夏等人为一丘之貉的"艺苑教师"；尖锐地嘲笑那些"建立门庭"的"大家”、“才子”甚至对古今以来一致推崇的建安诗人领袖曹植也极表不满。这种绝空依傍，廓清摧陷的冲击精神，具有鲜明的时代意义，真能使人耳目一新。连清末拟古论者王闿运尽管不赞成他，也不得不佩服他的胆量①。

当然，船山的持论，在某些地方不免过于偏激，这因为他的话都是针对当时诗坛积重难返的风气，有感而发的。大凡一种救弊补偏的言论，其本身也往往不可能不偏不倚，止于至中至正。同时，在船山的文艺思想中也还存在封建文人的阶级偏见，表现在《诗话》里的有其极端顽固保守的一面。然而倘若本着批判吸收的精神去对待它，则《薑斋诗话》仍然不失为一部有重要价值的诗论。

我以为《薑斋诗话》中除了上述贯穿于全书的基本精神而外，值得注意的是：它对我国古典诗歌的艺术有不少独到的精辟之见。这些艺术见解都是从前人积累的宝贵的创作经验中，从大量的艺术成品的具体分析中总结出来的，其中表现得最为突出的就是关于自然风景的描写。

二

诗歌中一切景物的描写或纯粹描写自然的风景诗，都不可能不或显或隐地带有抒情的色彩。这情和景之间的关系是怎样呢？《诗话》说：

① 《湘绮楼说诗》卷五云：“看船山诗话，甚诋子建，可云有胆；然知其诗境不能高也，不离乎空灵妙寂而已，又何以赏‘远猷辰告’之句？”

无论诗歌与长行文字,俱以意为主。意犹帅也,无帅之兵,谓之乌合。李、杜所以称大家者,无意之诗,十不得一二也。烟云泉石,花鸟苔林,金铺锦帐,寓意则灵。若齐、梁绮语,宋人抟合成句之出处(自注:“宋人论诗,字字求出处。”),役心向彼掇索,而不恤己情之所自发,此之谓小家数,总在圈缋中求活计也。

这里“以意为主”的“意”,亦即“己情之所自发”的“情”。写景而必须出于“己情之所自发”,也就是说,诗歌里任何客观景物的存在,都是诗人按照他的主观感觉所描绘出来的主客观的统一体。这样,他就首先从理论上阐明了情与景不可分割的关系。客观景物随时随地可以触发人们的思想感情,而不同的人们在同样的环境中又能赋予客观景物以不同的情感色彩。两者是互相作用,互相渗透的。

诗文俱有主宾。……立一主以待宾,宾无非主,主宾者乃俱有情而相浃洽。

以诗人的思想情感为主,则客观景物是宾。“立一主以待宾”,说明诗歌的特点,在于诗情;诗歌中一切景物的描写都是为抒情而设的。“‘昔我往矣,杨柳依依;今我来思,雨雪霏霏。’以乐景写哀,以哀景写乐,一倍增其哀乐。”可见“天情物理,可哀可乐”,主宰的是诗人当时的心情。即使看来似乎是纯粹描写自然景物的诗句,也不例外。

“池塘生春草”,“蝴蝶飞南园”,“明月照积雪”,皆心目中相与融浃,一出语时,即得珠圆玉润,要亦各视其所怀来而与景相迎者也。

情与景相迎,则"关情者景,自与情相为珀芥",互相生发,取之而不尽,用之而不竭。因此,只有融情入景,才能使自然界的景物得到真实的艺术再现,才能塑造出富有生命活力的艺术形象。所谓"寓意则灵",所谓"主宾者乃俱有情而相浃洽",就是这个意思。反之,离开了抒情的意义而写景,则景物在诗歌中就会成为可有可无的游离部分,或者是没有生气的剪彩花朵,即使词华绮丽,字字有出处,也不过是无帅之兵、乌合之众而已。

情与景的联系是多方面的,含义是广泛的,对不同的作品来说,可以从不同的角度去理解:有的作品托物寄意,言在此而意在彼,通篇都是比体,如屈原《橘颂》之类;也有借物喻意,兴发于此,而义归于彼,如白居易《与元九书》里所举《诗经》"北风其凉"、"棠棣之华"之类;然而在更多的情况下,写景只是作为抒情的衬映,其中固然饱和着诗人的思想感情,体现出诗人的审美观点,所谓"寓意则灵",并不是说,都有所寄托,都带有象征的意味。在这个问题上,船山极力反对历代以来用经生说经的方式来解诗,澄清了许多牵强附会的说法。他说:"兴在有意无意之间,比亦不容雕刻。"其《唐诗评选》卷六评王绩《野望》一诗有云:

当其为景语但为景语,故高。"树树皆秋色"可云有比,"牧人""猎马"亦可云有比乎?唯初唐诗必不许谢叠山、虞道园一流舞文弄律;少陵不然,诲淫诲盗。

王绩生当隋末大乱之世,落拓失意,这诗描写秋日郊原傍晚景色,笼罩着一层黯淡的忧郁气氛，这乃是诗人寂寞孤独，空虚而无着落的心情的自然反映。我们可以说，中间写景的四句，景中有情，但却不能把它说得太实，太死。倘若逐句去寻找它的寄托，则诗的本身就会给刻舟求剑者以无情的嘲弄。因为三四两句还可以勉强说得通，而碰到五六两句就有时而穷了。所谓“当其为景语但为景语”，也就是说，“兴在有意无意之间”，不容强为牵合比附的。这类诗的特点，是通体空灵，不粘不滞，故高。当然，情景交融，也不可一概而论。像杜甫诗中确有一些抚时感事，借物喻意之处，如《丽人行》中的“杨花雪落覆白蘋”之类便是①。可是这情况并不普遍。然而也正因为杜诗里有了这种情况，就导致说杜者索解纷纭，弄得处处见神见鬼，无往而不求寄托之实，比兴之义。于是“渭北春天树，江东日暮云”这样写两地之景、见相思之情的明白浅显的诗句，也变成论文的月旦了②。“诲淫诲盗”，用“淫”和“盗”来比喻那些不理解情和景之间的关系，完全不懂得诗歌艺术，而以牵强附会为能事的人，骂得是多么的痛快！

情和景的关系问题，实质上是个形象思维的问题。我们通常所说的“赋”、“比”、“兴”，就是在我国古典诗歌理论上最早触及这个问题的。

---

① 《丽人行》结尾处云：“后来鞍马何逡巡，当轩下马立锦茵。杨花雪落覆白蘋，青鸟飞去衔红巾。炙手可热势绝伦，慎莫近前丞相嗔！”联系上下文，寻绎语意，“杨花”“青鸟”，确有所指。旧说隐喻杨国忠和虢国夫人兄妹间的暧昧关系，是可信的。

② 钱谦益《草堂诗笺略例》云：“宋人解杜诗，一字一句皆有比托。……黄鲁直解《春日忆李白》诗曰：‘庾信止于清新，鲍照止于俊逸，二家不能互兼所长。渭北地寒，故树有花少实；江东水乡多蜃气，故云色驳杂，文体亦然，欲与白细论此耳。’”王夫之在《唐诗评选》中对这类的说法，驳斥甚多。《诗话》云：“一部杜诗为刘会孟陻塞者十之五，为千家注沉埋者十之七，为谢叠山、虞伯生污蔑更无一字矣。”就是指这一类的牵强附会之说而言的。

人的思想情感是客观事物的反映；同时，埋藏在内心深处的思想情感，又是看不见，摸不着，非常抽象的。“感于物而动”。通过客观事物而把它表现出来，这就从抽象到具体，构成文学作品的形象。所以船山说：“情景名为二，而实不可离。”又说：“不能作景语，又何能作情语耶？”总的来说，每一首好诗，都应该是情景交融，都应该是主客观的统一体；但就表现的艺术手法而言，则有各种不同的方式：

古人绝唱多景语，如“高台多悲风”，“蝴蝶飞南园”，“池塘生春草”，“亭皋木叶下”，“芙蓉露下落”，皆是也，而情寓其中矣。

这类的诗句，不言情而情自见，是景语，亦即情语。船山所谓“神于诗者，妙合无垠”，就是指此而言的。它之所以“神”，因为是即景会心，浑然天成，无痕迹可寻的缘故。这是第一种情况。另一种情况是“巧”：

巧者则有情中景，景中有情。景中情者，如“长安一片月”，自然是孤栖忆远之情；“静影千官里”，自然是喜达行在之情。情中景尤难曲写，如“诗成珠玉在挥毫”，写出才人翰墨淋漓，自心欣赏之景。凡此类，知者遇之；非然，亦鹘突看过，作等闲语耳。

又云：

“亲朋无一字，老病有孤舟”自然是登岳阳楼诗。尝试设身作杜陵，凭轩远望观，则心目中二语居然出现，此亦情中景也。

“景中情”，是以自然景物衬托出情感，由景入情。所谓“巧”，指的是所写之景和所抒之情配合得恰到好处，贴切不移。它之所以不同于前面的一种，只在于有意和无意的分别。“情中景”，是以抒情为主。从所举的两个例句来看，一个是从才人挥洒翰墨的情思中带出珠圆玉润的景象；这“珠玉”在句中作为“诗”的形容，是虚写。一个是抒写登临眺览中的身世之感，于情中见景；这“孤舟”是诗人“凭轩”所看到的，它和上面“吴楚东南坼，乾坤日夜浮”两句景中之情紧相呼应，是实写。两个都是情中之景，写法不同，但同样可以看出诗人的艺术匠心。

上面所举几种不同的表现方法，都是就自然风景诗或抒情诗中夹有写景部分，或者是借助于景物的形容而说的，可是在大量的不同题材、不同风格的诗歌中，却也有一种直接描绘心理状态的诗句，对于这类的诗，如何理解它，又如何去欣赏它呢？船山在《诗话》中作了这样的阐发：

> 以写景之心理言情，则身心中独喻之微，轻安拈出。谢太傅于《毛诗》取“讦谟定命，远猷辰告”，以此八字如一串珠，将大臣经营国事之心曲，写出次第；故与“昔我往矣，杨柳依依，今我来思，雨雪霏霏”，同一达情之妙。

“讦谟定命，远猷辰告”，这里面既没有环境背景的衬托，也没有用任何景象来作为形容，然而它却能曲折地写出大臣谋国的心事，使读者如见其人，一点也不感到它概念化。这秘密又在哪里呢？船山一针见血地指出：这是“以写景之心理言情”。何谓“以写景之心理言情”？倘若我们仅仅把它理解为具体地、形象地表现思想情感，那就未免太肤浅了。船山说的“写景之心理”，指的是诗人描写客观景物时的艺术构思。在《诗话》里，他反复强调诗人的艺术构思，必须以亲身的体察作为出发点，然后才有可能由表及里，深入到事物的内在本质；而把这种内在本质的特征描绘出来，就能穷物之理、传物之神，而不停留在事物的外在形态上。写景如此，写情也是这样。要写出“身心中独喻之微”，也就是说，要写出带有特征性的而又具有普遍意义的典型情绪。“以写景之心理言情”，其真谛乃在于此。

三百年前的王夫之，对诗歌艺术形象思维的基本特点有了这样的认识，在中国文学理论发展的历史上，不能不说是代表了这个时代最高的水平。近代著名的文艺理论家王国维《人间词话》云：“昔人论诗词，有景语、情语之别，不知一切景语皆情语也。”这和船山“情景名为二，而实不可离”是一个意思。他又说：“词家多以景寓情，其专作情语而绝妙者，如牛峤之‘甘(当作“须”)作一生拚，尽君今日欢’；顾夐之‘换我心为你心，始知相忆深’；欧阳修之‘衣带渐宽终不悔，为伊消得人憔悴’；美成之‘许多烦恼，只为当时，一饷留情’。此等词，求之古人词中，曾不多见。”为什么“专作情语而绝妙”呢？从所举四例来看，都是由于这些作者能够将“身心中独喻之微，轻安拈出”，表现得既曲折而又具体；也就是，“能以写景之心理言情”。在这里，静庵所阐明的，并没有超出船山的范围，而恰恰可以作为船山的话的注脚。

三

基于情和景的关系的认识，王夫之对自然景物的描写特别强调直接的体验。《诗话》中有关这方面的论述，都围绕这个核心。他说：

> 身之所历，目之所见，是铁门限。即写大景，如“阴阳众壑殊”、“乾坤日夜浮”，亦必不逾此限。非按舆地图便可云“平野入青徐”也，抑登楼所得见者耳。隔垣听演杂剧，可闻其歌，不见其舞；更远则但闻鼓声，而可云所演何出乎？

又云：

> “僧敲月下门”，只是妄想揣摩，如说他人梦，纵令形容酷似，何尝毫发关心？知然者，以其沉吟“推”“敲”二字，就他作想也。若即景会心，则或“推”或“敲”，必居其一。因景因情，自然灵妙，何劳拟议哉？“长河落日圆”，初无定景；“隔水问樵夫”，初非想得，则禅家所谓现量也①。

诗是对想象力提出形象的艺术。“寂然凝虑，思接千载，悄焉动容，视通万里。”②想象的驰骋，不可能局限于诗人直接的生活体验；然而直接的生活体验，是想象的基础和出发点。离开了这个基础和出发点，那只是“妄想揣摩”；纵使“役心向彼掇索”，终于隔靴搔痒。船山反复强调“身之所历，目之所见”的直接体验，

① “现量”是佛学法相宗惯用的术语，与“比量”相对而言，指不通过语言文字的媒介而直接证悟。

② 刘勰语，见《文心雕龙·神思》。

无疑是正确的；但为了强调直接体验，而把“身之所历，目之所见”的直接体验说成是不可逾越的“铁门槛”，那就过了头了。他举贾岛《题李凝幽居》诗中“僧敲月下门”句作为“妄想揣摩”的反面例子也未必恰当。因为这里写的是诗人在这一清幽环境中所亲身感受到的，也是“即景会心”之景。至于沉吟于“推”、“敲”二字之间，乃是炼字的问题。既然诗歌是语言艺术，那就不可能排除字句的锻炼的。那么对船山这些话应该怎样去理解呢？原来在古往今来为人所传诵的名句中，确有一些是“即景会心”，灵机触发，偶然得之，妙语天成，而无假于文字的琢磨锻炼者。所谓“初无定景”，“初非想得”，所谓“何劳拟议”，正说明了这个道理。这是船山所向往的诗的最高境界。这样，他就把直接的生活体验，引入妙悟一路，因而以禅家的“现量”喻诗。

强调直接的体验，以佛家的“现量”喻诗，因而船山在艺术上所追求的是一种活泼空灵的意境。

> 含情而能达，会景而生心，体物而得神，则自有灵通之句，参化工之妙。若但于句求巧，则性情先为外荡，生意索然矣。

这话说明了一点：必须是作者的心情和所描写的对象契合于无间，然后才能把客观景物写得透彻玲珑，生气蓬勃，妙合自然；绨章绘句的雕琢之巧，反而会斫伤这种自然之美。

大自然的景物时刻在变化中，它和诗人的心情偶然凑泊而构成一种意境。因此，把握一刹那间的感觉，快速地捕捉形象，是非常重要的了。苏东坡诗所说，“作诗火急追亡逋，清景一失后难摹”(《腊日游孤山访惠勤、惠思二僧》)，就是这个意思。

活泼空灵的意境，是从“神理凑合时，自然拾得”的，所以描写必须穷物之理，传物之神。

何谓穷物之理？他说：

> 苏子瞻谓：“桑之未落，其叶沃若。”体物之工，非“沃若”不足以言桑，非桑不足以当“沃若”，固也。然得物态，未得物理。“桃之夭夭，其叶蓁蓁”，“灼灼其华”，“有蕡其实”，乃穷物理。“夭夭”者，桃之稚者也。桃至拱把以上，则液流蠹结，花不荣，叶不盛，实不蕃。小树弱枝，婀娜妍茂，为有加耳。

这“理”不是前面“饶他有理”的理，是事物本身存在的特征，是诗人由表及里，直接体验出来的。穷物之理，到了这样的境地，方可谓之“体物而得神”。

何谓传物之神，他说：

> 有大景，有小景，有大景中小景。“柳叶开时任好风”，“花覆千官淑景移”，及“风正一帆悬”，“青霭入看无”，皆以小景传大景之神。若“江流天地外，山色有无中”，“江山如有待，花柳更无私”，张皇使大，反令落拓不亲。

为什么以小景写大景反而能传大景之神呢？因为描写自然风景，无论所描写的对象是如何的庞大广阔，诗人总是以自身所直接感觉到的作为出发点。正因为是以自身所直接感觉到的作为出发点，所以他可以从某一个角度或某一个方面去着笔，由小见大。广摄四旁，圜中自显。写出来的景物，意与象合，就自然精神活跃纸上了。

由于从情景的关系来论诗，所以船山对所谓“势”，也有其独特的理解：

> 以意为主，势次之。势者，意中之神理也。惟谢康乐为能：取势宛转屈伸，以求尽其意。意已尽则止，殆无剩语。夭矫连蜷，烟云缭绕乃真龙，非画龙也。

“意”是融注入客观景物中的诗人的思想感情，而“势”则指一种宛转屈伸的表现手法。宛转屈伸以尽意，才算是能“取势”；“取势”也就是取其“意中之神理”。这和我们通常所说的喷薄而出的气势之“势”，是有所不同的。因此，他以为诗贵简而不贵繁；贵含蓄而不贵刻露；贵优柔善入，婉而多风，而不贵排比铺陈，纵横驰骋。其所以不满意于白乐天、苏东坡，说他们的诗“如决池水，旋踵而涸”，“萎花败叶，随流而漾”，正因为这个缘故。

从上面简略的论述中，可以看出船山对我国古典诗艺术，确有很多发前人之所未发，剖析入微之处。不过他所阐明的也只是多种多样的风格当中的一种风格；而他的着眼点则在抒情写景的小诗，对波澜壮阔的长篇，“鲸鱼碧海”，“巨刃摩天”的意境，是缺乏理解的。

船山的文艺观点是片面的，然而也正是在这片面性之中有其深刻性；我国丰富的文学理论遗产的客观存在，就是这许多片面性的总和。我们既要认识它的深刻性，也要看到它的片面性，节而取之，可也。

桐城派方、刘、姚三家文论评述

《清史稿》卷四百八十五《文苑》二《刘大櫆传》云：

桐城自方苞为古文之学，……姚鼐继起，其学说盛行于时。尤推服大櫆。世遂称曰“方、刘、姚”。

同卷《姚鼐传》云：

鼐工为古文。康熙间，侍郎方苞名重一时，同邑刘大櫆继之。三人皆籍桐城，世传以为桐城派。

桐城派创始于方苞，刘大櫆、姚鼐继起，门庭遂日益张大。方、刘、姚是桐城派的奠基人。

这个散文流派，产生于我国封建社会末期。从它一开始，就和宋代的理学结合在一起，由程、朱上溯孔、孟，宣扬儒家之道；它以归有光承接唐、宋八家，上溯先秦、两汉，探源《六经》、《左》、《史》之文；它对民间文艺以及新兴的小说、戏剧文学，顽固地采取排斥和鄙视的态度。就其总的倾向来说，它是保守落后的，是代表封建阶级正统思想的文学派别。

“五四”运动揭开了反帝反封建的新民主主义革命序幕。它以不妥协的战斗精神，首先在文化领域里冲击一切阻碍革命的封建残余。而在提倡白话文、反对文言文的问题上，专捧以姚鼐为代表的桐城派大旗、为旧文学张目、与之相对抗的林纾适当其冲。于是“桐城谬种”之说，遂流播众口。在革命急剧转变时期，斗争锋芒所指，有如狂飙骤雨之扫荡林莽，它不可能有所取舍，有所顾惜。积重难返，不破不立。不如此，就不能奏廓清摧陷之功。这是势所必然的。但我们是否就可以因此而遂对桐城派全盘否定，一笔抹煞呢？当然不应该这样。

如何全面地、具体地、实事求是地评价桐城派，给以恰如其分的历史地位，是个比较复杂的问题。这里我觉得有一点值得注意：即自从桐城派成为宗派以来，作家辈出，衣钵相承，历时二百余年之久。即使到了它的后期，也还有卓然自立的名家，作为殿军；桐城“尽俗”之文，仍为目空今古的章炳麟所称道①。尽管自从这个流派建立的那时起，毁誉繁兴，然而尊奉坛坫，寻声逐影者流，毕竟多于谤议讥评之辈。其声气之广，影响之大，有点类似江西诗派。这种现象，在文学史上也是不多见的。其所以如此，不仅由于桐城派文人多少还有一些比较优秀的散文作品传世，在创作实践上显示出一定的业绩；同时更由于这一文派的奠基人，从方苞历刘大櫆到姚鼐，不断地探讨了我国古代散文的艺术经验，从理论上加以阐发和总结，并在继承传统的基础上，建立了自己的理论体系。而这一理论体系，在当时，起着指导和推动创作的作用；对今天来说，仍然有可以借鉴和吸取之处的。

① 光昇(明甫)《论文诗》云：“余杭识眼空今古，独许桐城‘尽俗’文，方姚守约延陵博，抱润铮铮殿后军。”参看《太炎文录》初编卷二《与人论文书》。

一

谈到桐城的散文理论，大家的注意力都集中到方苞的“古文义法”。

“古文义法”是桐城文论重要内容之一，而且是桐城派最早亮出的一面理论旗帜。可是“义法”之说，是否就可以范围桐城文论的全部内容，或者说，这就是桐城文论的最高准则呢？姚鼐《惜抱轩尺牍》卷五《与陈硕士》有云：

> 望溪所得，在本朝诸贤为最深，然较之古人则浅。其阅《太史公书》，似精神不能包括其大处、远处、疏淡处及华丽非常处。只以义法论文，得其一端而已。

桐城文派发展到姚鼐时代，理论认识逐渐提高，回头看看方苞的“义法说”，认为仅仅“得其一端”，“于古人为浅”，可见作为桐城派的文论，自有其较广较深者在。大辂椎轮，“义法”只能算是个起点。

方苞论文，以“义法说”为轴心，《望溪集》中有关的文论，始终环绕着这个轴心旋转，百变而不离其宗。在他看来，古文之所以为古文，正是由于有其“义法”。

《答申谦居书》（见《望溪集》卷六）说古文“本经术而依事物之理”，“与诗赋道异”。《古文约选序》（见同上集外文卷四）一开始就强调古文源于《六经》、《语》、《孟》，和其他文体不同。他以为古今事理虽殊，而文章所以阐明事理则一；今人为文，要能达到古人立言不朽的标准，才算是古文；要写古文，就必须继承古人著作的精神，依义以制法。依义以制法，才能由法以见义。法本于义，而义又是离不开法的。《古文约选序》说韩愈“因文以见道”，正因为“学古道”而又能“通其辞”的缘故。这就是方苞“义法说”的前提。

什么是“古文义法”？他在《又书货殖传后》（见同上卷二）作了纲领性的说明：

> 《春秋》之制义法，自太史公发之，而后之深于文者亦具焉。义即《易》之所谓言有物也，法即《易》之所谓言有序也。义以为经，而法纬之，然后为成体之文。

从这可以看出：（一）“义法”这一名词来源于《史记》（见后引）。其实，司马迁所说的“义法”，和文章的义法并不完全是一回事，方苞只不过借以论文；否则就不用说“后之深于文者亦具焉”了。抛开了方苞所说的“义法”的具体内容，而过多地从字义上对这一名词术语作烦琐的考证，是没有必要的。（二）这一名词术语的完整意义，指的是有内容，有条理，结构谨严，合乎体制的文章。分开来讲，义是义，法是法。义和法，在一篇之中，又有其一经一纬、相辅相成的主次关系。义法是要求形式服从于内容，内容和形式的统一。用意非常明白。

论文言法，初学才有阶级可寻。本于义而言法，则法才不至成为死的教条，而导致生搬硬套、模拟剽窃的弊病。方苞“义法说”之所以高于明代前、后七子、唐顺之、茅坤以及清初的文论家，正在于此。

文有定法，不容作者矜智师心；然而题材不同，体制各异，则法又有其不定的一面。所谓因义以立法，其着眼点，乃在于此。

从不同的题材来说，《答孙以宁书》（同上卷六）云：“古之晰于文律者,则其所载之事,必与其人之规模相称。”文中举《史记·陆贾列传》与《萧相国世家》、《曹相国世家》相对比,证以司马迁在《留侯世家》里的说明,指出叙次详略之所以不同,由于描写对象身份的各异。他说这些地方,正是司马迁“明示后世缀文之士以虚实详略之权度”;而“宋、元诸史若市肆簿籍,使览者不能终篇,坐此义不讲耳”。事与人称,量体裁衣,此之谓义法。

从不同的体裁来说,《与乔介夫书》(同上卷六)举晋公子重耳出亡时齐姜和他的一段谈话为例,以《国语》和《左传》相对照,以为世传两书同出左邱明之手,题材相同,而叙次详略不同,因为“一国之语可详也;传《春秋》总重耳出亡之迹,而独详于此,则义无取”。所以说:“诸体之文,各有义法。”

在某种特定情况下,文有变体,亦即有变法。《书五代史安重诲传后》(同上卷二)云:“法之变,盖其义有不得不然者。”文中指出史传文应该以记事为主,而《史记》中伯夷、孟轲、荀卿、屈原等传,别出机杼,夹叙夹议,则是由于“四君子之传,以道德节义,而事迹无可列者”的缘故。欧阳修不理解文体有常有变,更不明白其所以变的原因,从而仿效,这就直接违背了司马迁的义法。

这些,就是方苞认为在写作上的一些基本法则;而这些基本法则,都是于义不得不然的。所谓义经法纬的“成体之文”,意即指此。

方苞揭橥“义法”之说,以为发明于司马迁。按:《史记·十二诸侯年表序》有云:“孔子次《春秋》,上记隐,下至哀公之获麟,约其文辞,治其烦重,以制义法。王道备,人事浃。”很显然,《春秋》的“义法”,指的是备王道,浃人事的褒贬笔削的意义和法式;而方苞之所以借用这一术语,把它联系到散文写作,则是从“约其文辞,治其烦重”这句话里得到启发,因而删繁就简,就成为他的“义法说”

所反复强调的课题。《古文约选序例》指出“《诗》、《书》、《易》、《春秋》及《四书》一字不可增减”，认为是“文之极则”；《左传》、《史记》、韩文虽是长篇，可删节的字句甚少；其他诸家，就不免有“义支辞冗”之处。《书韩退之〈平淮西碑〉后》（同上卷五）指出《史记》的论赞，“其指意辞事必取之本文之外”，这就是韩愈在《平淮西碑》里所继承的司马迁的义法；而《汉书》以下，“有括终始事迹以为论赞者，则于本文为复”。他说：“夫文未有繁而能工者，如煎金锡，粗矿去，然后黑浊之气竭而光润生。”（同上卷六《与程若韩书》）要其指归，是以言简意赅为第一要义。

基于这样的认识，方苞提出了古文语言纯洁化的问题。

他以为古文既不同于诗赋和其他文体，那就必须具有不同于其他文体的语言。《古文约选序例》云：“辨古文气体，必至严乃不杂。”又说：“古文气体，所贵澄清无滓。”而要达到“不杂”乃至“澄清无滓”的境地，首先得从语言着手。他说：“南宋、元、明以来，古文义法不讲久矣。吴、越间遗老尤放恣，或杂小说，或沿翰林旧体，无雅洁者。”（见沈莲芳《书方望溪先生传后》引）接着又说：“古文中不可入语录中语，魏、晋、六朝人藻丽俳语，汉赋中板重字法，诗歌中隽语，南、北史佻巧语。”意谓文章的雅洁与否，具体体现在语言文字之间。从语言文字的角度来讲求“义法”，则“义法”才能落到实处；而绳以“义法”，就必须汰去一切不合古文体制的语言杂质。

至于如何探求“义法”，《望溪集》中不止一次地指出：“义法”最精的莫如《左传》、《史记》，而学习《左》、《史》的“义法”，又必须从唐、宋八家入手。他反对“求古求典，而流为明七子之伪体”（见《古文约选序例》），看法也比较切实。然而论文而仅仅停留在“义法”上，正如姚鼐所说，“得其一端而已”。

首先，就“义法”本身而言，它不可能深入到艺术领域中的最高境界。因为法究竟是个有形迹、有程式的东西；论文而言法，它所能阐明的只不过是文章写作的某些基本法则。姚鼐在《复鲁絜非书》(《惜抱轩集》卷六)里说得非常清楚：

> 抑人之学文，其功力所能至者，陈理义必明当，布置取舍、繁简廉肉不失法，吐辞雅驯不芜而已。……然尚非文之至。文之至者，通乎神明，人力不及施也。

“通乎神明”，指的是可以意致而不可以言诠的文章意境之美，那就不属于法的范畴了。正因为方苞论文跳不出“义法”的圈子，所以在《古文约选》一书的选录标准里，就具体地暴露了这个弱点。他说周末诸子之文，“汪洋自恣，不可绳以篇法”；对韩文墓志铭，“奇崛高古精深者皆不录”，也是由于学者无从窥寻其篇法的缘故。可见他所揭示的法，陈义并不高，事实只能停留在谋篇、造句、修辞等一般问题上。所谓“布置取舍、繁简廉肉不失法，吐辞雅驯不芜而已”。

《古文约选序例》说：“古文气体，所贵澄清无滓；澄清之极，自然发为光精，则《左传》、《史记》之瑰丽浓郁是也。”方苞看到《左》、《史》的瑰丽浓郁，不在于色彩声音上的故为炳炳烺烺，而是澄清光精的自然焕发，不能说不是精辟之论。可是澄清无滓而又瑰丽浓郁，乃是艺术上的一种最高境界，即韩愈《答李翊书》里所说的“其皆醇也，然后肆焉”。澄清之极，如何自然地发为瑰丽浓郁的光精，绝不是“义法说”所能解决的。这些地方，方苞在理论上还是明而未融，他没有也不可能作进一步的探讨。

其次，就文章的体裁来说，“古文义法”所涉及的范围也是比较狭隘的。

“义法”一词，源于司马迁之论《春秋》；而方苞之阐明“义法”，则以《左传》、《史记》为准则。《春秋》和《左传》、《史记》都是记叙之体，由源演流，“义法”之说，就很自然地侧重在记叙文方面。就记叙文而言记叙文，如前所述，作为“义法”的具体内容，主要是“虚实详略之权度”。其实，这种理论，并不始于方苞，早在唐朝的刘知幾、宋朝的欧阳修就已发其端[①]，方苞只是在前人的基础上丰富其内容，发展成为一个完整的理论而已。“虚实详略之权度”，可言之法也；然而记叙文中人物的描写，情节的刻画，千变万化，文章家另有其精湛的艺术构思在。仅仅从虚实详略着眼，自然不能见其“大处、远处、疏淡处及华丽非常处”了。不仅此也，在某些地方，绳以“义法”，往往由于强调剪裁概括，以虚代实，以简驭繁，而取消了具体的描绘，势必导致损害或削弱了文学的形象性。

复次，就文学作品的语言来说，方苞所论，也带有很大的片面性。

第一，文章本同而末异，古文和诗赋以及其他文体体裁不同，这是不容否认的事实；然而它们之间，又绝不是各自孤立的现象。方苞为了抬高古文的地位，把古文和诗赋之类的纯文学截然对立起来，则是完全错误的。他认为古文应该刊落浮华，不尚藻饰，区别于其他文体的语言，有其一定的道理。但不同的文体，要求在语

① 《史通·叙事》篇所说的“尚简”和“用晦”，《模拟》篇所说的“貌同心异”与“貌异心同”；欧阳修在《论尹师鲁墓志》、《与杜䜣书》中关于传记文详略虚实的论述，虽不言“义法”，而实际上已是“义法说”的滥觞。参看郭绍虞的《中国文学批评史》三四“古文家欧、曾诸人的理论”一章。

言上各具有自身的特点，这只是相对而言的。两者之间，又有其互相联系的一面。不少杰出的作家，语言艺术的天才往往表现在善于吸取和融化另一种文体的语言上。杜甫、苏轼之于诗，辛弃疾之于词，这样的例子，不胜枚举。正因为善于吸取和融化，才不断地丰富了各种文体的语言艺术。可是方苞却把问题绝对化了。按照他所制定的关于古文语言的清规戒律，不但把散文语言的艺术领域范围在一个非常狭窄的天地里，而且在表情达意的功能上也会受到很大的限制。方苞这种论调，对后来桐城派的文风起了极大的影响。一般说来，桐城文都还写得比较干净朴素，固由于此；而语言缺少变化，显得单调而贫乏，也由于此。

第二，文学语言不同于其他社会科学的书面语言，一个散文家应该而且必然有他自己的语言特色。这种语言特色，和作家完整的艺术风格紧密地联系着。繁简详略，是不可一概相量的。方苞绳以“义法”，一味地追求雅洁，一味地尚简，就不免损害了作家语言的特色。他在评点《唐宋八家文钞》中对柳宗元、欧阳修文颇表不满，正由于看不到这点。姑举其删改欧阳修《岘山亭记》为例：

> 岘山临汉上，望之隐然，盖诸山之小者，而其名特著于荆州者，岂非以其人哉！其人谓谁？羊祜叔子、杜预元凯是已。方晋与吴以兵争，常倚荆州以为重，而二子相继于此，遂以平吴而成晋业。

评点本删去“其人谓谁”两句，而把“而二子相继于此”改为“而羊祜叔子、杜预元凯相继于此”。这样，就比原文简洁，达到了“文省而义见”的效果。对学文者来说，是有所启发的。可是从另一意义来说，波澜荡漾，往复萦回，从唱叹中见情致，乃是欧阳修散文所独有的艺术风格。与这种风格相适应的，在语言方面也必然有其特色；而这种特色，是包含着一切优点和缺点与读者相见的。类似方苞所指摘的，诚然是累句、复句，然而并不妨害欧阳修的散文艺术；某些地方，加以删削，过于修饰，反足以破坏其风格意境之美。语言文字是文学作品的基本材料，论文学固不能离开语言文字，但必须看到矛盾的特殊性，从作家风格的总体，从语言本身的无限丰富和多样性来看待这个问题。倘若胶柱鼓瑟，执其一端，用一个标尺、一种规范作为衡量的标准，斤斤计较于一词一句之间，那就很可能明察秋毫，而不见舆薪；只见树木，而不见森林了。这些地方，方苞持论之严，适足见其取径之狭，所见之浅。他说归有光的文辞，"近俚而伤繁"（《望溪集》卷五《书归震川文集后》），而姚鼐所欣赏的却在归氏文中"能于不要紧之题，说不要紧之语"（见后引）；认为"震川论文深处，望溪尚未见"（《惜抱轩尺牍》卷五《与陈硕士》），正是指这些地方而说的。

任何一种意识形态，都是一定社会历史条件的产物。桐城派之出现于清初文坛，方苞之提出"古文义法"作为论文的规范，都不是偶然的。

农民革命的风暴，摧毁了朱明王朝的腐朽政权。满洲统治者乘机入主中原后，经历了数十年民族斗争的腥风血雨，到康熙后期，清王朝以次削平叛乱，不断开拓疆宇，逐步恢复和发展生产，完成了统一大业。为了进一步巩固新政权，康熙帝玄烨深深懂得思想统治的重要性。而崇天理、去人欲，拱手高谈心性格致的宋儒理学，是束缚个性、禁锢思想的一种反动没落的思想潮流，是符合于封建统治阶级政治需要的。于是召唤程、朱的亡灵，为新朝的政治服务，就被提到议事日程上来。康熙五十一年（公元1712年）二月，特诏以朱熹配享孔庙，位在十哲之次，便能窥见此中消息。而汤斌、李光地等人也都以理学名儒，遭际时遇，受到重用。不仅如此，玄烨本人就是个理学家。《清史稿》卷八《圣祖本纪》论中特别指出："圣学高深，崇儒重道。几暇格物，豁贯天人，尤为古今所未觏。"在他的大力提倡下，早已衰落的宋代理学，一时余烬复炽，又成为学术思想领域的统治思想。

方苞潜心宋学，同时又是个古文家。从他一生的政治经历来看，他就是以文学，特别是以理学而受到最高统治者赏识，致身通显的。康熙五十二年（公元1713年），他因《南山集》一案的株连，编入汉军旗。由于大学士李光地的荐举，以奴隶的身份，召值南书房，成为文学侍从之臣。尔后，历雍正、乾隆两朝，他的官越做越大，搞的始终是意识方面的工作①。由于他既是理学家又是古文家，于是以韩、欧、曾、王之文，载濂、洛、关、闽之道，合道统文统于一身，就成为他生平的祈向。《清史稿》卷二百九十《方苞传》说他"为学宗程、朱，尤究心《春秋》、《三礼》。……其为文，自唐、宋诸家上通《太史公书》，务以扶道教、裨风化为任。"方苞就是在这种时代政治气候中，处于这种社会阶级地位，抱着这种宗旨，来开创桐城文派的。

由于桐城文派一开始就依附于清朝统治者所提倡的宋儒理学，有其特定的时代政治背景，因而托体甚尊，被认为文派的正统。

① 方苞于康熙朝，曾直南书房及养蒙斋，编校《御制乐律》、《算法》诸书，充武英殿修书总裁。雍正朝，累官至内阁学士、礼部侍郎，充《一统志》总裁、《皇清文颖》副总裁。乾隆朝，充《三礼义疏》副总裁，再直南书房。事见《清史稿》本传。

例如袁枚《小仓山房诗集》卷二十六《仿元遗山论诗》第一首云：

> 不相菲薄不相师，公道持论我最知。
> 一代正宗才力薄，望溪文集阮亭诗。

很显然，袁枚对桐城派，对方苞并不佩服。诗中讥其“才力薄”，但却不得不承认他是“一代正宗”，即其明证。

把古文和理学结合起来，方苞在这方面曾经作了毕生的努力。然而事实上古文是古文，理学是理学；两者不但不能相济为用，而且足以相妨。试观宋儒之重道轻文，把文和道对立起来，其结果，取消了文学。方苞力图合道统文统于一身，从道的角度来说，理学发展到了那个时期，已是日薄西山，他没有也不可能对身心性命之说有什么新的阐发；从文的角度来说，他却不免受到宋儒的影响，而妨害了他对散文艺术的深入探求。后来，极端推服方苞的戴钧衡，在《重刻望溪文集序》里，吹捧他“羽翼道教”，功在韩、欧之上。认为“文家精深之域，惟先生掉臂游行。周、汉、唐、宋诸家义法，亦先生出，而后揭如日月”。把方苞的地位，抬到了吓人的高度。但他却也看出了这样一个矛盾。他说：“盖先生服习程、朱，其得于道者备；韩、欧因文见道，其入于文者精。入于文者精，道不必深，而已华妙而不可测；得于道者备，文若为其所束，转未能恣肆变化。”由于方苞的文学观里渗透了理学家迂拘陈腐的思想，就使得他执着地把古文的内容和宋儒义理之学紧密联系起来，把古文的体制看得特别尊严，把古文的范围看得过于狭隘。“义法说”反复强调的清规戒律；《望溪集》中不乏清真雅正之作，而无精深华妙的文风，正是这种文学观的具体表现。

他在《答申谦居书》中说,“艺术莫难于古文”。其所以难,在他看来,归根结底,是人的品德修养问题。至于《左》、《史》以来相承的“义法”,则期月之间,便可全部讲明。从这更可看出,他的“古文义法”之“法”所能达到的深度和广度,只不过是虚实详略的行文之法而已。

二

姚鼐《刘海峰先生八十寿序》(《惜抱轩文集》卷八)中引程晋芳、周书昌语有云:“为文章者,有所法而后能,有所变而后大。”这话可借以概括桐城派在散文理论建设上的两个阶段。方苞的“义法说”,示人以“有所法而后能”,代表其前期;到姚鼐提出了一套完整的散文艺术理论,才“有所变而后大”,进入成熟的后期。介乎方、姚之间,起着承先启后作用的则是刘大櫆。桐城派文论的变,从他开始。

刘大櫆和方苞的身份不同,他只是个失意文人①,没有必要像方苞那样以“扶道教、裨风化为任”。作为方苞的继承者,尽管他也不否定文道结合,但他所侧重的显然是在唐、宋八家之文而不在宋儒之道。方宗诚《桐城文录序》(《柏堂集》次编卷一)云:“海峰先生之文,以品藻音节为宗。虽尝受法于望溪,而能变化自成一体。义理不如望溪之深厚,而藻采过之。”《清史稿》本传说他“虽游苞

① 刘大櫆于雍正朝,两登副榜,不获举,两次应荐,均未录。终黟县教谕。事见《清史稿》本传。

门,传其义法,而才调独出”,正窥破了个中消息。他论文,首先突破了方苞的“义法说”而集中精力探讨到散文的艺术问题。其宗旨均见于所著《论文偶记》(以下简称《偶记》)。其中有一段话,可看作全书的纲领:

> 行文之道,神为主,气辅之。曹子桓、苏子由论文以气为主,是矣。然气随神转,神浑则气灏,神远则气逸,神伟则气高,神变则气奇,神深则气静,故神为气之主。至专以理为主者,则未尽其妙。盖人不穷理读书,则出词鄙倍空疏;人无经济,则言虽累牍,不适于用。故义理、书卷经济者,行文之实;若行文自另是一事。譬如大匠操斤,无土木材料,纵有成风尽垩手段,何处设施?然即土木材料而不善设施者甚多,终不可为大匠。故文人者,大匠也,义理、书卷、经济者,匠人之材料也。

这意思是说,文章的思想内容虽在作品中起主导作用,但艺术的本身却有其特殊的属性和相对的独立意义。思想性不等于艺术性。严羽论诗,谓“诗有别材,非关书也;诗有别趣,非关理也”(见《沧浪诗话·诗辨》),也是这个意思。

就行文而言,他认为“古人文章,可告人者惟法耳”;然而文章“无一定之律,而有一定之妙”。艺术的深广含义,不可能仅仅从法的角度去索解。即使是于义以求法,法不至成为死法,也还只是个法。故曰:“至专以理为主,则犹未尽其妙也。”这话是隐隐针对方苞专以“义法”论文而发的。

由于文章有“一定之妙”,因此,他论文就着重在艺术上的体会,而拈出神气作为文章的极致。同时,也由于他的着眼点在艺术方面,则古文的理论,就可通之于诗歌。这一点,下开姚鼐文论之先声,和方苞更是各异其趣的。

神和气分开来讲,则气是指语言的气势;而神则是“气之精者”,是形成一种独特风格最本质的东西,亦即作者性格特征在艺术上完满而成熟的表现。离开了神而言气,则“气无所附,荡乎不知所归”,而不免流于虚矫、矜张、浮滑和浅易;离开了气而言神,则神也就难以捉摸。神是气的本体,气是神的表现。故曰:“神者气之主,气者神之用。”神来,气来,则词随之而来,纵横开阖,神明变化,无往而不如意了。

刘大櫆以神气论文,并不意味着废弃法度。他说:“古人文字最不可攀处,只是文法高妙。”这“高妙”的“文法”,正是以神运气,以气驱辞,“其来无端,其去无迹”,不恃法度而又不离法度的境界。在他看来,神气可以包括法度;而拘于法度,反不能得其神气。以神气论文,虽不言法度,而法度自在其中。故曰:“神者,文家之宝。”严羽论诗,谓:“诗之极致有一,曰入神。诗而入神,至矣,尽矣,蔑以加矣!”(见同前)陶明濬解释说:“入神之义,心通其道,口不能言;己所专有,他人不得袭取。所谓能与人规矩,不能使人巧。巧者其极为入神。”(见《诗说杂记》)这话说明了神气与规矩法度之间的关系,可与刘大櫆论文之说相发明。

《偶记》又云:

> 文贵奇。……奇正与平相对。气虽盛大,一片行去,不可谓奇。奇者,于一气行走之中,时时提起。
>
> 文贵远,远必含蓄。或句上有句,或句下有句,或句中有

句，说出者少，不说出者多，乃可谓之远。昔人论画曰："远山无皴，远水无波，远树无枝，远人无目。"此之谓也。

文贵疏。宋画密，元画疏；颜、柳字密，锺、王字疏；孟坚文密，子长文疏。凡文力大则疏。气疏则纵，密则拘；神疏则逸，密则劳；疏则生，密则死。

书中类似这样足以启发人意的艺术见解颇多，都是从神气中体会出来的。

以神气论文，确实是给深入到艺术领域找到了一把开启关键的钥匙；然而神气毕竟太抽象，于是刘大櫆提出了于音节求神气，于字句求音节的方法。《偶记》云：

神气者，文之最精处也；音节者，文之稍粗处也；字句者，文之最粗处也。然论文而至于字句，则文之能事尽矣。盖音节者，神气之迹也；字句者，音节之矩也。神气不可见，于音节见之；音节无可准，以字句准之。

音节高则神气必高，音节下则神气必下，故音节为神气之迹。一句之中，或多一字，或少一字；一字之中，或用平声，或用仄声；同一平字、仄字，或用阴平、阳平、上声、去声、入声，则音节迥异，故字句为音节之矩。积字成句，积句成章，积章成篇，合而读之，音节见矣；歌而咏之，神气出矣。

人的思想感情有激昂或平静，顿挫和起伏，发而为声，就有出于自然的抑扬抗坠的音节。音节和语气是分不开的。故曰："神气不可见，于音节见之。"音节的符号是文字。散文句式的特点，在于长短相间，错综配合，以表达作者的语气和神情；而汉字异音同义的又很多，任凭选拣，更提供了调声以充分的有利条件。故曰："音节无可准，以字句准之。"

字句、音节、神气，由粗入精，由表及里，刘大櫆就这样地构成了他自成体系的散文艺术论。

音节问题，是刘大櫆文论的核心。散文虽不同于诗歌，不可能在声律上有"一简之内，音韵尽殊；两句之中，轻重悉异"[①]那样严格的要求；然而却也有它合乎语气，传达神情的自然音节。优秀的古典散文，读起来总是朗朗上口，富于节奏感，其秘奥正在于此。韩愈《答李翊书》曾说："气，水也；言，浮物也。水大而物之浮者大小毕浮。气之与言犹是也：气盛则言之长短与声之高下者皆宜。"为什么"气盛则言之长短与声之高下者皆宜"？这话的精蕴，刘大櫆阐发得颇为具体。

由音节以求神气之说，被后来桐城派文人奉为不易之论。吴汝纶《答张廉卿书》云："才无论刚柔，苟其气之既昌，则其所为抗坠、诎折、断续、侈敛、缓急、长短、伸缩、抑扬、顿挫之节，皆一循乎机势之自然。非必有意于其间，而固无之而不合。其不合者，必其气之未充也。"以音节作为衡量文气的标准；而认为音节"循乎机势之自然"，这就说得更为完满。

怎样因声以求气？重要的手段是诵读。所谓"合而读之，音节见矣；歌而咏之，神气出矣"。这样，又给学文者指出一条欣赏和体会的途径。方宗诚曾说："长老所传，刘海峰绝丰伟，日取古人之文纵声朗诵之。"（见张裕钊《答吴挚甫书》引）可见他自己就是这样

① 沈约语，见《宋书·谢灵运传论》。

去实践的。姚鼐也说："大抵学古文者，必要放声疾读又缓读，只久之自悟。若但能默看，即终身作外行也。"(《惜抱轩尺牍》卷六《与陈硕士》)桐城派后来的文人如方东树、吴汝纶等，都以精诵为学文的不二法门。

从神气论文，由音节证入，这在古典散文艺术的理论上是个新的阐发。刘大櫆以前，明代古文家如唐顺之等人的文论，虽曾触及这一问题的边缘①，但说得没有这样的明确。为什么这一问题到刘大櫆才阐发得如此具体呢？我以为和诗歌理论的发展有关。

音节在文学作品中的重要性，早在陆机《文赋》里就已提出了"暨音声之迭代，若五色之相宣"，把声音和色彩摆在同样重要的位置上。晋、宋以后，音韵学研究的成果应用到文学创作方面，于是出现了关于诗歌音律的完整的理论，为唐代我国古典诗歌的格律化奠定了基础。沈约《宋书·谢灵运传论》说："自灵均以来，多历年代，虽文体稍精，而此秘未睹。""此秘"指的是"宫羽相变，低昂舛节"的调声之术。他们所讨论的主要对象是诗歌，但也兼及赋、颂之类的其他文体。《宋书·谢灵运传论》又云："王褒、刘向、扬、班、崔、蔡之徒，异轨同奔，递相师祖。虽清词丽曲，时发乎篇；而芜音累气，固亦多矣。"这里值得注意的是"芜音"与"累气"并提，可见声和气的关系，传统理论中早已注意及之。刘大櫆因声以求气之说，可能是从这些地方演绎出来的。

唐、宋以来，讲求诗歌声律是个普遍现象；但有关这方面的理论的发展则在明代和清代的前期。

明朝李东阳的《怀麓堂诗话》一书，着重阐明诗歌的声调问题；

① 参看《荆川集》卷十《董中峰侍郎文集序》。

讨论的范围不仅是律诗,而且涉及于没有固定格式的古体。前、后七子之论诗,也十分重视声调。到清朝,诗歌声调理论的研究,更加发达。稍早于刘大櫆的王士禛著有《五古平仄论》、《七古平仄论》,赵执信著有《声调谱》,都可看出一时的风气。刘大櫆是古文家,同时又是诗人,这些理论,对他来说,不可能不产生影响和作用。李东阳《春雨堂稿序》曾说:"夫文者言之成章,而诗又其成声者也。章之为用,贵乎纪述铺叙,发挥而藻饰,操纵开阖,惟所欲为,而必有一定之准。若歌吟咏叹,流通动荡之用,则存乎声。"他认为诗和文体制各别,似乎诗的感染作用"存乎声",而文则不然。其实文艺理论是可以相通的,散文又何尝没有诵读的音节?刘大櫆的贡献,就在于结合散文语言结构的特点,把有关诗歌音调的理论移植过来。而他之所以能够从这方面着眼,则是由于他重视散文的语言艺术的缘故。不过构成散文的语言艺术因素,不只是音节一个方面;单纯强调音节,难免有其片面性。直到姚鼐,把格、律、声、色并提,才补充刘大櫆之不足,而臻完善。

刘大櫆在桐城派古文理论的发展中,只可能成为方、姚之间的过渡人物。他的理论的根本弱点,还不在于片面地强调由音节证入。他论文虽不否定思想内容的主导作用,然而在具体论述的时候,却绝少联系到内容。他说义理、书卷、经济是行文的"材料",这"材料"对他来说,是不够充实的,因此撇下"材料",专谈行文的能事。虽其中有不少精辟独到的见解,但总的说来,就不免有脱离内容,为艺术而艺术的倾向。他之所以"日取古人之文纵声诵之",为的是从音节体会神气之妙;然而古人优秀作品之所以自具体貌,光焰常新,有着独特的神气以及与之相适应的音节之美,正如韩愈《答尉迟生书》所云:"实之美恶,其发也不揜;本深而末茂,形大而声宏,行峻而言厉,心醇而气和,昭晰者无疑,优游者有余。”声和气,一切外在的表现的不同,主要由于作者社会生活实践和道德、学术修养之各异,不单纯是个艺术问题;而刘大櫆的理解却仅停留在艺术上。《偶记》说:

> 其要只在读古人文字时,便设以此身代古人说话,一吞一吐,皆由彼不由我。烂熟后,我之神气即古人之神气,古人之音节都在我喉吻间;合我喉吻者,便是与古人神气、音节相似处。久之,自然铿锵发金石声。

反复诵读,为了加深体会。体会,自然应该深入到原作者思想情感的领域。人们可以借鉴于古,然而古人毕竟是古人。按照刘大櫆的说法,就难免以模仿腔调,描摹神态为行文的能事,重复地走上了明七子以继承、借鉴代替创造的错误的老路。所谓“铿锵发金石声”,可能成为无实之声,徒有空腔的音节美而已。姚鼐说:“急读以求其体势,缓读以求其神味,以彼之长,悟吾之短。”(《尺牍》卷六《与陈硕士》)也是由声调以求体势和神味的;然而“以彼之长,悟吾之短”,用意与刘大櫆却不相同。

《偶记》中“文贵去陈言”一条说:“文章是日新之物,若陈陈相因,安得不目为腐臭?”他又提到李翱《答朱载言书》所说的“创意造言,皆不相师”,似乎是从意和词两个方面注意到文学的创新精神的;然而按其实际,则他所反复阐明的在于“造言”,而不在于“创意”。《偶记》云:“原本古人意义,到行文时却须重加铸造。一样言语,不可便直用古人。未尝不换字,却不是换字法。”说来说去,还是语言艺术上的事。所谓“重加铸造”,实际上也就是江西诗派

“夺胎换骨、点铁成金”之法。当然，这必须是在艺术上下过一番功夫，比移步换形的“换字法”[①]要高明一些。

三

学术和文艺本不同科，可是在我国，散体古文和综述性灵、模写物象的诗赋不同，它和学术却有着非常密切的关系。柳宗元在《杨评事文集后序》里，曾把文学区分为二：一是“著述者流”，“其要在于高壮广厚，词正而理备”；一是“比兴者流”，“其要在于丽则清越，词畅而意美”。正代表传统的看法。基于这种认识，就产生了“贯道”“载道”之说。古文家无不以“著述者流”自命，对于具体的艺术经验，反而认为是末事，不值一谈。历代所有散文艺术的理论，倘若和诗歌对比一下，就显得贫乏得多。其原因，乃由于此。

桐城派文人仍然是在这种传统思想的指导下，不甘以文人自居的；然而他们却能密切注意到问题的另一个方面，即关于散文艺术理论的阐发。方苞曾说：“艺术莫难于古文。”因此，形式不能废而不讲，于是提出了“义法说”，以求达到“言有序”的标准。可是方苞沿着理学的道路去治学，带着理学的眼光去论文，诚如恽敬所说，“旨近端而有时而歧，语近醇而有时而窳”（《上曹俪笙侍郎书》）；而“义法说”的具体内容，也比较简单，引其端而未竟其绪。

① 李翱《李文公集》卷六《答朱载言书》有云：“假令述笑哂之状，曰‘莞尔’，则《论语》言之矣；曰‘哑哑’，则《易》言之矣；曰‘粲然’，则穀梁子言之矣；曰‘攸尔’，则班固言之矣；曰‘輾然’，则左思言之矣。吾复言之，与前文何以异也？此造言之大归也。”刘大櫆所说的“换字法”，即指此。

刘大櫆专从艺术技巧着眼，作了相当深入的探讨，但如前所述，却又存在着忽视内容的偏向。在方、刘已经取得的成就的基础上。加以修正补充，发扬光大，真正把桐城派的散文理论建设起来，则有待于姚鼐。

姚鼐所生活的乾嘉时代，正是清王朝由极盛走向衰落的转折点，也是中国二千年封建社会面临总崩溃的前夜。当时清政府对待知识分子的政策，一方面是大兴文字之狱，更加严密地血腥镇压潜在的民族反抗意识；一方面强化科举制度，以培养各级统治人才；同时，最高统治者也已看出空疏迂拘的宋儒理学，愈来而愈失去了维系人心、统治思想的作用。于是开四库全书馆，大规模整理古籍，大兴考据之风，用汉学济宋学之穷，借以网罗各种类型的专家和学者。正如《清史稿·儒林传序》（卷四百八十）所云："清兴，崇宋之性道，而以汉儒经义贯之。……四库馆开，益精博矣。"知识分子处于这样一个时代，表面上是青云有路，学术昌明的盛世，而实际上则杀机四伏，与虎谋皮。姚鼐早年得意名场，成进士，入翰林，并参加过四库全书的纂修工作。但在上述的复杂政治环境中，他似乎感觉到宦海风波的险恶。正当他壮盛之年，便超然引退。尔后，在漫长的岁月里，以在野的文人而兼学者的身份，历主书院讲席而终其身。在对待清朝统治者的政治态度上，他和方苞是有区别的。他受学于姚范，学文于刘大櫆。当考据风气正盛的时候，尽管他服膺宋儒之学，但并不以卫道者自居；尽管他推服刘大櫆的文章，但却深深地见到要想扩大桐城派的门庭，真正做到言之"有序"而又"有物"，首先得从学术角度充实古文的内容。于是提出了义理、考证、文章三者合一之说。其《述庵文钞序》（《惜抱轩文集》卷四）即发明此旨：

余尝论学问之事，有三端焉：曰：义理也，考证也，文章也。是三者，苟善用之，则皆足以相济；苟不善用之，则或至于相害。今夫博学强识而善言德行者，固文之贵也，寡闻而浅识者，固文之陋也。然而世有言义理之过者，其辞芜杂俚近如语录，而不文；为考证之过者，至繁碎缴绕，而语不可了当。以为文之至美，而反以为病者，何哉？其故由于自喜之太过，而智昧于所当择也。夫天之生才，虽美不能无偏，故以能兼长者为贵。……青浦王兰泉先生，……为文有唐、宋大家之高韵逸气，而议论考核甚辨而不繁，极博而不芜，精到而意不至于竭尽。此善用其天与以能兼之才，而不以自喜之过而害其美者矣。

就学问本身来讲，义理、考证、文章三者各有其独立性；从人来说，博涉旁通，三者兼长，并不是不可能的事。三者是否能够相互作用，相辅相成；抑或互相妨害，那就在于如何对待三者之间的关系。

义理是文章的骨干，有义理，文章才有所依附，而符合于古人立言之旨；但同时又必有赖于考证的征实精神，文章才不至流于空疏浅陋。这是指文章的内容，亦即刘大櫆所说的“材料”。至于如何表现这些内容，运用这些“材料”，则文章家的能事，在于“甚辨而不烦，极博而不芜，精到而意不至于竭尽”。这样，自然光辉充实，高韵逸气流溢于楮墨之间；而义理、考证、文章三者就成为融合无间的整体了。

当时汉学和宋学门户分立，考据家和理学家多轻视辞章；而浮华不实的文章之士，也大有人在。姚鼐从文章的角度，批判了“芜杂俚近”、质木无文的语录体，“繁碎缴绕”、拖泥带水的笺注文字；

同时又从学术的角度，批判了文士的虚浮。针对现实，有的放矢，对文风和学风都有其良好的调和与促进的作用。从理论本身来说，所谓“甚辨而不烦，极博而不芜，精到而意不至于竭尽”，即《复鲁絜非书》里所说的“布置取舍，繁简廉肉不失法，吐辞雅驯不芜”，亦即方苞所追求的合乎“义法”的“雅洁”之文。可是方苞之所谓“言有物”，其内容只是陈羹土饭的理学教条，并不包括考证。如何以考证入文，而不至繁琐赘累，姚鼐确实在这方面下了一番功夫。他集中之文，像《郡县考》、《汉庐江、九江二郡沿革考》、《项羽王九郡考》（均见《惜抱轩文集》卷二）等专门考证的文章，真能做到词气雅驯，耐人寻绎。他如人们所熟悉的《登泰山记》（同上卷十四）之类的描写自然风景的小文，其中也颇涉及古今地理的沿革，然而却不妨害它成为一篇优美的游记。他说：“以考证助文之境，正有佳处。”（见《惜抱轩尺牍》卷六《与陈硕士》）这种提法，在桐城派文论的发展上，是具有新的意义的。

义理、考证、文章三者合一，加强学术性，来填补桐城文的空疏，提高方苞的“义法说”，这显然是受到时代的影响。和姚鼐同时的翁方纲在诗歌理论上所提倡的“肌理说”，也是意图以学问为骨肉，要求空灵的诗意与质实的内容相结合，以补救王士禛“神韵说”之流于抽象，正可和姚鼐的见解相印证。姚鼐在散文方面取得了一定的成绩，而翁方纲在诗歌领域里的影响却远不能与之相比，这固然由于人的才能和功夫有高下之分，但更重要的则是诗歌和散文体裁不同的缘故。

那么姚鼐是否把散文的内容限制在义理、考证的领域，像方苞一样，把它和诗词之类的纯文学截然划分开来呢？则又不然。《敦拙堂诗集序》（《惜抱轩文集》卷四）有云：

今夫《六经》之文，圣贤著作之文也。独至于《诗》，则成于田野闺阁无足称述之人，而语言精妙，后世能文之士有莫能逮，非天为之乎！然是言诗之一端也。文王、周公之圣，大、小《雅》之贤，扬乎朝廷，达乎神鬼，反复乎训诫，光昭乎政事，道德修明，而学术该备，非如列国风诗采于闾巷者可并论也。

文和诗为体各殊，一般说来，著作之文，不同于抒写性情的诗歌；然而《诗经》中《国风》而外，还有着“道德修明，而学术该备”的《雅》、《颂》。《尺牍》卷六《与陈硕士》又说：

盖作文亦须题好，今硕士所作之题，本无甚可说，文安得而不平也？归震川能于不要紧之题，说不要紧之语，却自风韵疏淡，此乃是于太史公深有会处，此境又非硕士所易到耳。

文以“博学强识而善言德行”为贵；然而“能于不要紧之题，说不要紧之语”，则与义理、考证无关。可见“著作之文”而外，散文还有其广阔的天地。

就内容与作用而言，姚鼐认为文和诗应该有所区别，但又有其互相贯通、互相联系的一面；就艺术表现来说，则“诗文皆技也”（《惜抱轩文集》卷六《答翁学士书》）。“诗之与文，固是一理”，不过“取径不同”而已（《惜抱轩文后集》卷三《与王铁夫书》）。《惜抱轩集》中论及诗文的，无往而不贯串着这样一个总的精神。

这种看法，不像方苞之褊狭拘泥，也不似刘大櫆之蹈空立论，是比较全面，比较通达的。他在《古文辞类纂序目》里，就各种文体分析其内容和形式名理相因的关系，论述其源流和发展情况，辨析

颇为精审。然而文体尽管各不相同,但作为散文的艺术,则有其共同的衡量标准。他说:

> 凡文之体十三,而所以为文者八:曰神、理、气、味、格、律、声、色。神、理、气、味者,文之精也,格、律、声、色者,文之粗也;然苟舍其粗,则精者亦胡以寓焉?学者之于古人,必始而遇其粗,中而遇其精,终则御其精者而遗其粗者。

"精",指的是作家独特风格的表现,"粗",是文字语言的艺术技巧;神、理、气、味不可能抽象地存在着,作为文学作品来说,它是通过具体的语言文字的格、律、声、色而表现出来的。神、理、气、味寓于格、律、声、色之中,可是有格、律、声、色的文章是否就有神、理、气、味呢?则未必尽然。法度谨严,言有体要,是合乎格、律的,但不一定就能自成风格;宫商靡曼,采丽竞繁,是有声、色的,也未必能自成风格。反之,能够自成风格的文章,必然有其格、律、声、色。只有在神、理、气、味的前提下谈格、律、声、色,在格、律、声、色的基础上论神、理、气、味,才是完整的散文艺术论。很显然,这是从刘大櫆神气、音节、字句之说发展出来的,然而却比刘大櫆说得更为完整。

就学文者来讲,最初所接触到的只可能是具体的语言文字;通过语言文字的格、律、声、色的揣摩,就会进一步深入到作品艺术风格的体会;再进一步,就会融化古人,而逐渐形成自己的风格。文学修养达到了这样的境界,即杜甫所谓"读书破万卷,下笔如有神"(《奉怀韦左丞丈二十韵》),韩愈所谓"含英咀华"(《进学解》);用姚鼐自己的话来说,也就是"道与艺合"(《敦拙堂诗集序》)。在这种情况下，作者固不必斤斤以求之于语言文字之间，而自能从容于规矩之中，神明于法度之外了。所谓“御其精者而遗其粗者”，应该从这个意义去理解。他说：“文士之效法古人，莫善于退之，尽变古人之形貌，虽有摹拟，不可得而寻其迹也。”文学艺术，有割不断的传统继承关系，“效法”和“摹拟”，是从这个意义来说的；“虽有摹拟”，指的是继承的一面；“不得寻其迹”，是变化创新的一面。这样，在继承传统的同时，就发展了传统。

刘大櫆主张于字句以求音节，于音节以求神气，姚鼐主张于格、律、声、色以求神、理、气、味。由“精”入“粗”的论证方法，彼此是相同的。然而究其终极目的，则一个追求的是古人的神气、音节，一个追求的是自己神、理、气、味；一个求与古人合，一个求与古人离。刘、姚高下之分，判别在此。从创作实践来看，姚鼐虽每每自恨才短，无雄文健笔，然而他的散文，却能温润清深，自成体貌，不似刘大櫆之因袭古人，痕迹未化，也由于此。

为什么姚鼐会有这样的见解？他在《答翁学士书》里说得非常明白：

> 夫道有是非而技有美恶。诗文皆技也，技之精者必近道，故诗文之美者，命意必善。文字者，犹人之语言也，有气以充之，则观其文也，虽百世而后，如立其人而与之语；无气，则积字而已。意与气相御而为辞，然后有声音节奏高下抗坠之度，反复进退之态，采色之华。故声色之美，因乎意与气而时变者也，是安有定法哉？

这里说明了三点：首先，作风即人。不可磨灭的真正的文学作品，无论诗歌或散文,必然使读者"虽百世之后,如立其人而与之语"。因此,衡量作品是否构成了独特的风格,唯一的标准,看它是否表现了作者这个人。这是姚鼐艺术风格论的核心。有了这个核心,则他所说的神、理、气、味就有了归宿。作品的背后有作者在,有这一作者区别于另一作者在。刘大櫆说:"合而读之,音节见矣;歌而咏之,神气出矣。"(见前引)于音节以求神气,于神气以求什么呢?刘大櫆所不能回答的问题,姚鼐给回答了。正因为如此,所以一个学古而唯求与古人似,一个学古而最后必求与古人离。其次,"意与气相御而为辞",这"辞"指的是格、律、声、色,而"意与气"则相当于神、理、气、味。他说:"诗文之美者,命意必善。""有气以充之",而又必须有完善的意义。可见一篇好的作品,不仅要饱和着作者的真实感情,也必须具有正确的指导思想。这样,姚鼐所强调的"如立其人而与之语",所谓"神、理、气、味"的表现,就包括了作者的思想认识问题。当然,他所谓"命意必善",仍然是以封建传统的道德观和历史观作为衡量的准则;然而在方法论上,较之刘大櫆单从艺术角度去论神气,则是有差别的。复次,正因为看出了作风即人,所以他进一步指出了风格应该多样化。《答翁学士书》又说:"自汉、魏、晋、宋、齐、梁、陈、隋、唐、赵宋、元、明及今日,能为诗者,殆数千人,而最工者数十人。此数十人,其体制固不同;所同者,意与气足主乎辞而已。执其学所从入者为是,而以人之学皆非也,及易人而观之,则亦然。""辞"和"意与气"是相适应的,"意与气"和作者的性情是相适应的,作者的性情和他在创作上所选择的途径又是相适应的。这样,就会很自然地形成多种多样的风格。知此而不知彼,或执此而废彼,乃是由于不理解文学的特点的缘故。

对于文学多种多样的风格,姚鼐曾作了深入的分析,其宗旨见于《复鲁絜非书》(《惜抱轩文集》卷六)和《海愚诗钞序》(《惜抱轩文集》卷四)。前者论文,后者论诗,内容大致相同。《复鲁絜非书》云:

> 鼐闻天地之道,阴阳刚柔而已,文者天地之精英,而阴阳刚柔之发也。惟圣人之言,统二气之会而弗偏。然而《易》、《诗》、《书》、《论语》所载,亦间有可以刚柔分矣。值其时其人告语之体各有宜也。自诸子而降,其为文无弗有偏者。其得于阳与刚之美者,则其文如霆,如电,如长风之出谷,如崇山峻崖,如决大川,如奔骐骥;其光也,如杲日,如火,如金、镠、铁;其于人也,如冯高视远,如君而朝万众,如鼓万勇士而战之。其得于阴与柔之美者,则其文如升初日,如清风,如云,如霞,如烟,如幽林曲涧,如沦,如漾,如珠玉之辉,如鸿鹄之鸣而入寥廓;其于人也,漻乎其如叹,邈乎其如有思,暖乎其如喜,愀乎其如悲。观其文,审其音,则为文者之性情形状,举以殊焉。且夫阴阳刚柔,其本二端,造物者糅,而气有多寡进绌,则品次亿万,以至于不可穷,万物生焉。故曰:"一阴一阳之为道。"夫文之多变,亦若是已。糅而偏胜,可也;偏胜之极,至于一有一绝无,与夫刚不足为刚,柔不足为柔者,皆不可以言文。今夫野人孺子闻乐,以为声歌弦管之会耳,苟善乐者闻之,则五音十二律必有一当,接于耳而分矣。夫论文者,岂异于是乎?宋朝欧阳、曾公之文,其才皆偏于柔之美者也。欧公能取异己者之长而时济之,曾公能避所短而不犯。

从人和艺术风格的关系立论,正可与《答翁学士书》相印证。它所涉及的有下述几个方面：

第一，“一阴一阳之为道”。“道”，用我们现在的话来说，是自然界不停运动的客观规律；“阴”和“阳”则是构成这种规律、包含于自然体中两种对立统一的因素。“阴”和“阳”互相击搏，互相渗透，自然界是生生不息的。人的禀赋不能无所偏，偏的程度不能无所差异；而在社会生活实践中，环境和素养又各有不同，因而表现在文学风格上，也就不会一样。所谓“文之多变，亦若是已”。把文学现象和自然现象联系起来，这种论证的方法，本于刘勰《文心雕龙》的《原道》。说得似乎很抽象，但其实是很具体的。

第二，文章风格的区分，始于《文心雕龙·体性》的八体。此后，如皎然《诗式》、司空图《诗品》等各有论述。愈析愈细，名目繁多。姚鼐以为这多种多样的风格，就其异者来说，如同音乐上五音十二律之分，完全可以辨析精微，丝丝入扣；就其同者来说，则“其本二端”，不外阴阳刚柔而已。凡雄浑、劲健、豪放、壮丽、奇伟等风格，都可纳入阳刚；而修洁、渊懿、淡雅、高远、飘逸等则可归之阴柔一类。这样，就以简驭繁，纲举而目张，可说是历代有关文学风格理论的概括和总结。

以刚柔论文，在姚鼐也是有所祖述的。《文心雕龙·体性》云：“才有庸俊，气有刚柔……辞理庸俊，莫能翻其才；风趣刚柔，宁或改其气？”《镕裁》说：“情理设位，文采行乎其中。刚柔以立本，通变以趋时。”刘勰早已看出了不同风格的表现，与作者的禀赋有关。禀赋万殊，而刚柔则其大较。至于以刚柔区分风格，则姚鼐可能是从严羽那里得到启发的。《沧浪诗话·诗辨》云：

诗之品有九：曰高，曰古，曰深，曰远，曰长，曰雄浑，曰飘逸，曰悲壮,曰凄婉。……其大概有二:曰优游不迫,曰沉着痛快。

这里虽没有“刚”“柔”字样,然而“沉着痛快”与“优游不迫”之别,实质上正是刚柔之分。姚鼐论诗,不薄王士禛,而王则衍沧浪之余绪,其间承传嬗递的痕迹,是隐然有可以联系之处的。

那么姚鼐是否只是把严羽的理论扩而充之,由论诗而兼及于文呢?则又不然。说“优游不迫”、“沉着痛快”,仅仅是就语言表现的气势来讲;而“阳刚之美”、“阴柔之美”,则是从美学意义上把它提到理论的高度。文中所用一系列形象的比喻,正所以阐明两种不同的风格之美。姚鼐认为作为一种成熟风格的标志,不仅仅是能够表现作者气质上的刚柔之分;而是必须提炼出一种美的意境,具有强烈的艺术感染力。倘若不能达到这样的要求,则“刚不足以为刚,柔不足以为柔”,就不能算是成熟的风格。

从刘勰到严羽,从严羽到姚鼐,是继承,同时也是发展。

第三,以阳刚阴柔论文,姚鼐一方面阐明两者之间的区别,同时又指出其互相联系的一面。阳刚和阴柔对举成文,无阳刚即无所谓阴柔,无阴柔亦即无所谓阳刚。阳刚与阴柔,相反相成,是对立的统一。就自然之理来说是如此;就文章而论,也是这样。刚柔之分,是从偏胜的意义,亦即构成事物性质的矛盾主要方面来说的;然而偏胜到了“一有一绝无”,那就和“刚不足以为刚,柔不足以为柔”一样,“不足以言文”。为什么?他在《海愚诗钞序》里作了这样的说明:

阴阳刚柔并行而不容偏废,有其一端而绝无其一,刚者至于偾强而拂戾,柔者至于颓废而暗幽,则必无与于文者矣。

欧阳修的气质是偏于阴柔的，然而并不排斥阳刚。正因为他“能取异己者之长而时济之”，使得柔中有刚，从而完成其阴柔的风格之美，而不陷于“颓废暗幽”。这种辩证的看法，是从我国古代哲学理论中引申出来的；以之论文，则是姚鼐的真知灼见。不但文学如此，移之于绘画、书法、音乐、舞蹈等一切艺术，也都是精当不刊之论。

第四，姚鼐主张文章风格多样化，反对知此而不知彼，或者执彼而废此，但并不等于说，对这多种多样的风格无所轩轾于其间。《海愚诗钞序》明白地指出：“文之雄伟而劲直者，必贵于温深徐婉。温深徐婉之才，不易得也；然其尤难得者，必在乎天下之雄才也。”他自己的诗文，偏于阴柔一路，而他所深切向往的，却在“即之而光升焉，诵之而声闳焉，循之而不可一世之气勃然动乎纸上而不可御焉”（同前）的阳刚之美。这正是他识解宏通之处。

就审美的观点来说，姚鼐以为刚胜于柔；就具体的人来说，则“雄伟劲直”或“温深徐婉”之才，出自禀赋，又必须各就其性之所近，而不能戕贼杞柳以为桮棬。问题在于如何加强后天的学习，“能取异己者之长而时济之”而已。姚鼐的阳刚阴柔相反相成的美学观，是建立在这种认识的基础上的。后来他的门人管同在《答友人论文书》（《因寄轩文集》卷六）中推衍伸刚绌柔之说，认为阳刚之美，完全可由学养而致，这就失去了姚氏的本旨。

第五，风格即人，是阴阳刚柔说论述的中心，但也涉及文章的题材和体制。他说“圣人之言，统二气之会而弗偏”，应该是兼综刚柔的；然而事实不可能一半对一半，就拿《易》、《诗》、《书》、《论语》来说，已可分出刚柔，这是因为“值其时其人告语之体”各有不同的缘故。可见风格和文章的题材、体制是有密切关系的。对后世的作者来说，谁也不可能像圣人那样，“统二气之会而弗偏”，无施而不可，那就应该用其所长，避其所短，对各种题材的描写，对各种形式的运用，有所选择，有所取舍。如此，则气魄规模，虽不能大，但也足以自成其风格之美。他说曾巩“能避所短而不犯”，意即指此。“能避所短而不犯”，和“能取异己者之长而时济之”，又是一个问题的两个方面。

综上所述，从义理、考证、文章到神、理、气、味、格、律、声、色，从神、理、气、味、格、律、声、色到阴阳刚柔，可以看出姚鼐文学思想的完整体系：既有内容和形式的一般理论，也有具体艺术经验的总结。他不排斥方苞的“义法说”，但只把“义法”看作学文的入门；也有取于刘大櫆的从声音证入，但却不停留在声调的问题上。方东树说他“超卓之识，精诣之力”，超过方、刘二家。“因望溪之义法，而不失之悫；取海峰之品藻，而不失之滑耀而浮。”（见方宗诚《桐城文录序》引）《清史稿》本传也说：“其论文根极于道德，而探源于经训。至其浅深之际，有古人所未尝言，鼐独抉其微，发其蕴。论者以为辞迈于方，理深于刘。”方、刘、姚三家造诣的浅深，说明他们在创作上成就的高下，同时也说明了从方苞到刘大櫆，从刘大櫆到姚鼐，桐城派散文理论逐渐发展、日益提高的演进过程。

后　记

收在这本集子里的是我五十年代中期到六十年代中期所作关于古典文学的部分论文。内容有品评作家作品的，有探讨理论问题的，也有考订文献资料的。现不加区分，按时代先后编次。

在已经逝去的岁月里，这十年，在我是值得回忆的十年。那时，我在上海第一师范学院、上海师范学院任教古典文学课程，生活和工作基本上是安定的；学校的图书条件也不差，可以利用业余时间，结合教学从事一些专题研究。这是我多年来所深切向往，希望得到而从未得到的。虽然我从小就爱好文学，也欢喜写写旧体诗文；赏奇析疑，兴趣常在；论文谭艺，结习未除；可是在苦难的旧时代里，偷生锋镝之余，觅食风尘之际，救死扶伤之不暇，哪里谈得上做什么学问！倘若说，我曾经在古典文学里有过一番涉猎的话，那也是从这时才开始的。

在这十年里，我出版过几本书，参加编写过几种高等学校文科教材，还发表过一些文章。人在中年，意气和精力是充沛而旺盛的，思路是开阔而锐敏的。在百家争鸣的时代气氛中，敢于提出个人的一些不成熟的看法和想法，其中虽不无一得之愚，独照之解；然而趁热闹，赶浪头，驰骋笔墨，学不副才，总不免掠影浮光，更多的是暴露了空疏和浅薄。于是我愈来而愈感到再也不能悠悠忽忽，这样下去了。从一九六四年起，我开始认真读点书。为了替计划中撰写的一部断代分体文学史——《唐诗史》做好准备，我先行着手编著《唐才子传笺证》。企图借辛氏之书引出线索，旁征博采，辨析异同，将有关唐代诗人的传记材料，全面地系统地加以考订，从而对唐诗风格流派之形成及其传统继承关系，进一步作深入的探讨。经过两年时间，已写出初稿约二分之一。收在这本集子里的《读两〈唐书·文艺（苑）传〉札记》、《唐诗札丛》，就是它的副产品。当时，我还不到五十岁，自以为来日方长，在攀登学术高峰的漫长道路上，只要踏踏实实，一步一个脚印地向前走去，总会逐渐接近预想的目标，不断到达新的境地的；没有想到，等待着我的却是一场绝灭文化的空前浩劫！

这场浩劫，对我来说，正发生在学术上应该进入成熟阶段的关键时刻。十多年的宝贵时光，生平的理想，连同尚未完成的数十万字书稿，全都化作烟雾，荡为飞灰，不知去向了。惊心动魄的历史悲剧，痛深创巨的时代伤痕，留给我的是几根支离病骨和一副迟滞的头脑。

剥极必复，天宇重光。现在，我们的国家在党中央的英明领导下，拨乱反正，实现了安定团结。全国人民正以移山填海精神向四个现代化进军，掀起经济建设的高潮；学术文化领域，也开始出现繁盛昌明的景象。经历了严冬冰雪的人，分外感到阳春的和煦。我庆幸于垂老之年重睹休明，可惜的是精力已不济了！

这次上海古籍出版社要我把过去发表在报刊上的那些单篇文章，编印成集。寻披旧作，检点前尘，既感惭惶，亦多怅触。内心是矛盾的。我清楚地意识到自己业弃半途、学焉未至，实在无研究成果之可言，又何必再一次浪费纸墨？但回想在上述那一段时间里，毕竟在这上面倾注过一番心血。盛年不再，逝景难追，敝帚之情，人所难免。于是从其中拣取十八篇，过而存之，以就正于专家和广大读者。

“为君持酒劝斜阳，且向花间留晚照。”夕阳花坞，春日迟迟；晴光映空，余霞散绮，意境是明朗而绚丽的。我珍惜这桑榆光景，眼前岁月。但愿健康情况有所好转，还能用有生之年，努力学习，争取为社会主义学术文化事业作出微小的贡献。从这个意义来说，这本集子的编成，它将策励我在新的起点上重行踏上征途，不仅给过去留下一点痕迹而已。

感谢八十高龄的夏瞿禅先生为此书题签。此外在寻检、复印和钞校旧文的工作中，王从仁同志独任其劳，给了我很大的帮助，一并于此致谢。

马茂元

一九八〇年七月二十日于上海漕河泾寓庐

马茂元先生学术年表*

1918 年

阴历9月13日出生于安徽桐城县西门内马宅，字懋园，乳名贺宝。

1925 年

私塾读书。祖父马其昶聘请李诚（字敬夫），来马家教育长孙马茂元。马先生后来追忆道："敬夫师，是我学业的奠基人，更是我治学的楷模。"

1931 年

9月，入安徽桐城中学学习。

1935 年

7月，桐城中学毕业，考入无锡国学专修学校。校长唐文治、闽派诗首领人物陈衍，均亲自执教。另有留校任教的钱仲联亦为先生业师。

12月，为庆贺唐文治校长七十寿辰，马先生献诗祝寿，双目失明的唐先生使人诵而听之，首肯再三。陈衍对马先生也极力赞赏，他的《拾遗室诗话》选择极严，但也将这位年轻学子的诗作入选若干，褒奖有加。

---

* 本年表由王从仁撰写。

1937 年

11 月日军侵占无锡前夕，唐文治率领全校师生内迁，辗转湘西，最后到达桂林。马先生随着学校迁徙到湘西。

1938 年

无锡国学专修学校毕业。

1939 年

8 月，任安徽省桐城县立中学初中语文教员、安徽省立第二临时中学高中语文教员，并任安徽省中小学补充教材编审会编审，负责编辑高中语文课本。

1945 年

8 月，任安徽省政府教育厅编审，核阅该省教育法规，任安徽省政府教育厅秘书、省政府主席李品仙秘书。

这期间，马先生进入旧诗创作的高峰期，吟诗酬唱，声名鹊起。其作多发表于《学术世界》、《新学风》、《安徽日报》、《皖报》等报刊。随着国民党政府统治变得岌岌可危，他的不少诗歌创作都抒发了对时局的担忧和对归隐田园的向往。

1949 年

1 月，桐城解放，先生逃离了当时还在国民党统治下的省城安庆，来到桐城，任桐城中学教师。

1950 年

3 月，任南京市立师范学校文史教员，住表兄宗白华家，直至次年 1 月。

1951 年

2 月，任上海同济中学语文教师和上海大公职业学校兼课教师。

1953 年

10 月，任华东速成实验学校师资训练部语文教员。

1954 年

8 月,任上海师范专科学校讲师、副教授,中国古典文学教研室主任。

1956 年

6 月,《古诗十九首探索》由作家出版社出版。

1957 年

12 月,《韩昌黎文集校注》(马其昶校注、马茂元编次整理)由古代文学出版社出版。

1958 年

4 月,《楚辞选》由人民文学出版社出版。

1960 年

《唐诗选》(上、下册)由人民文学出版社出版。

1962 年

主编的《中国历代文学作品选》中编由中华书局上海编辑所出版。

1981 年

任上海师范大学中文系教授、上海市古籍整理小组成员。后调任上海师范大学古籍整理研究所教授、顾问,文学研究所教授。

4 月,《晚照楼论文集》由上海古籍出版社出版。

6 月,《古诗十九首初探》由陕西人民出版社出版。

1984—1986 年

主编的《楚辞研究集成》(四册)由湖北人民出版社出版。

1985 年

5 月,选注的《唐诗三百首新编》由岳麓书社出版。

1986 年

11 月,作为"隋唐五代文学"支编副主编的《中国大百科全书·中国文学卷》由中国大百科全书出版社出版。

12月,《韩昌黎文集校注》(马其昶校注、马茂元整理)由上海古籍出版社出版。

1989年

8月,主编《十大诗人》由上海古籍出版社出版。

12月12日,逝世于上海,享年71岁。

(1999年7月,《马茂元说唐诗》由上海古籍出版社出版。10月,《唐诗选》由上海古籍出版社出版。)

马茂元与《晚照楼论文集》

王从仁

马茂元，安徽桐城人。1938年毕业于无锡国学专修学校，后担任上海师范大学中文系教授。曾任上海市古籍整理规划小组顾问、中国唐代文学学会顾问、中国古代文学理论学会理事、《中国大百科全书·中国文学卷》“隋唐五代文学”支编副主编，是国内著名的唐诗和楚辞研究专家。

马先生出身于桐城的书香门第，先祖马宗琏、马瑞辰，都是清代著名的学者。祖父马其昶（1855—1930），字通伯，号抱润翁，光绪三十四年任学部主事和京师大学堂（即今北京大学）教习，1916年任清史馆总纂，是桐城派古文名家，被称为桐城派“殿军”。

马先生毕业于无锡国专，这是一所“书院式的学校”，教学与一般大学不同，重国学，特别重视旧体诗文的创作。无锡国专云集了不少国学名师，如唐文治、章太炎、陈衍、陈柱、吕思勉、钱穆、钱基博、鲍鼎、郭绍虞、周予同、饶宗颐、朱东润、夏承焘等，都堪称一代宗师。先生就读时，教古诗文课的除了唐文治、陈衍这样的大师外，还有当时比较年轻的教师，如钱仲联先生，后来成了苏州大学中文系教授、中国第一批博导，著名的国学大师。

我们可以看出马先生学习与成才的路径：首先浸润于桐城家数，兼及文史哲，文学重《诗经》、《楚辞》，史学重《左传》，哲学则重

《易》，打下扎实的基本功；然后拓展门路，向唐文治学古文，向陈衍学诗歌创作，当然，也向各位名师学习，“转益多师是吾师”。最后努力探索，成就一家之言，取得学术研究的硕果。

马先生的主要著作有《古诗十九首探索》、《楚辞选》、《唐诗选》。1961 年郭绍虞主编《中国历代文论选》，马先生撰写了其中很大的篇幅，对古代文论也进行了深入探索。《晚照楼论文集》所收，基本上反映了先生这四方面的学术成果。

《晚照楼论文集》初版于 1981 年，收集了马先生盛年时期的 18 篇论文。当时，我担任马先生的助手，帮助先生做寻检、复印、抄校文章等事务性工作。编著过程中，我亲眼目睹先生对自己的严格、甚至可以说近乎苛刻的要求。先生的文章以文采斐然而著称，但此时却剥落铅华，删汰浮词，对一些他认为浮华的文字加以删减。尤其是《桐城派方、刘、姚三家文论评述》一文，《中华文史论丛》在“文革”前夕排成校样，但未及发表，全文约 2 万字，校样送来，先生大笔删除，至少删去三分之一。我很不理解，先生表示，其他文章已经发表过，为了尊重历史无法大改，唯有此篇可以毫不留情。因为过于追求文字优美往往会“以辞害意”，桐城派文字最讲究“雅洁”，此文尤应如此。更难能可贵的是，先生不讳言自己在五六十年代有“趁热闹，赶浪头”之处，剖析了自己的“空疏和浅薄”，只要看看初版的《晚照楼论文集·后记》，不难看出先生的自律精神和勇于忏悔的态度。就这样，先生返璞归真，删繁就简，编成此书。尽管当时出版社方面表示，论文集不受篇幅限制，但马先生宁缺毋滥，仅收 18 篇。

这本较薄的论文集，堪称凝聚了先生一生的文章精华。论文的排列以年代为序，主要涉及《楚辞》、《古诗十九首》、唐诗、古代文论和桐城派研究，也基本反映了先生治学的发展轨迹，本文谨按先生的研究次第作介绍。

《古诗十九首》研究的论文只有一篇，即《论〈古诗十九首〉》，此文由先生《古诗十九首探索》（作家出版社 1956 年版）前言改写而成，改写情况，读者可以对照原文进行比较。大致说来，删改了一些 20 世纪 50 年代的流行概念以及《前言》所需的解释说明，使文章更具科学性。文章先甄别乐府、古诗与《十九首》的概念，然后从作者和时代、地位和意义、内容和艺术特色诸方面对《古诗十九首》展开了全方位多侧面的立体研究。文章对《古诗十九首》在中国诗歌史上的发展地位作了阐发，认为《古诗十九首》标志着汉代五言抒情诗的最高成就，是民间歌咏和文人创作的高度结合，它"总结了汉代'乐府'的光辉成就，替建安文学奠定了牢固的基石。它正是由两汉发展到魏晋六朝诗歌史上的一个转折点。"同时，文章又对《古诗十九首》的作意、鉴赏等提出了个人见解。对马先生《古诗十九首》的研究，后人给予了很高的评价："马茂元的《古诗十九首》研究，在 20 世纪汉代诗歌研究史上占有极重要的地位，作者在前人研究的基础上，固堤浚河，在许多方面进行了可贵的探索和拓展，其研究理念经历了从进化论到唯物论，从会通到识见，从悟性到理性的转变过程，表明了其继承中求创新的研究路数和思维特点。"①

《论九歌》（《文学遗产》1957 年增刊）、《关于〈离骚〉时代问题的商榷》（《文学遗产》1957 年第 3 期）二篇是关于楚辞研究的论文，与当时先生正在撰著的《楚辞选》（人民文学出版社 1958 年版）有关。《论九歌》指出《九歌》的名称来源于远古神话，阐发了神话

① 张幼良《马茂元与〈古诗十九首〉研究》，《江淮论坛》2003 年第 6 期。

传说中包含的客观现实意义，以及楚国巫风盛行的背景下，神与神、人与神“亵慢淫荒之杂”，如何被屈原“更定其词，去其泰甚”，表现得“雅训”些，以至相当部分糅杂着悲欢离合的爱恋之情。分析得具体细致，合情入理。文中又对《九歌》十一篇所祭十位神祇作了详尽的论述。《关于〈离骚〉时代问题的商榷》对绝大多人认定《离骚》为屈原早年作品之说提出了较详尽的反驳，也批评了是屈原放逐以后作品的说法，在这一基础上提出了“中年说”的个人见解。读者可以将这两篇文章和先生《楚辞选》中《离骚》、《九歌》的“解题”参看，相通是显而易见的。《楚辞选》由于有了这些学术质量高的“解题”熠然生辉；而《九歌》和《离骚》的专题研究，由于有了《楚辞》整体注释的基础，立论也会比较全面与深入。这种将通俗注本与学术研究相结合的做法，《古诗十九首》研究开了局，《楚辞》研究继往开来，以后的唐诗研究也继续遵循，可以说贯彻先生一生，并且呈现一种上升的态势。也就是说，结合越来越紧密，研究论文的数量越来越多，质量也越来越高。

《楚辞选》出版不久，1958 年马先生便开始积极准备《唐诗选》的编注。不久，中国科学院（即今中国社会科学院）文学研究所余冠英、钱锺书、陈友琴、乔象钟、王水照等学者，也组建了《唐诗选》的编写班子。中国科学院文学研究所曾给先生和全国许多唐诗研究专家各寄两套《全唐诗》，要求专家圈阅，最好的诗画四个圈，次好的画三个，再次画二个、一个，其余的不画圈，表示不入法眼。先生曾三阅《全唐诗》，认真画圈，将其中一套寄给文研所，一套则留在身边，君子坦荡荡，两套完全一致。先生的《唐诗选》1960 年由人民文学出版社出版，成为中华人民共和国建国后第一部《唐诗选》。

自 20 世纪 50 年代后期至 1965 年，先生先后在《光明日报·

文学遗产》、《文学评论》、《文学遗产》(增刊)、《文艺报》、《人文杂志》、《江海学刊》、《新建设》、《中华文史论丛》、《解放日报》、《文汇报》等报纸杂志发表了大量唐诗研究的论文,文章不仅论点新颖、论据充实,而且文采斐然,文气流畅,一时名震全国。这些论文中,比较突出就是本集收录的《论骆宾王及其在"四杰"中的地位》(《骆临海集笺注·前言》,中华书局上海编辑部1961年版)、《玉谿生诗中的用典》(《光明日报》1958年2月16日)、《谈杜甫七言绝句的特色》(《光明日报》1961年4月2日)、《李商隐和他的政治诗》(《光明日报》1961年6月11日、18日)、《论〈戏为六绝句〉》(《文艺报》1962年第4期)、《思飘云物动　律中鬼神惊》(《光明日报》1962年5月27日)六篇。

这些文章受到学界的普遍好评。如《谈杜甫七言绝句的特色》一文,杜晓勤总结回顾从二十年代到八十年代专论杜甫绝句诗的文章,重点援引了《谈杜甫七言绝句的特色》,他指出:

> 从五十年代初开始,许多杜甫研究者开始运用马克思主义毛泽东文艺思想来研究和分析杜甫及其诗歌,在杜甫的生平思想、创作道路,杜诗产生的社会原因以及反映社会生活的深度和广度等问题的研究上,取得了较大的进展。……当时能够避开政治风潮、思想论争对杜甫诗歌艺术进行深入、独到的分析的文章只有夏承焘连续发表的《杜诗札丛》、马茂元的《谈杜甫七言绝句的特色》等数篇。①

① 杜晓勤:《二十世纪中国文学研究·隋唐五代文学研究·二十世纪杜甫研究概述》,北京出版社2001年版。

他具体评论了马先生的杜甫研究,认为:“这方面(指杜甫律诗研究)的成果主要有马茂元的《思飘云物动 律中鬼神惊——论杜甫和唐代的七言律诗》。马茂元文指出,唐代的七言律诗,到了杜甫,境界始大,感慨始深;而对杜甫来说,入蜀以后,才是他七律的全盛时期。作者认为,盛唐诸家七律以兴趣情韵见长,但到杜甫手中,模写物象,抒发性情,‘壮浪纵恣,摆去拘束’,于尺幅之中,运之以磅礴飞动的气势,一变而为巨刃磨天,金鸩擘海的壮观。磅礴飞动的气势,深厚的感情和精严的诗律,三者融合无间,构成了杜甫七言律诗独特风格的基本特征。”①“此文(《论〈戏为六绝句〉》)是首次将杜甫《戏为六绝句》作为一个具有中心论点的理论整体进行系统分析的文章。”②1962 年,恰逢杜甫诞生一千二百五十周年,这一年发表的相关文章达三百多篇,从不同的方面和角度对杜甫及其诗歌作了极为深入而全面的研究和评价,先生有文二篇。在当时在众多的文章中“有极高的学术价值”③。

《李商隐和他的政治诗》一文强调了研究李商隐政治诗的重要性,文章指出:“积极关心现实和消极逃避现实的互相矛盾着的心理交织在一起,构成了李商隐诗歌意识形态的复杂性。”文章认为,“政治诗是李商隐全部诗的重要内容之一,无论从质量或数量上看,它们在文学史上以及诗人创作中所应占的地位,都并不低于他的爱情诗。”这样一来,扭转了李商隐爱情诗以为上的传统看法,令人耳目一新。

---

① 杜晓勤:《二十世纪中国文学研究·隋唐五代文学研究·二十世纪杜甫研究概述》,北京出版社 2001 年版。

② 同上。

③ 郑庆笃:《杜甫研究论文综述(1950—1976 年)》。

如上所述,20 世纪 60 年代,先生的唐诗研究处于陡然上升时期,影响重大。但是先生并不满足于此。他感到真正做学问的时机降临了,从 1964 年起便日以继夜悉心研读,做了三百多万字的卡片,写就了一百多万字的文稿,完成了《唐才子传笺证》初稿的一半。他的想法是,从对辛文房《唐才子传》的研究切入,考证编著《唐才子传笺证》、《唐诗系年》,理清唐代诗人生平创作和唐诗发展脉络;收集汇编《唐诗研究资料》,网罗后人对唐代诗人及其作品的评价,最后,要在穷尽材料的基础上,汇总前人学术成果,提出个人的独立见解,撰写《唐诗史》。可是,"文化大革命"降临,打破了先生的学术梦,他的卡片、文稿全部付之一炬。直至 1978 年,本人方获得平反昭雪。稍稍可以宽慰的是,有极其少量的文章幸存,此集中的《唐诗札丛》(《中华文史论丛》第 12 辑)及《读两〈唐书·文艺(苑)传〉札记》(《文史》第 8 辑)便是劫后余灰。两篇文章之所以得以幸存,是因为投稿后两家杂志虽因"文化大革命"未能刊用,但完好保存了文稿,又在马先生恢复名誉后发表了。两文的旁征博采之翔实,辨析异同之精到,读者自可体会到。

1961 年,先生应复旦大学教授郭绍虞之邀,参编教育部制定的高校教材《中国历代文论选》,与夏承焘、刘大杰、钱仲联等一起住在上海的国际饭店,朝夕研讨。此书于 1964 年由中华书局上海编辑所(上海古籍出版社的前身)出版,先生撰写了其中相当大的篇幅。本集中《说〈通变〉》(《江海学刊》1961 年 11 月)、《从汉代关于屈原的论争到刘勰的〈辩骚〉》(《光明日报·文学遗产》1961 年第 391 期)、《从严羽的〈沧浪诗话〉到高棅的〈唐诗品汇〉》、《略谈明七子的文学思想与李、何的论争》、《王世贞的〈艺苑卮言〉》及《〈薑斋诗话〉中论自然景物的描写》几篇就是这一时期的副产品,后四篇似乎未曾发表，应是先生当年从《中国历代文论选》撰稿中改写而成的。

这些文章是马先生“文化大革命”前的鼎力之作，往往以“以卓异的禀赋来感知文学的妙趣真谛，在对文本的切实研治中，逐渐显现文学史的轨迹。”①如《从严羽的〈沧浪诗话〉到高棅的〈唐诗品汇〉》，起首就将高棅的《唐诗品汇》置于唐、宋、元直至明初诗风转变的关键中，再将高棅的立论上溯到严羽的《沧浪诗话》，从细微处辨析两者之间的“继承和影响的关系”。《略谈明七子的文学思想与李、何的论争》论证李梦阳与何景明的水火之争，对李梦阳针砭更多些，然而笔锋一转，谈到李梦阳后期的转变，论及李梦阳“真诗乃在民间”，并大胆表示“余之诗，非真也”是“发自内心的忏悔之音，也是晚年的见道之语”，进而指出“倘若当时何氏还没有死，李梦阳对他是会尽释前嫌，作会心之一笑的”。无论是文本的摘引、解析、比较，还是背景、环境的阐发和文学思潮的演变，先生文章都能做到广博与细微，妙悟与引证巧妙结合，从而得出精彩而合理的结论。

《桐城派方、刘、姚三家文论评述》是本集之末章，如上所云，原为《中华文史论丛》“文化大革命”前的校样，先生斧削后，恰逢《古代文学理论研究》创刊，于是发表在该丛刊第一辑。文章对“桐城三祖”方苞、刘大櫆、姚鼐的散文理论作了评述。对桐城文论，一般人重视方苞“义法说”的开创，姚鼐“义理、考据、文章合一说”的完整而成熟，先生当然也作了深切的评述。但是，先生的注重点更在于刘大櫆，他认为：“介乎方、姚之间，起着承先启后作用的则是刘

① 赵昌平：《我心目中的马茂元先生》，《文学遗产》1994年第3期。

大櫆。桐城派文论的变，从他开始。”在这一基础上，文章对刘大櫆的“神气说”作了深刻的论析，刘大櫆提出了于音节求神气，于字句求音节的方法，先生认为：“字句、音节、神气，由粗入精，由表及里，刘大櫆就这样地构成了他自成体系的散文艺术论。”也许“卒章显其志”，此文成了文集的凤尾。正是先生拥有深厚的家学渊源、卓异禀赋、勤奋勾稽以及晚年文笔的炉火纯青，才能感知并阐发出文学的妙趣真谛。

马先生的超卓之识、精诣之力至今仍为后生吾辈由衷钦佩、深切怀念。